W0409535

Geest-Verlag
Verlag für engagierte Literatur

Ich widme dieses Buch
meinem Sohn Kai und
meiner Freundin Kristel (†)

Das vorliegende Buch beruht auf Tatsachen. Zum Schutz der Persönlichkeitsrechte wurden Namen und einige Details verändert.

*Alle kursiv gedruckten Texte mit * sind Originaltexte*

Marie-Luise Knopp

Eingesperrte Gefühle bahnen sich ihren Weg

Burg Hoheneck und ein Leben danach

Ein Stück Biografie

Marie-Luise Knopp
Eingesperrte Gefühle bahnen
sich ihren Weg
Burg Hoheneck und ein Leben danach
Ein Stück Biografie

Geest-Verlag 2018
4. Auflage, November 2023
ISBN 978-3-86685-692-9

Lange Straße 41 a, 49377 Vechta-Langförden
Tel. 04447/856580
Geest-Verlag@t-online.de
www.Geest-Verlag.de
Printed in Germany

Inhalt

Prolog
Reise mit Marc zur Schicksalsburg Hoheneck

„Eine junge neugierige Generation ist herangewachsen. Sie ist offen, Fragen zu stellen gegenüber den Menschen, die Widerstand gegen die Diktatur geleistet haben. Und auch die Älteren werden offener, ehrlicher und haben all' ihre Geschichten längst noch nicht auserzählt. Diesen Weg sollten wir weitergehen." (Nancy Aris)

In einem Vorortzug ratterten wir durch die erzgebirgische Landschaft. So ganz nebenbei betrachtete ich voller Stolz meinen gutaussehenden Enkel Marc. Ihm habe ich zu verdanken, dass ich bereit war, meine eingesperrten Gefühle herauszulassen. Mit ihm wagte ich diese Reise in meine schmerzliche Vergangenheit.

Der Zug brachte uns zunächst nach Chemnitz und weiter nach Stollberg. Dort wurden wir von dem freundlichen Museumsmitarbeiter, Herrn Eisenreich, empfangen. Der Wagen kroch langsam die holprige Straße zur Burg Hoheneck empor. Allerdings war von der Burg noch nichts zu sehen. Ein dicker Nebelschleier umhüllte sie, doch allmählich zeichneten sich die Konturen ab. Mein Herz schlug schneller.

Endlich standen wir vor einem mächtigen Eisentor mit der Aufschrift:

STRAFVOLLZUGSEINRICHTUNG HOHENECK

Die Schrift war unübersehbar – silberne Buchstaben auf schwarzem Grund.

Herr Eisenreich erklärte Marc: „Ich habe mir für die Führung mit euch viel Zeit genommen, weil ich weiß, dass du foto-

grafieren oder filmen möchtest und ihr zwei sicher viele Fragen habt. Du kannst mit deiner Kamera in die hintersten Ecken kriechen, sofern es die marode Bausubstanz zulässt."
Für sein Geschichtsprojekt brauchte Marc eindrucksvolle Bilder. Bevor wir durch das mächtige Tor gingen, erklärte Herr Eisenreich: „Außerhalb der Anlage befindet sich der Anstaltsfriedhof mit Leichenhalle und Sektionsraum. Der Friedhof wurde nur bis 1950 genutzt."
Mir drehte sich bei dieser Beschreibung der Magen um. Auch der Anblick der meterhohen, mit spitzen Scherben versehenen Mauern, der Stacheldrahtzaun und der jetzt leere Wassergraben bereiteten mir Herzklopfen. Starke Hassgefühle wallten auf, als ich den schmalen Gang zwischen Mauer und Stacheldrahtzaun sah. In mir stiegen die Bilder von damals hoch: Wütend kläffende Schäferhunde, die erbarmungslos ihre Runden drehten. Ich habe nicht darüber nachgedacht, dass die Tiere von Menschen zu diesen Bestien gemacht wurden. Für mich waren sie erbärmliche Werkzeuge der Barbarei. Ich erklärte sie zu meinen größten Feinden.
Herr Eisenreich erklärte Marc: „Deine Großmutter erzählte mir am Telefon, dass sie die Zeit von 1973 bis 1974 hier verbracht hat. Also beschränke ich mich in meinem Bericht vor allem auf diesen Zeitraum. In dem Jahr erreichte die Anstalt mit über 1.600 inhaftierten Frauen die höchste Belegung an Gefangenen. Von denen waren 40 Prozent *politische Gefangene*, die anderen waren Schwerstkriminelle, darunter auch Mörderinnen und Wirtschaftsverbrecherinnen."
Ich ergänzte: „Durch die Arbeit hatten wir regelmäßig Kontakt zu Schwerstkriminellen. Eine Mörderin erzählte uns, dass sie ihren Mann mit einem Hammer erschlagen hätte,

weil sie von ihm täglich tyrannisiert worden war. Eine andere berichtete, dass ihr die Nerven durchgegangen waren, als ihr Sohn nicht aufhörte zu quengeln. Um Ruhe zu haben, setzte sie ihn auf eine heiße Herdplatte. Er starb später an schweren Verbrennungen."

Marc wandte sich empört an mich: „So warst du also für den Staat eine Verbrecherin, die mit Schwerstkriminellen auf eine Stufe gestellt wurde. Das ist grausam."

Herrn Eisenreich wurde die Situation zu emotional. Er schlug vor, mit der Besichtigung des Zuchthauses zu beginnen. Wir gingen zunächst in die Zellen, die nur notdürftig möbliert waren.

„Damit Sie nicht enttäuscht sind", erklärte Herr Eisenreich, „muss ich Ihnen leider sagen, dass der Freistaat Sachsen dieses ehemalige Frauengefängnis an einen privaten Investor, einen saarländischen Geschäftsmann, verkauft hat. Dieser wollte daraus einen profitablen Standort machen und ein Erlebnishotel mit Erholungskomplex aufziehen."

Marc und ich tauschten entsetzte Blicke.

„Wie widerlich", stöhnte Marc auf, „genüssliches Frühstück in einer Dunkelzelle!"

Herr Eisenreich ließ sich davon nicht irritieren. „Zum Glück scheiterte dieses Vorhaben am Widerstand der Opferverbände. Allerdings wurden die meisten originalen Einrichtungsgegenstände entfernt."

Nach einer Stunde intensiver Besichtigung spürte ich die Grenze meiner Belastbarkeit. Die folgenden Ausführungen von Herrn Eisenreich liefen an mir vorbei wie ein schlechter Film. Marc versuchte zwar, den Ort mit der Kamera einzufangen, aber er bemühte sich auch, die Geschichten emotional von sich fernzuhalten. Je mehr er von der Unmenschlichkeit des Ortes und des dafür verantwortlichen Staates erfuhr, desto größer war seine Entrüstung. Es fiel ihm schwer, in den Räumen zu filmen oder zu fotografieren.

Zum Abschluss erzählte Herr Eisenreich eine heiter stimmende Begebenheit: „Apropos, seit kurzer Zeit gibt es wieder Leben in diesem Bau. Eine Füchsin mit ihren fünf Jungen hat diesen Ort als ihr Zuhause auserkoren. Zum Glück weiß sie nichts von der Vergangenheit und fühlt sich hier wohl und geborgen. Sie geht mit ihren Jungen ein und aus."

Damit beendete er die Besichtigung. Trotz der negativen Erinnerungen war ich ihm sehr dankbar für die sensible Führung.

In Stollberg trafen wir uns mit Frau Werner, einer Mitarbeiterin des Fördervereins. Sie führte uns in ein gemütliches Café. Das half uns, etwas Abstand zu dem Erlebten zu bekommen. Frau Werner sprach über die Zukunft des Gebäudes, die Arbeit des Fördervereins, über das steigende Interesse von jungen Menschen, die mehr über diese Zeit wissen wollen.

„Übrigens haben 2013 Schüler eines Chemnitzer Gymnasiums mit ihrer Arbeit über Hoheneck den Geschichtswettbewerb des Bundespräsidenten gewonnen", klärte sie uns auf. Sie berichtete weiter über Kunstprojekte von Schülern und Lehrern und sprach über das Ziel des Fördervereins, immer mehr Menschen für diesen Ort zu interessieren.

Zum Schluss wollte ich noch wissen: „Ein Gedanke beschäftigt mich schon die ganze Zeit. Wir befinden uns hier mitten im Erzgebirge, eine beeindruckende Landschaft mit vielen Rad- und Wanderwegen. Aber trotzdem lässt sich dieser mahnende Anblick der Burg nicht verleugnen. Wie uns Herr Eisenreich erzählte, diente sie schon im 19. Jahrhundert als sächsisches Weiberzuchthaus. Später war sie das größte Frauengefängnis der DDR. Sie sind Stollbergerin und hatten täglich dieses Monument der Grausamkeit vor Augen. Wie haben Sie damit gelebt? In vielen schlaflosen Nächten habe ich mich heimlich zum Fenster geschlichen und mein Gesicht an die Gitterstäbe gepresst, das Bellen der Schäferhunde verflucht, Gebete an Gott und Grüße an meinen Sohn Kai geschickt. Wenn ich auf das verschlafene Stollberg geschaut habe, fragte ich mich, was in den Köpfen der friedlich schlummernden Stollberger vorgehen muss, wenn sie aufwachen und dieses Mahnmal des Unrechts erblicken."

Frau Werner erklärte: *Sie werden es nicht glauben, aber obwohl ich in Stollberg geboren bin und wir Hoheneck täglich gesehen haben, hatten wir keine Ahnung, was sich hinter diesen dicken Mauern abspielte. Mein Elternhaus, ein Bauerngut, befand sich an einem kleinen Berg, den ich mit meinen Geschwistern häufiger hochlief und auf dem ich im Winter Ski fuhr. Von der Bergkuppe aus hatte man einen wunderschönen Blick auf Stollberg und natürlich auch auf die riesige Burg Hoheneck. Wir fanden sie immer sehr geheimnisvoll. Jedes Mal, wenn ich da hochschaute, sah ich Licht brennen, auch in der Nacht. ‚Wer da wohl wohnt?', fragte ich mich. Manchmal sah ich an den Gitterfenstern Gestalten oder einfach nur Konturen. Es war ein unheimliches Bild. Wenn ich wach wurde, hörte ich häufig das durchdringende Bellen der Schäferhunde. Diese Laute machten mir Angst und brannten sich tief in meine Erinnerung. Meine Eltern sprachen nie mit uns Kindern über Burg Hoheneck. Erst später erfuhren wir, dass diese Burg ein Gefängnis für Schwerverbrecherinnen sei. Für mich und meine Mitschülerin-*

nen war es unbegreiflich, dass es so viele Frauen geben sollte, die ein Verbrechen begangen hatten. Es war ein beängstigender Gedanke, dass sie so nahe bei uns wohnten. Natürlich war seit dieser Zeit unsere Neugier geweckt. Später sind wir häufiger zur Burg geschlichen, aber außer ein paar Uniformierten sahen wir niemanden. Wir kamen relativ nahe an die Burg heran. Ich erinnere mich an das geschlossene, wuchtige blaue Tor, das wie eine unüberbrückbare Wand aussah. Ebenfalls kann ich mich an die stets rot leuchtende Ampel erinnern und an den zwei bis drei Meter hohen Maschendrahtzaun, der die äußere Begrenzung des Gefängnisses darstellte. Auch das Schild SPERRZONE war nicht zu übersehen. Jetzt arbeite ich hier. *Eva Werner

Kontakt:
Eva Werner, Tel.:037296 924168, Fax.: 037296 927880,
E-Mail: gds@frauengefaengnis-hoheneck.deInterimsbüro
Gedenkstätte, Angaben gemäß § 5 TMG, Hoheneck,
Herrenstraße 5, 09366 Stollberg

1. Die verhängnisvolle Erbschaft

Meine Tragödie begann, als ich 10 Jahre alt war.
Ich wunderte mich, dass ein Brief, dessen Inhalt meine Eltern vor mir geheim hielten, eine derartige Aufregung auslöste. Neugierig lauschte ich an der verschlossenen Tür. Als ich mehrmals meinen Namen hörte und diese angespannte Atmosphäre nicht mehr ertragen konnte, ging ich zu ihnen und fragte: „Was ist eigentlich los hier, stundenlang diskutiert ihr heimlich und verschließt alle Türen. Sollte ich nicht endlich in euer Geheimnis eingeweiht werden?"
Meine Eltern sahen sich verunsichert an, dann ergriff meine Mutter das Wort. „Marie, vor Kurzem teilte uns ein Rechtsanwalt mit, dass uns eine weitläufige Verwandte ein Haus vererben möchte."
„Aber was ist daran schlecht? Ihr wolltet schon immer ein eigenes Haus. Warum diese Heimlichtuerei und eure sorgenvollen Gesichter?"
Nun fasste sich meine Mutter ein Herz und erklärte mir unter dem Siegel absoluter Verschwiegenheit Folgendes: „Schon seit längerer Zeit planen wir, die DDR zu verlassen, um in Hamburg zu leben. Aber uns fehlte bisher der Mut für diesen Schritt. Nun kommt diese Erbschaft dazwischen."
Mein Vater ergänzte, dass sie sich für das Haus entschieden hätten.
Ich fragte neugierig: „Und wo ist nun das Problem?"
„Das Problem bist du, Marie. Wir müssten in einen 80 Kilometer entfernten kleinen Ort ziehen, du kämst in eine neue Schule und hättest kaum noch Kontakt zu deinen Freundinnen. Auch deine Schwester Hannah wäre nicht mehr bei uns,

weil sie eine Lehrstelle in der Nähe von Berlin gefunden hat", klärte meine Mutter mich auf.

,Ein noch kleinerer Ort, ohne die geliebte größere Schwester, ohne Freundinnen – Schulwechsel, Leben mit einer mir völlig fremden Tante.' Wie sollte ich mich unter diesen Umständen auf das eigene Haus freuen! Ich verlor die Beherrschung und fing an zu weinen. Meine Eltern versuchten vergebens mich zu trösten. Sie sagten, dass alles gut werden würde und ich bestimmt bald neue Freundinnen hätte. Zu dem Zeitpunkt ahnte ich nicht, dass alles noch viel schlimmer war. Wir erbten zwar ein relativ großes Haus, Klinkerbau, mit Garten, Scheune, Acker und Ställen für Ziegen und Schweine. Allerdings stellte die sehr religiöse Tante den größten Bereich des Hauses der Kirche zur Verfügung. So fanden regelmäßige Bibelstunden, der Frauenkreis oder auch Konfirmationsunterricht in unserem Haus statt. In den Wintermonaten wurde sogar ab und zu der Gottesdienst bei uns abgehalten, weil man die alte Kirche nicht warm bekam. Durch das Öffnen einer Flügeltür war genügend Platz für die kleine Gemeinde.

Meine Mutter betrieb im Haus die Poststelle mit dem einzigen öffentlichen Telefon des Dorfes. Dafür wurden der Erker und der geräumige Korridor genutzt. Das bedeutete im vorderen Bereich des Hauses ein reges Raus und Rein zur Poststelle und zu den kirchlichen Veranstaltungen. Ebenso unruhig ging es im Anbau zu. Mein Vater hatte dort seine Schuhmacherwerkstatt eingerichtet. Nur der mittlere Teil konnte als Privatbereich, mit Küche und Wohnzimmer, genutzt werden. In der oberen Etage befanden sich das Elternschlafzimmer und ein geräumiger Dachboden, den man später ausbauen wollte.

Es hätte alles so perfekt sein können. Aber die Sache hatte einen Haken: Im Haus gab es keinen Platz für mich. Ich war 10 Jahre alt und musste mir mit meiner 80-jährigen Tante ein Zimmer teilen und sogar neben ihr im Ehebett schlafen. Nacht für Nacht ertrug ich ihr grässliches Schnarchen. Um Schularbeiten machen zu können, wurde für mich in der Werkstatt meines Vaters eine kleine Ecke eingerichtet. Selbst das gestaltete sich schwierig. Das Radio dudelte den ganzen Tag, Kunden kamen und gingen. Die Luft, eine Mischung aus Pfeifentabak, Schleifpapier, Schuhcreme, Lack und Leder, vernebelte mir den Kopf.

So war es kein Wunder, dass ich die täglichen Ausflüge mit meinen drei Ziegen herbeisehnte. Jeden Nachmittag nach der Schule trottete ich, eine Decke unter dem Arm und ein Buch in der Hand, drei Ziegen als Gefolge, zu einer großen Wiese. „Susi, Reni, Gretchen", rief ich, wenn es mir nicht schnell genug ging.

Bis auf die eigenwillige Susi, die einzige mit Hörnern, gehorchten sie prompt, denn sie freuten sich auf die saftigen Blätter des Holunderbusches und auf das frische Gras. Wenn ich die Stricke gelöst hatte und die drei versorgt waren, breitete ich meine Decke aus und vertiefte mich in mein Lieblingsbuch „Helenes Wanderjahre". Ja, dieses Buch nährte meine Sehnsüchte und Träume. Auch Helene, die Protagonistin des Buches, konnte sich nichts Schöneres vorstellen, als aus der Monotonie und Enge eines kleinen Dorfes auszubrechen, ebenso wie ich.

2. Der Duft nach Holunderblüten

Einige Jahre später im Hochsommer: Es war unerträglich heiß. Das Dorf wirkte wie ausgestorben. Auch in unserem Haus, in dem es sonst zuging wie in einem Taubenschlag, herrschte Stille.
Die Gluthitze ließ die Menschen erstarren. Gelbgoldene Ährenfelder waren überreif. Kein Bauer kümmerte sich um sie. Blumen und Büsche welkten traurig vor sich hin. Die Vögel piepsten mit schwacher Stimme. Was war nur mit den Menschen los? Ihre schweren Holztüren blieben verriegelt. Nur eine kleine Katze schlich sich vorsichtig aus einer Hintertür in den verdorrten Garten. Sie war völlig abgemagert und hoffte verzweifelt auf eine kleine Maus, die sie vorm Verhungern retten sollte. Vorsichtig öffnete ich die knarrende, schwere Eichentür und schlich mich leise hinaus. Dann drückte ich mich an der Mauer entlang. Ich hielt es nicht mehr aus in den verdunkelten, grabesstillen Räumen meines Elternhauses. Mein Gesicht war gezeichnet von Sorge und Traurigkeit. Nach vorn gebeugt, als hätte ich eine schwere Last zu tragen, ging ich mit meinen für diese Temperaturen viel zu schweren Schuhen den staubigen Weg entlang. Die Sonne brannte erbarmungslos auf meinen blonden Lockenschopf. Als ich mich weit genug von meinem Elternhaus entfernt glaubte, wurden meine Schritte schneller. Mit geröteten Wangen und blitzenden Augen begann ich zu laufen, schneller und schneller. Ich wirbelte Staub auf, aber das machte mir nichts aus. Dann hielt ich inne. Ich hörte in der Ferne das mühsame Schnaufen einer kleinen Dampflok, was mein Herz zum Klingen brachte.

Alle meine Sehnsüchte und Träume fand ich in ihr vereint. Ich wünschte mir so sehr, auf einen der Waggons aufspringen zu können, um diesem traurigen Leben zu entfliehen.
„Hallo, kleine Lok, nimm mich doch mit, bitte!", bettelte ich. Doch meine Worte wurden von ihrem lauten Schnaufen verschluckt. Noch ein ganzes Stück verfolgte ich sie, bis ich völlig außer Atem war. Als die Lok hinter den Bäumen und Büschen verschwand, lief ich auf den Schienen weiter. Ich glaubte, so schneller voranzukommen oder sie gar einzuholen.
Doch ich hatte noch einen anderen Grund. Ich wollte so schnell wie möglich zu meinem einzig wahren Freund, dem Maulbeerbaum. In seiner Nähe war ich glücklich und unbeschwert. So war es auch heute. Je mehr ich mich dem Maulbeerbaum näherte, umso entschlossener wurden meine Schritte und umso stolzer meine Haltung. Schon von Weitem sah ich, wie mein Freund, ein etwa sechs Meter hoher Baum, seine Krone majestätisch hin und her bewegte. Waren die dunkelroten Früchte reif, freute ich mich besonders auf ihn. Sie schmeckten köstlich. Aber das war nicht der Hauptgrund für meinen Besuch. An diesem Tag wollte ich mit ihm über meine Sehnsüchte, Träume und Sorgen sprechen.
„Guten Tag, lieber Maulbeerbaum, wie geht es dir?", rief ich. Der Baum antwortete mit einem Rascheln seiner Blätter, was Ausdruck seiner Freude war. Ich setzte mich vor Erschöpfung auf den Boden und lehnte mich an den rauen Stamm. Wie so oft streichelte ich liebevoll seine Rinde. Später machte ich es mir auf der alten knarrenden Bank gemütlich. In Gedanken versunken ritzte ich an einer unauffälligen Stelle ein Herz in die Lehne. Als ich mich ein wenig erholt hatte, kletterte ich auf den Ästen entlang bis fast zum Gipfel. Die dicht gewach-

sene, schattige Baumkrone gab mir den ersehnten Schutz vor der erbarmungslos brennenden Sonne. Vergnügt naschte ich von den Früchten. In der Nähe des Baums schlängelte sich ein kleiner Bach, der trotz der Hitze noch nicht ausgetrocknet war. Auch ihn begrüßte ich freundlich. Der alte, erfahrene Baum merkte sofort, dass ich anders war als sonst. Er vermisste meine unbeschwerte Leichtigkeit. Mein Freund erkannte den entschlossenen Blick und den dicken Punkt hinter meinen Gedanken. Das hieß, ich hatte eine Entscheidung getroffen, die für ihn schmerzlich sein würde. Oftmals hatten wir darüber gesprochen, dass ich mich in diesem kleinen Dorf unglücklich und eingesperrt fühlte. Nirgends war Platz für mich, alles war zu eng. Ich war mit meinem Kummer allein. Es gab nur ihn, dem ich mich anvertrauen konnte.

Der kluge alte Maulbeerbaum wusste, dass es noch einen ganz anderen Grund gab, der mich beunruhigte. Schon seit einiger Zeit bemerkte er, dass sich die Kindheit allmählich von mir verabschiedete. Es war nicht zu übersehen, ich bereitete mich auf das Erwachsenenleben vor. Mir wurde es nicht nur zu eng in unserem Haus und dem Dorf, sondern auch in meiner Haut.

„Du wirst mich also bald verlassen“, unterbrach der Maulbeerbaum die Stille.

Ich erschrak. Ein heftiger Schmerz umspannte meine Brust. Ich begann leise zu weinen. Nun war es raus. Es tat gut, sich endlich von diesem Druck befreien zu können. Irgendwann musste es sein, das war uns beiden seit Langem klar.

„Lieber Maulbeerbaum, ich werde dich und unsere schönen Stunden niemals vergessen. Egal, wo ich auch sein werde, du bist und bleibst meine Heimat.“

Nun ja, das war sein Schicksal, er war ein Baum und somit tief verwurzelt in der Erde. Er konnte seinen Standort nicht so ohne Weiteres verändern. Allerdings war ihm bewusst: Ohne mich würde sein Leben ärmer und trauriger sein. Mit Tränen in den Augen strich ich ein letztes Mal über die Rinde. Dann ging ich. Mein Weg führte mich vorbei an den in die Jahre gekommenen Häusern und an den lieb gewonnenen Holunderbüschen, deren Duft ich mit ins Erwachsenenleben nahm. Aber jetzt war keine Zeit für Sentimentalitäten. Mein Plan stand fest. Mein Rucksack war gepackt. Ich ging früher als gewöhnlich ins Bett, vollständig bekleidet. Einige Tage vorher hatte ich einen bewegenden Abschiedsbrief an meine Mutter geschrieben.

In aller Frühe, im Schutze der Dunkelheit, schlich ich mich aus dem Haus. Ich kannte den Fahrplan der Lok genau. Plötzlich übermannten mich schreckliche Schuldgefühle und eine erdrückende Angst. Blitzschnell änderte ich meine Pläne und ging erneut zum Maulbeerbaum. Ich bewegte mich vorsichtig, fast geräuschlos, denn ich merkte, dass sich mein Freund in tiefem Schlaf befand. So kauerte ich mich sacht ins Gras und schmiegte mich an seinen Stamm. Danach musste ich fest eingeschlafen sein, denn als ich wach wurde, war es taghell. Sorge und Aufregung ließen mich, so schnell ich konnte, zu meinen Eltern eilen.

Als meine Mutter mich wie gewohnt wecken wollte, sah sie das leere Bett und einen Brief auf dem kleinen Schreibtisch. Aufgeregt öffnete sie den Umschlag und hielt ein dicht beschriebenes Blatt in ihren zitternden Händen. Ihre Augen füllten sich mit Tränen, die Buchstaben verschmolzen zu einem Buchstabenbrei, sodass sie nicht fähig war weiterzulesen. Dieser Brief war eine einzige Anklage: *zu streng, keine Freiheiten, einsam und eingeengt* ... Mehr konnte sie in diesem Augenblick nicht verkraften. Mit dem Brief in der Hand eilte sie in die Werkstatt zu meinem Vater. Erschreckt sah er meine Mutter an. Ihr verweintes, blasses Gesicht beunruhigte ihn zutiefst.

„Was ist passiert, ist etwas mit Marie?", fragte mein Vater besorgt.

Schweigend reichte sie ihm meinen Brief. Mein Vater brauchte sehr lange, bis er den Inhalt erfasst hatte. Er war nun nicht mehr in der Lage weiterzuarbeiten. Sofort versuchten sie, Kontakt zu Hannah, meiner Schwester, aufzunehmen, aber ohne Erfolg. Plötzlich hörten sie das Knarren der schweren Haustür. Ich schlich mich ins Haus. Mit verweintem Gesicht und zerzausten Haaren stürzte ich mich auf meine Mutter, umarmte sie so stürmisch und fest, als wollte ich sie niemals wieder loslassen.

Die Eltern erkannten, dass ich durch den Umzug in das kleine Dorf völlig entwurzelt war. Als ich 14 Jahre alt war, meldeten sie mich in einem Internat in einer Kleinstadt an. Für mich begann damit eine schöne Zeit.

3. Ein neuer Lebensabschnitt

Ich wollte unbedingt Lehrerin werden. Allerdings waren die Voraussetzungen dafür nicht günstig, obwohl ich gute Zeugnisse hatte. Der erste Makel war der Beruf meines Vaters: *Selbstständige Handwerker* passten nicht in das System des Arbeiter- und Bauernstaates. Auch unsere starke religiöse Lebensweise war ein Hindernis. Ich hatte mich selbstverständlich konfirmieren lassen, meine Eltern waren konsequent gegen eine *Jugendweihe*. Wie sollte ich da jemals einen Studienplatz für ein Lehrerstudium bekommen! Aber meine ehemalige Deutschlehrerin, Frau Bauer, glaubte fest an mich und versuchte mich zu fördern. Tatsächlich hatte sie es geschafft, mir den Weg zu zeigen und mich ein Stück zu begleiten. Nach bestandener Aufnahmeprüfung an einer Hochschule und der Unterstützung von Frau Bauer war ich mutig genug, diesen Weg allein weiterzugehen. Damit ging mein größter Wunsch in Erfüllung. Ich genoss mein Studentenleben, kostete alles aus, verliebte mich nicht nur einmal, bis ich endlich den Mann fand, bei dem ich glaubte, angekommen zu sein. Ich hatte Erfolg und Freude in meinem Beruf. Unser allergrößtes Glück war die Geburt unseres Sohnes Kai. Nun hätte das Leben für mich nicht schöner sein können. Allerdings sah das mein damaliger Mann anders. Tiefe Unterschiede bei unseren Vorstellungen über eine Partnerschaft machten uns das Leben schwer.

Während ich glaubte, auch in der Ehe meine Eigenständigkeit leben zu können, hatte mein Mann völlig andere Ansichten. Er bastelte, nachdem er das Diplom in der Tasche hatte, an seiner Doktorarbeit und plante ein eher konservatives Leben mit einer Frau, die sich in erster Linie um Kind, Haushalt und Garten kümmerte. Wohnen wollte er möglichst in der Nähe seiner Eltern. Eine Karrierefrau an seiner Seite konnte er sich nicht vorstellen. Und ich erstickte an der Vorstellung, dieses bürgerliche Leben für alle Zeiten führen zu müssen.

Ich liebte meinen Sohn über alle Maßen und fand völlige Erfüllung als Lehrerin. Außerdem war ich fest davon überzeugt, dass ich den beiden Aufgaben – liebevolle Mutter und engagierte Lehrerin – gerecht werden konnte. Als mein Mann und ich allerdings erkennen mussten, dass uns ein Graben voller Gegensätze trennte, beendeten wir unsere Ehe mit einer *sauberen Scheidung*.

4. Die Rebellin

Mit der Zeit begannen allerdings auch in meinem Beruf die Probleme. Die ständigen Repressalien des autoritären Staates ließen mich immer wieder gegen eine Wand laufen. Sinnlose Vorschriften und Verbote im täglichen Lehrer-Schüler-Leben verleiteten mich dazu, offen zu opponieren. Durch einen besonderen Vorfall geriet ich bei meinen Vorgesetzten in Misskredit. Da ich ein Mensch mit einem stark ausgeprägten Gerechtigkeitssinn bin, lehnte ich mich gegen bodenlose Ungerechtigkeiten offen auf. Ein Beispiel meines lauten Protests war das folgende Ereignis.
Am Schuljahresende wurden die Schüler für den Besuch eines Gymnasiums bestimmt. Auf einer Lehrerkonferenz wurde über jeden einzelnen Schüler gesprochen und das Für und Wider gegeneinander abgewogen. Die Kriterien für die Aufnahme waren nicht unbedingt die Leistungen, sondern entscheidend war die Herkunft des Kindes. In meiner Klasse gab es einen besonders brisanten Fall, der mich wütend machte. Es ging um Jan, den Sohn eines Zahnarztes, der vom Notendurchschnitt her alle Kriterien für den Besuch eines Gymnasiums erfüllte. Und es gab Klaus, Sohn eines Arbeiters, leistungsmäßig weitaus schlechter und ungeeigneter.

Klaus bekam eine Zusage, obwohl er auf dem Gymnasium restlos überfordert war. Man hatte ihm mit der Entscheidung keinen Gefallen getan. Der Sohn des Zahnarztes dagegen hatte die Intelligenz, den nötigen Ehrgeiz und sogar schon klare Ziele für seine spätere Laufbahn. Er wünschte sich so sehr, auf das Gymnasium gehen zu können. Die Eltern setzten in der Schulbehörde alles daran, um ihrem Sohn das Gymnasium zu ermöglichen. Ich beging in dieser Situation einen Kardinalfehler, denn ich setzte mich für Jan ein, unterstützte ihn und seine Eltern. Als ich später erfuhr, dass sein Antrag abgelehnt wurde, zeigte ich auf einer Lehrerkonferenz offen meine Empörung. Das ging natürlich gar nicht. Ich wurde zur oberen Schulbehörde bestellt und musste eine heftige Kritik über mich ergehen lassen.
Diese Schikanen verdrängte ich, indem ich mich in die Arbeit stürzte. Ich nahm an Weiterbildungen teil, schrieb Artikel für Fachzeitschriften und genoss die Zeit mit meinem Sohn Kai. Je erfolgreicher ich wurde, umso mehr geriet ich in den Fokus des Staatssicherheitsdienstes. Rebellisch und erfolgreich, das gefiel ihnen nicht, oder sie versuchten, diese Eigenschaften für ihre Zwecke auszunutzen. Dass ich mich konsequent weigerte, in die Partei einzutreten, war meinen Vorgesetzten zwar bekannt, aber als Lehrerin für Deutsch und Geschichte nicht gleichgültig. Sie mussten es respektieren.
Eines Tages bekam ich eine Einladung zu einem Gespräch mit dem Stadtbezirksschulrat. Ich ahnte nichts Gutes, obwohl ich davon überzeugt war, dass sowohl Schüler als auch Eltern mit mir zufrieden waren. Als die Begrüßung der Sekretärin besonders freundlich ausfiel, stieg mein Misstrauen. Respektvoll und wohlwollend wurde ich von meinen Vorge-

setzten begrüßt. Die Sekretärin bot mir sogar Kaffee an. Der Schulrat lehnte sich in seinem voluminösen Schreibtischstuhl zurück und wandte sich mit einer salbungsvollen Rede an mich.
„Frau Krüger, ich habe Sie heute zu mir bestellt, weil ich mit Ihnen einiges zu besprechen habe. Da gäbe es zunächst eine Belobigung."
‚Belobigung, wofür?', ging es mir durch den Kopf. ‚Nun gut, ich werde es gleich erfahren.' Ich war sprachlos, starrte den gewichtigen Herrn ungläubig an.
„Zunächst kann ich Ihnen heute eine Urkunde für zehn Jahre gewissenhafte Pflichterfüllung im Dienste der sozialistischen Schule, die *Pestalozzi-Medaille in BRONZE*, überreichen."
Ach ja, das hatte ich völlig vergessen, mir war entgangen, dass ich tatsächlich bereits zehn Jahre im Schuldienst war. ‚Also nichts Besonderes, die bekommt jeder', dachte ich. Als ich mich bedanken wollte, setzte der Schulrat erneut an.
„Aber das ist noch nicht alles. Vor Kurzem erreichte uns ein weiteres Schreiben. Hier lobt man Sie wegen reger außerschulischer Arbeit, zum Beispiel als Theater-Verbindungs-Lehrer." ‚Auch nichts Besonderes', dachte ich. Ich fragte mich, was das Ganze sollte. Nach einer kurzen Pause kramte er in den Unterlagen und hielt ein weiteres Schreiben in der Hand.
„Das Beste habe ich bis zum Schluss aufgehoben. Kürzlich erreichte uns ein Brief, in dem Ihre Leistung in einer Forschungsgruppe besonders gelobt wurde."
Er ließ es sich nicht nehmen, mir dieses Schreiben salbungsvoll vorzulesen:

*„Als Mitglied einer Forschungsgruppe der Karl-Marx-Universität unter der Leitung von Herrn Prof. Riehme haben Sie bisher eine sehr aufwendige Arbeit geleistet ..., die ausgezeichnet und hoch prämiert wurde!"**

Diese Anerkennung freute mich sehr. Trotzdem hinterließ die Belobigungszeremonie ein ungutes Gefühl. Nachdem der Schulrat seinen Teil abgearbeitet hatte, rief er seine Sekretärin, schüttelte mir dankend die Hand und bat mich, der Sekretärin zu folgen. Nun reagierte ich etwas ungehalten.

„Es tut mir sehr leid, ich muss dringend meinen Sohn von den Großeltern abholen", sagte ich mit Nachdruck. „Genau, um den geht es in dem folgenden Gespräch", klärte mich die Sekretärin auf.

Ich wurde zu einem anderen, mir unbekannten Mitarbeiter geführt, der angeblich für Weiterbildungen zuständig sein sollte. Nun gut, ich hatte keine andere Wahl und wartete ab. Ein geschniegelter, drahtiger Mann Ende 40 empfing mich mit einem süffisanten Grinsen. Er stellte sich als Vorsitzender der Weiterbildungsabteilung vor und bat mich, Platz zu nehmen. „Frau Krüger, Sie werden sich wundern, warum Sie zu mir geschickt wurden."

Ich entgegnete selbstbewusst: „Ja, zumal meine Zeit wegen meines Sohnes knapp ist."

„Genau, um Ihren Sohn geht es in diesem Gespräch. Wie wir wissen, leisten Sie eine sehr gute schulische und außerschulische Arbeit. Ihr Problem ist, dass Sie immer noch keinen Kindergartenplatz haben und deshalb Ihren Sohn schon des Öfteren mit in die Schule nehmen mussten."

Mein Herz schlug schneller, aber nicht vor Freude, sondern vor Misstrauen.

„Wir könnten uns für Sie einsetzen, wenn Sie bereit wären, eine Zusatzausbildung für Staatsbürgerkunde zu absolvieren. Als Geschichtslehrer böte sich dieses Ergänzungsstudium an. Allerdings machen wir das nicht nur aus Menschlichkeit, sondern wir haben einen echten Mangel an Staatsbürgerkundelehrern."

Ich wurde nicht gefragt, ob ich Interesse hätte, sondern man köderte mich mit dem Versprechen eines Kindergartenplatzes. Da die Kindergartenzeit für Kai bald vorbei war, interessierte mich die ganze Geschichte nicht sonderlich.

Aber sie schien noch interessant zu werden. Als ich zu einem späteren Zeitpunkt zu dem angekündigten Gespräch ging, stellte sich heraus, dass es sich nicht allein um eine Weiterbildung und einen Kindergartenplatz handelte, sondern es war eine verdeckte Werbung für den Staatssicherheitsdienst. Bevor der Stasi-Mann deutlicher wurde, verließ ich unter einem Vorwand schnellstens das Gebäude. Der Mitarbeiter forderte mich aber vorher noch dringend auf, über dieses Gespräch absolutes Stillschweigen zu wahren, sonst könne man mir das Leben etwas unbequem machen.

In den Stasi-Akten konnte ich später in diesem Zusammenhang folgende Beurteilung lesen:

„Kollegin Krüger ist parteilos, gibt einen guten fachlich-methodischen Unterricht. Bei Kindern wie bei Eltern besitzt sie Autorität und versteht sich durchzusetzen. Ihre politische Einstellung ist undurchsichtig. Sie gilt auf diesem Gebiet nicht als ehrlich. Bei politischen Äußerungen ist sie sehr zurückhaltend. Sie ist klug genug einzuschätzen, was sie sagen darf und was nicht. Die Quelle ist überzeugt, dass sie mit vielen Dingen nicht einverstanden ist, ihre wahre Einstellung aber nicht äußert, weil sie weiß, dass ihr diese

*schaden könnte. Klaren politischen Stellungnahmen weicht sie aus.“**

An anderer Stelle las ich: *„Frau Krüger macht häufig Schwierigkeiten, ist überheblich, der politische Reifegrad ist entsprechend, sie ist zwar zielstrebig, kollegial und fleißig, ihre gesellschaftliche Mitarbeit erfordert eine Steigerung ...“* *

Aber diese Steigerung sollte es nicht mehr geben.

5. Eine böse Überraschung

Diese versuchte Stasi-Anwerbung hatte mich empört und aufgewühlt. Ich durfte also mit niemandem über diese Situation sprechen. Um mich abzulenken, ging ich in die Leipziger Innenstadt in mein Lieblingscafé. Kai war bei seinen Großeltern. Die Eltern meines Mannes wohnten ganz in unserer Nähe. Als ich nach Hause ging, war es bereits dunkel. Ich schleppte die Schwüle des Tages und die emotionale Belastung durch die Stasibehörde mit mir herum. Mit niemandem über den Vorfall zu reden, fiel mir schwer. Obwohl bisher nichts Bedeutendes passiert war, spürte ich etwas Bedrohliches. Wo waren meine Leichtigkeit und mein Hochgefühl geblieben? Es war zwar spät, aber ich nahm absichtlich kein Taxi, weil ich den Gang durch die laue Abendluft genießen wollte.

Inzwischen hatte die Dunkelheit auch das blasse Licht der Straßenlaternen verschluckt. Ich war froh, dass ich nur noch wenige Meter von meinem Zuhause entfernt war. Mit Erleichterung eilte ich der Haustür entgegen. Die menschenleere Straße beunruhigte mich. Auf der gegenüberliegenden

Straßenseite wartete ein beiges Auto auf seinen Besitzer. ‚Wem das wohl gehört?', fragte ich mich. Ich hatte diesen Wagen noch nie hier gesehen. Bevor ich die Haustür aufschloss, drehte ich mich in alter Gewohnheit noch einmal um. Sah ich an der Häuserecke nicht gerade einen Schatten, der sich blitzschnell entfernte? Aber vielleicht war es nur eine dieser Fata Morganen, die mir in letzter Zeit das Leben schwer machten.

Ein Hundegebell durchbrach die Stille und holte mich in die Wirklichkeit zurück. Ich war froh, dass die Hundebesitzerin, eine ältere Frau, mich ansprach. „Einen schönen Abend, junge Frau, entschuldigen Sie, wenn mein Bruno Sie erschreckt hat. Er vermisst seine Hundefreundin. So leer haben wir diese Straße noch nie gesehen."

Während des Gesprächs beschnupperte mich der in die Jahre gekommene Terrier. Doch schnell entschied er, dass ich kein Ersatz für seine Freundin war, und zog die ältere Dame weiter. Sie verabschiedete sich von mir. Ihre Freundlichkeit tat mir gut.

‚Nun aber nach Hause', sagte ich mir. Ich sehnte mich nach Ausspannen in meiner behaglichen Wohnung.

Doch was war das? Als ich die Wohnungstür aufschließen wollte, bemerkte ich, dass die Tür nur angelehnt war. Hatte ich vergessen abzuschließen? Aber nein, diesen Gedanken verwarf ich ganz schnell. Mein Herz raste. Ich hatte Angst, in meine eigene Wohnung zu gehen. Die Angst kroch durch meinen ganzen Körper. Meine Hände zitterten. Ich drückte auf den Lichtschalter. Aber es war nichts Auffälliges zu entdecken.

„Hallo, ist da jemand?", rief ich mit zittriger Stimme.

Nachdem ich keinen Laut vernahm, ging ich durch das Schlaf- und das Kinderzimmer. Schließlich blieb ich unschlüssig vor meiner Wohnzimmertür stehen. Die Tür war als einzige geschlossen, was ungewöhnlich war. Ich ließ meist alle Türen offen. Nach einem kurzen Zögern öffnete ich vorsichtig die schwere, weiß lackierte Altbautür. Was ich da sah, war ein Bild des Grauens. Herausgezogene Schubladen, Briefe, Papiere und Krimskrams waren auf dem Teppich verstreut. Meine zahlreichen Ordner mit Unterrichtsvorbereitungen, Anschauungsmaterial und sonstigen Unterlagen türmten sich in einer Ecke des Zimmers. Ich war wie gelähmt. Ein Telefon hatte ich nicht. Also war ich mit mir allein und musste versuchen, einen klaren Gedanken zu fassen. Ich war froh, dass Kai bei den Großeltern war.
Da saß ich nun inmitten meines äußeren und inneren Chaos. Ich zog die Jacke aus, verstaute meine Einkäufe, kochte mir zur Beruhigung einen Kamillentee und ließ mich in meinen Sessel fallen. Während ich nachdachte, betrachtete ich mein Wohnzimmer. Es war zwar spärlich eingerichtet, aber da ich Wert auf warme Farben legte, schaffte ich es, auch mit wenigen Mitteln eine wohltuende Atmosphäre zu zaubern. Die Wohnung war ICH, ICH war die Wohnung, ohne Kompromisse und Rücksicht auf die Meinung anderer.
Nach diesem Ereignis war alles anders. Überall sah ich *glotzende Gesichter mit überdimensionalen Ohren*. Ich fühlte mich fremd in meiner eigenen Wohnung. ‚*Wanzen, Wanzen, überall Wanzen!*', schoss es mir durch den Kopf.
Zur Beruhigung trank ich den Tee, der mich an meine Kindheit erinnerte. Ich fragte mich, warum immer wieder irgendwelche Peiniger meinen inneren Frieden störten, warum es

mir nicht vergönnt war, ein bisschen Glück in mein Leben zu lassen. Aber ich durfte nicht unzufrieden sein, denn immerhin wartete mit meinen 30 Jahren noch das pralle Leben auf mich. Ich war eine leidenschaftliche Mutter, liebte meinen siebenjährigen Sohn über alles. Ebenso war ich eine begeisterte Lehrerin. Ich liebte die Kinder, und die Kinder liebten mich. Warum beschwerte ich mich? Mit meiner rebellischen Haltung hatte ich mich oft am Rande des Abgrunds bewegt, kein Risiko gescheut, war hingefallen, wieder aufgestanden, hatte mir blaue Flecken geholt und diese einfach ignoriert. Was ich tat, machte ich mit Hingabe und Leidenschaft. Wenn ich mir etwas in den Kopf gesetzt hatte, setzte ich es durch. Aber inzwischen war die *Schmusezeit* mit der Stasi vorbei. Ich hatte *diese Herren* trotz raffinierter Werbung abblitzen lassen, bewegte mich im Unterricht oft am Rande des politisch Korrekten. So verwendete ich beispielsweise literarische Texte, die nicht im Lehrplan vorgesehen waren, drückte mich um eine eigene politische Stellungnahme, indem ich Medien einsetzte.
Einige Kollegen hielten mich für arrogant und aufrührerisch und sorgten dafür, dass ich mich vor dem Schulleiter und dem Parteivorsitzenden für meine Eigenmächtigkeiten verantworten musste. Zum Glück war meine Beziehung zum Schulleiter sehr gut. Er war überzeugt davon, dass ich guten Unterricht gab.
Das sah der Parteivorsitzende anders. So wusste ich, dass man mir nun genauer auf die Finger schaute. Diese Schikanen und Peinigungen ließen mich über Macht und Ohnmacht philosophieren.

6. Budapest, Schicksalsstadt

Es war Sommer. Kai fuhr mit seinem Vater für zwei Wochen an die Ostsee. Ich wollte diese kinderlose Zeit mit meinen Freundinnen für einen Kurzurlaub in Budapest nutzen und freute mich auf Erholung und Abwechslung. Das war meine erste Reise mit meinen beiden Freundinnen Sybille und Marga in diese reizvolle Stadt. Wir verbrachten dort eine unbeschwerte Zeit. Kulturelle Unternehmungen, Spaß und Erholung in Thermalbädern, Vergnügen in Cafés und Bars waren gut dosiert. Zwischendurch hatte ich das Bedürfnis nach Alleingängen. Es war mein dringender Wunsch, das Museum der Künste, das größte Kunstmuseum Ungarns, zu besuchen. Dort waren Objekte der Antike und der europäischen Kunstgeschichte vom 13. bis 20. Jahrhundert zu besichtigen. In der Abteilung der französischen Malerei betrachtete ich begeistert die Werke von Marc Chagall. Ich fand, dass Chagall zu Recht als Maler-Poet bezeichnet wurde. Wie kein anderer erzählte er mit seinen Werken Geschichten. Als ich mich gerade in das Bild *The Dream* vertiefte, merkte ich trotz aller Faszination, dass ich beobachtet wurde. Das war mir unangenehm, deshalb wandte ich mich einem anderen Bild zu. Doch mein Beobachter ließ sich davon nicht zurückhalten.

„Entschuldigen Sie, ich sehe, dass Sie sich jetzt schon eine ganze Weile mit dem Bild beschäftigen. Ich mag zwar Chagall, aber mit diesem Bild kann ich absolut nichts anfangen."

‚Ganz schön raffiniert', dachte ich, ‚so kann man einen Flirt auch beginnen.'

„Sie erwarten doch von mir jetzt keine umfangreiche Interpretation. Meine Empfindungen und Assoziationen sind etwas zu intim, als dass ich sie mit einem Fremden teilte.“
„Das mit dem *Fremden* lässt sich ganz schnell ändern. Also mein Name ist John. Und wer verbirgt sich hinter der verträumten Chagall-Liebhaberin?“
Nun konnte ich nicht mehr ernst bleiben. John, Ende dreißig, Typ eleganter Geschäftsmann, groß, geschmackvoll gekleidet, offener dunkler Mantel, Aktenmappe unter dem Arm, wahrscheinlich von der anderen Seite Deutschlands. Für meinen Geschmack zu geschniegelt. Er diskutierte noch eine ganze Weile mit mir über Chagall. Dann aber wurde es uns beiden zu ungemütlich.
„Ich kenne ganz in der Nähe ein nettes Café. Was halten Sie davon, wenn wir dort unsere Diskussion fortsetzen?“
Was sollte es, es war Urlaub, der Mann war nicht uninteressant, und gegen ein gemeinsames Kaffeetrinken hatte ich nichts. John führte mich in ein idyllisches, typisches Budapester Café. Es war fast bis auf den letzten Platz besetzt, meist mit eleganten älteren Damen. Das unaufdringliche Gemurmel im Hintergrund war eine gute Untermalung unseres Gesprächs. Ich ließ mich sogar zu einem Stück Kuchen überreden. Als ich an meiner Kaffeetasse nippte, spürte ich wieder seine intensiven Blicke.
„Marie, als ich Sie während der Bildbetrachtung beobachtete, hätte ich schwören können, Sie seien eine Ungarin, die dunklen Haare, hoch stehende Wangenknochen, Mandelaugen und das etwas kantige Gesicht sind für mich typische Attribute einer Ungarin. Von Ihrem Temperament ganz zu schweigen.“

Ich fand meine neue Bekanntschaft ziemlich selbstbewusst, ja sogar ein bisschen dreist. So etwas liebte ich sonst nicht und reagierte auf einen derartigen Flirtversuch gewöhnlich widerspenstig. Aber in diesem Fall ließ ich es amüsiert zu.
„Und Sie entsprechen ganz und gar nicht meinen Vorstellungen von einem Bundesbürger."
„Jetzt haben Sie mich aber neugierig gemacht. Welche Attribute müsste ich erfüllen, um in dieses Klischee zu passen?"
Nun musste ich Farbe bekennen.
„Also, da wir durch die Leipziger Messe hauptsächlich auf Geschäftsleute treffen, ist unsere Einschätzung natürlich recht einseitig und sicher nicht unbedingt zutreffend. Hinzu kommt unser Ostkomplex. Wir finden den typischen Wessi arrogant und oberflächlich, allerdings meist gut gekleidet, sprachlich sehr geschickt."
„Das klingt ja wenig schmeichelhaft. Nun müssen Sie mir aber Zeit geben, damit Sie Ihr Urteil revidieren oder vervollständigen können."
Diese Zeit bekam er. Und diese Begegnung wirbelte mein ganzes Leben durcheinander.
Wir trafen uns, sooft es bei dieser komplizierten Ost-West-Beziehung möglich war. In Ermangelung eines Telefons gingen unendlich viele Briefe, Telegramme und Telefonate von öffentlichen Telefonzellen oder Hotels hin und her. Die Stasi hatte viel Arbeit mit uns: Briefe öffnen, kopieren, wieder zukleben, archivieren, mich auf zahlreichen Reisen *begleiten*, Wanzen, wo auch immer wir uns aufhielten, installieren, auswerten usw.

7. Geheimnisvolle Begleiterinnen

Mehr als ein Jahr war inzwischen vergangen. John und ich hatten uns kennen- und lieben gelernt. In der Zwischenzeit sprachen wir sogar schon über eine gemeinsame Zukunft. Für die Herbstferien hatte John mich zu einem Kurzurlaub in unsere Schicksalsstadt Budapest eingeladen. Ich freute mich sehr darauf.

Nach dem buddhistischen Gesetz von Ursache und Wirkung war für mich vielleicht nun auch endlich etwas Licht vorausbestimmt.

Ich sehnte mich nach Freiheit und einer kleinen Familie.

So glaubte ich fest daran, dass ich diesem Mann begegnen musste, um meinem Lebensziel näher zu kommen. Voller freudiger Erwartung trat ich meine zwölfstündige Reise von Leipzig nach Budapest an. Ich hatte ein Abteil für mich allein, was, wie sich später herausstellte, auch seinen Grund hatte. Ich blätterte in meinem Buch, war aber zu unkonzentriert, um darin zu lesen. Meine Gedanken sprangen hin und her. Ich träumte mich in eine schönere Welt, in eine Welt von Freiheit, Harmonie und Liebe. Da gab es also einen Menschen, den ich lieb gewonnen hatte und dem ich mein Vertrauen schenkte. Trotzdem hatte ich Zweifel, ob so eine Ost-West-Beziehung überhaupt eine Chance hatte. Ich konnte diesen Gedanken nicht zu Ende denken, denn die Tür meines Abteils wurde abrupt aufgerissen. Eine barsche Stimme holte mich in die Wirklichkeit zurück.

„In Kürze verlassen wir das Territorium der Deutschen Demokratischen Republik, Fahrkarte und Ausweis bitte."

Ich drückte dem unfreundlichen Grenzbeamten meine Papiere in die Hand. Nachdem er meine Fahrkarte genauestens angesehen hatte, fragte er in einem herablassenden Ton: „Was ist der Grund Ihrer Reise? Wo werden Sie wohnen? Wie lange bleiben Sie?"

Ich war empört über diese Indiskretion und den Ton. Sie schafften es tatsächlich immer wieder, mich derart zu verunsichern, dass ich verschüchtert antwortete: „Ich treffe mich mit meinem Freund, wir werden im Hotel *Duna Intercontinental* wohnen."

„Aha, eine ganz noble Adresse", entgegnete der Grenzpolizist ironisch.

„Da wissen Sie mehr als ich, denn ich kenne das Hotel nicht. Diese Reise ist ein Weihnachtsgeschenk meines Freundes."

„Machen Sie doch mal Ihre Tasche auf, damit ich sehen kann, was sich in diesem geheimnisvollen Köfferchen verbirgt."

Diese herablassende Art ließ meine Zornesfalte anschwellen. Doch es sollte noch schlimmer kommen. Ich hatte nur wenige Kleidungsstücke, Kosmetika und für meinen Freund ein fantasievoll gestaltetes Fotoalbum bei mir. In dem Album befanden sich Fotos aus unserer gemeinsamen Zeit mit Zitaten, Aphorismen und vielem mehr. Das Album erregte das Interesse des Grenzbeamten.

„Das ist sicher ein Geschenk für Ihren Freund. Ich muss Sie bitten, mir das auszuhändigen. Sie bekommen es gleich zurück."

In diesem Moment war nicht viel übrig von der sonst so selbstsicheren, rebellischen Marie. Mit zitternden Händen überreichte ich ihm das in Leder gebundene Buch. Triumphierend, beinahe gierig, als wäre ihm ein besonderer Coup gelungen, schnappte er sich das Album und zog davon. Erst nach 20 Minuten war er wieder da. Mit der zynischen Bemer-

kung: „Da haben Sie sich aber große Mühe gegeben", gab er mir das Album zurück.
Er musste wirklich Seite für Seite kopiert haben. Angewidert wischte ich den kostbaren Ledereinband mit einem Taschentuch ab. Die ungepflegten, wurstigen Hände des Grenzpolizisten lösten bei mir körperliches Unbehagen aus. Solchen Schikanen war ich seit längerer Zeit häufiger ausgesetzt. Doch gewöhnen konnte ich mich nicht daran.
Aus dem Lautsprecher ertönte die erlösende Durchsage: „In wenigen Minuten erreichen wir den Hauptbahnhof Budapest."
Mein Herz klopfte schneller, diesmal aber vor Freude. Schließlich hatten wir uns einen Monat nicht gesehen. Der Zug hielt, ich eilte mit meiner Reisetasche zum Ausgang und versuchte, John zu entdecken. Er hatte mich längst erblickt und kam mir freudig entgegengelaufen. Das traumhafte Budapest empfing uns trotz Kälte bei schönstem Sonnenschein. Es war früher Nachmittag und wir fuhren direkt ins Hotel. Ich war überwältigt von diesem Luxus. Allerdings fand ich, dass es eine Nummer zu groß war. Nachdem ich den DDR-Mief und die Strapazen der Reise in der äußerst komfortablen Dusche abgewaschen hatte, machte ich mich fertig für den geplanten Stadtbummel.
„Marie, erinnerst du dich noch an das Geschäft in der Fußgängerzone von Pest, in dem wir für dich das letzte Mal die schöne Jacke gekauft haben?"
„Und ob ich mich erinnere. Du weißt, dass ich diese Jacke zu meinem absoluten Lieblingsstück erklärt habe."
John hatte Freude daran, mich auf jeder unserer Reisen neu einzukleiden. Trotz meines Stolzes und meiner Eigenständigkeit genoss ich dieses bisschen Luxus. Anfangs nährte er

mit dieser Großzügigkeit meinen Ost-Komplex. Aber da er sensibel genug war, ließ ich es geschehen. John wollte mich an diesem Abend in ein besonders exklusives Restaurant einladen. So zog ich die neuen Sachen sofort an. Als ich mich umgezogen hatte, war John sprachlos.
„Wow, wie gut du aussiehst!"
Ich errötete wie ein Teenager. Nun fand ich, dass ich auch äußerlich in den Rahmen des Hotels passte.
„Marie, wir müssen schnell aufbrechen, denn wir haben viel miteinander zu besprechen. Ich habe in einem Restaurant auf der Fischer-Bastei einen Tisch reserviert."
Wegen des Zeitdrucks nahmen wir ein Taxi bis zum Burgberg. Dort angekommen, gingen wir durch die Arkaden und ergötzten uns an dem einmaligen Panorama. Zum Verweilen blieb keine Zeit, denn es sollten hier und jetzt die Weichen für unsere Zukunft gestellt werden. Uns blieben nur zwei Tage, und für diese äußerst brisanten Themen mussten wir einen Ort im Freien suchen. Es war zu gefährlich in einem verwanzten Hotelzimmer oder Restaurant, über unsere Zukunftspläne zu sprechen.
John führte mich zielstrebig zu unserem Lieblingsplatz, der in Stein gemeißelten Bank auf der Aussichtsterrasse. Was für ein Bild. Die Sonne war kurz davor, sich vom Tag zu verabschieden. Sie verwandelte die Stadt in ein goldgelbes Lichtermeer. Aber John hatte in diesem Moment nicht viel Sinn für Romantik. Es war kalt, und die Zeit saß uns im Nacken. Ohne langes Drumherum kam er direkt auf den Punkt.
„Marie, hast du dir noch einmal alles gründlich überlegt? Möchtest du mit Kai und mir dein Leben im anderen Teil Deutschlands fortsetzen?"

Wir hatten schon oft darüber gesprochen und wussten, dass eine Entscheidung getroffen werden musste. Die Luft wurde für mich in diesem Staat immer dünner, das Leben komplizierter und unangenehmer. Ich wurde gehetzt, verfolgt und schikaniert, dass es auch unverantwortlich wurde Kai und meiner Mutter gegenüber.
Ich räusperte mich, denn meine Stimme war vor innerer Erregung belegt. Dann antwortete ich zurückhaltend: „Wenn es einen absolut sicheren Weg gäbe, würde ich einer Flucht zustimmen."
Es entstand eine Pause. Beide wussten wir, dass es keine absolute Sicherheit geben konnte. Aber aussprechen und zu Ende denken wollte es keiner. Dann ergriff John das Wort: „Ich habe mich umfassend erkundigt. Das geringste Risiko wäre eine Ausschleusung in einem Diplomatenwagen, und zwar über die Grenze Marienborn nach Berlin."
Ich beobachtete noch immer verzückt den einmaligen Sonnenuntergang. Was für ein Panorama, wie wunderschön diese Abendstimmung, wenn nur nicht die bedrückenden Zukunftsängste den schönen Augenblick überschatten würden. John spürte meinen inneren Kampf und nahm mich fester in den Arm. *Diplomatenwagen, Marienborn, Schleuser, ...* ging es mir durch den Kopf. Die Vorstellung verursachte mir Herzrasen. Dann nahm John meine Hände, streichelte sie beruhigend und ganz nebenbei, völlig unauffällig, steckte er mir einen schlichten Weißgoldring an den Finger.
„Ich weiß, dass du diese Situation kitschig findest, aber dieser Ring soll ein Ausdruck unserer Verbundenheit sein."
Es war endlich Zeit für das Restaurant. Als wir dort ankamen, verschlug es mir die Sprache. Dieses elegante Panorama-

restaurant mit dem fantastischen Blick auf das Lichtermeer der Stadt, das sich in der vorbeischlängelnden Donau spiegelte, übertraf alles, was ich bisher erlebt hatte. Auch die Einrichtung war märchenhaft schön. Ich glaubte, in einer anderen Welt zu sein. Romantik pur.
„Wir hatten reserviert auf den Namen Walter", sagte John dem herbeieilenden Ober.
Mit den Worten „Bitte folgen Sie mir" führte er uns an einen der schönsten Tische mit der besten Aussicht.
Bestimmt hatte John diesen Platz mit einem stattlichen Trinkgeld erworben. Aber er wollte es so und nicht anders. Der Ober reichte uns die Speisekarte und empfahl uns das Tagesmenü mit dem passenden Wein dazu. Ich überließ John die Auswahl, denn ich war nicht daran gewöhnt, mich in diesem Milieu zu bewegen. Ich war in einem Handwerkerhaushalt aufgewachsen. Unser Leben war einfach. Luxus kannte ich nur aus Büchern und Filmen. Allerdings wurde in unserem Elternhaus Wert auf Etikette gelegt. „Knigge" gehörte zur Pflichtlektüre für mich und meine Schwester. Ich hatte aber in der DDR kaum Gelegenheit, Restaurants dieser Kategorie zu besuchen.
Nach einem vorzüglichen Essen und einigen Gläsern Wein wurde unsere Stimmung endlich entspannter. Ich vergaß für kurze Zeit meine Zukunftsängste und war erfüllt von Wärme und Zuversicht. Dann erhob sich John, flüsterte dem Geiger der *„Zigeunerkapelle"* etwas ins Ohr und drückte ihm einen zusammengeknüllten Geldschein in die Hand. Sofort kam der Geiger mit drei anderen Musikern an unseren Tisch und spielten einen kleinen Auszug meiner Lieblings-Gypsy-Melodien eines spanischen Komponisten, die ich zu Hause rauf

und runter hörte. Auch wenn mir die ganze Szenerie etwas zu sentimental schien, so war ich zu Tränen gerührt. Dieses Wechselbad der Gefühle war fast zu viel für einen einzigen Tag.

Ich ließ meine Blicke durch den Raum schweifen. Was war das? Ich wurde kreidebleich und erhob mich blitzartig. John erschrak und drückte mich sanft auf den Stuhl zurück.

„Marie, was ist passiert, was ist mit dir?“, fragte er besorgt.

„Du wirst mich für paranoid halten, John, aber glaub mir, ich habe an einem der hintersten Tische in der Ecke meine Freundin Sybille aus Leipzig gesehen.“

„Oh, Marie, was hat dieser Staat mit dir gemacht? So weit ist es schon gekommen, dass du halluzinierst.“

John versuchte, beruhigend auf mich einzuwirken, und wir verhielten uns beide auch so, als wäre das Ganze nur eine Vision. Sybille sollte nicht merken, dass ich sie entdeckt hatte. Sie war eine Freundin von mir, die ich schon längere Zeit verdächtigte, für die Stasi zu arbeiten. Allerdings war mir die Freundschaft zu ihr wichtig, sodass ich diesen Gedanken immer wieder verwarf. Und jetzt sollte sie tatsächlich hier sein? Der Abend ließ sich nicht mehr retten. Flehentlich bat ich: „John, lass uns morgen unbedingt das Hotel wechseln.“

Viele Jahre später, als ich meine Stasi-Akten durchsah, wurde Gewissheit, was sich in Budapest als Verdacht darstellte. In einem Bericht eines Oberstleutnants musste ich lesen, dass es noch viel schlimmer war, als ich damals vermutet hatte. Ich wurde auf meiner Budapest-Reise nicht nur von meiner Freundin Sybille beschattet, sondern auch von meiner vermeintlich guten Freundin Inga. Was für eine Enttäuschung. Zwei Menschen, denen ich mich lange Zeit

bedingungslos anvertraut hatte, hatten mich verraten. Das tat sehr weh.
Der entsprechende Auszug aus dem Schreiben des Staatssicherheitsdienstes las sich so:

„Einleitung operativer Maßnahmen: Im Rahmen der bevorstehenden Reise der Verdächtigen ... nach Budapest, wo ein Zusammentreffen mit John Walter geplant ist, wurden folgende operativen Absicherungsmaßnahmen eingeleitet:
2. Einsatz des IMS ..., welche mit nach Budapest fliegt und an gemeinsamen Zusammenkünften teilnimmt, zur operativen Kontrolle und Absicherung ...
*3. Einsatz des IMV ..., welche ebenfalls mit nach Budapest fliegt und ... zur Absicherung eingesetzt wird. Unterschrift: Oberstleutnant ...“ **

Für den restlichen Aufenthalt wechselten wir das Hotel. Wir verbrachten die letzten beiden Tage auf der Margareteninsel und hatten dort die schönste Zeit unseres bisherigen Zusammenseins. Ausgelassen und voller Lebensfreude genossen wir jede Minute. John ließ mich ein bisschen Freiheit und Luxus schnuppern, und ich stellte fest, dass beides ganz gut roch. Leider ging diese schöne Zeit viel zu schnell zu Ende.
Nach meiner Rückkehr nutzten wir jede Gelegenheit, uns häufiger zu treffen, auch gemeinsam mit Kai. Unzählige Briefe wanderten von West nach Ost und umgekehrt. Wie schön und so viel einfacher wäre für uns die heutige Technik gewesen, aber zu der Zeit hatte ich weder ein eigenes Telefon noch einen Computer. So trafen wir uns weiterhin in Buda-

pest, Prag oder Berlin. Auch für meinen damals siebenjährigen Sohn Kai wurde John ein guter Freund.
Im Lauf der Zeit musste ich allerdings feststellen, dass John sich seiner Sache zu sicher war. Er wurde äußerst unvorsichtig. Man konnte ihn leicht für wichtigtuerisch oder sogar snobistisch halten. Beides war er zwar nicht, doch ich war an mehr Zurückhaltung und Bescheidenheit gewöhnt. Da John in meinem Freundeskreis keinen Hehl aus seinen Gefühlen zu mir machte und seine Pläne von einem gemeinsamen Leben laut hinausposaunte, bangte ich um meinen Frieden. Er holte mich zwar aus meiner Tristesse und machte die Tür zum freien Teil meines Heimatlandes einen Spalt auf, ließ mich ahnen, was sich dahinter verbarg. Aber alles, was er tat, war viel zu laut und auffällig.
Als erfolgreicher Geschäftsmann war er daran gewöhnt, seine Pläne und Ziele zügig zu verwirklichen. Diese Situation dagegen verlangte von ihm eine enorme Geduld. Fieberhaft hatten wir beide nach Wegen und Möglichkeiten gesucht, ein gemeinsames Leben im freien Teil Deutschlands führen zu können. Die Luft wurde für mich immer dünner. Ich fühlte mich nach wie vor in meiner eigenen Wohnung bespitzelt. Briefe von John kamen entweder gar nicht an oder sie waren bereits geöffnet und nachlässig wieder zugeklebt. Ich vermutete überall Wanzen. Mein Leben war für die Stasi ein offenes Buch. John und ich besprachen auch die Möglichkeit einer offiziellen Ausreise: Dafür musste man einen Ausreiseantrag stellen. Allerdings wurden sowieso die meisten Anträge abgelehnt. Während der Bearbeitung musste man mit Berufs- und Arbeitsverbot rechnen. Selbst die Familienmit-

glieder waren dann Schikanen ausgesetzt. Das wollte ich meiner Familie keinesfalls antun.

8. Der Sack wird zugezogen

Es war ein Tag vor den großen Ferien. Ich hatte mich entschieden, die Schule zu wechseln, um vorübergehend im Bibliographischen Institut Leipzig als Korrektorin zu arbeiten. Dadurch war ich zeitlich flexibler, um mich um Kai, der eingeschult wurde, zu kümmern. Das bedeutete: Abschiednehmen von einem Ort, der mir viel Freude und Erfolg beschert hatte, von lieb gewonnenen Schülern und Kollegen. Das fiel mir sehr schwer. So war auch der letzte Tag vor den Ferien für mich eine echte emotionale Herausforderung. Die Schüler hatten für mich eine kleine Abschiedsfeier vorbereitet. Sie trugen Gedichte vor, ein Schüler spielte auf der Gitarre mein Lieblingslied

„My Bonnie is over the ocean, my Bonnie is over the sea … oh, bring … bring back my Bonnie to me …"

Auf unserer letzten Klassenfahrt hatten wir dieses Lied zu meinem dilettantischen Gitarrenspiel bis zum Übermaß gesungen, besser gesagt, gegrölt. Und nun sangen meine Schüler es voller Inbrunst zum Abschied für mich. Die Klassensprecherin hielt eine bewegende Rede, die leider im Tumult unterging. Mein Lehrertisch war ein einziges Blumenmeer mit selbst gebastelten Geschenken.

Bei meiner Abschiedsrede konnte ich meine Tränen nicht zurückhalten. Aber durch ein plötzliches Klopfen wurde ich unsanft in eine unfreundliche Wirklichkeit zurückgeholt. Es

war der Schulleiter, der mich mit ernster Miene bat, mit ihm ins Dienstzimmer zu kommen. Ich dachte zunächst, dass das Lied Stein des Anstoßes war.
„Nehmen Sie bitte alle Ihre persönlichen Sachen mit, einschließlich der Geschenke."
Mir war diese Aufforderung meines Chefs unheimlich, denn so ernst und mit diesem sorgenvollen Gesicht hatte ich ihn noch nie gesehen. Also ging ich mit meinem ganzen Gepäck ins Dienstzimmer. Hilflos sah ich zunächst zum Schulleiter und dann zu dem mir unbekannten Mann, der mich bereits erwartete. Dieser grüßte nur kurz. Der Schulleiter hob bedauernd die Schultern und verließ den Raum. Der Mann, ein fleischgewordenes Ungetüm, erhob sich und stellte sich als Oberstleutnant vom Staatssicherheitsdienst vor. Er forderte mich ohne Umschweife auf, mit ihm in seine Dienststelle zu fahren.
„Nehmen Sie alles mit, was Ihnen gehört!", befahl er.
„Sie wollen mir doch nicht zumuten, mit diesem Gepäck in Ihre Dienststelle zu kommen. Überhaupt, welchen Grund haben Sie, mich einfach so mitzunehmen?"
„Das werden Sie schon noch früh genug erfahren. Und jetzt kommen Sie!"
Das klang so, als sei jeglicher Widerstand zwecklos. So folgte ich ihm bis zu seinem Auto. Nach kurzer Fahrt gelangten wir zu einem mir unbekannten Gebäude in einer mir fremden Gegend. Der Stasi-Mann forderte mich erneut auf, ihm zu folgen. Das tat ich mit Zorn und hilfloser Resignation. Er führte mich durch zahlreiche Gänge. Alles war grau, wie die Personen, die lautlos an uns vorbeihuschten. Endlich blieb er stehen und schloss eine ebenfalls graue Tür auf.

„Setzen Sie sich!“, befahl er.
Ich sah fragend zu einem abgewetzten, blau gepolsterten Stuhl.
„Nun setzen Sie sich schon!“, forderte er ungeduldig.
In diesem muffigen Raum bekam ich kaum Luft. Nach wenigen Minuten öffnete sich die Tür und herein trat ein weiterer Mann. Ohne Gruß oder Vorstellung befahl er: „Geben Sie mir all Ihr Gepäck zur Kontrolle.“
Ich reichte ihm alles, die voll bepackte Schultasche und den Beutel mit Geschenken. Selbst die kleinen Briefchen, die die Schüler an den Blüten befestigt hatten, wurden inspiziert. Was für eine entwürdigende Situation.
In meinen Stasi-Akten fand ich später tatsächlich einen kleinen verirrten Brief einer meiner Lieblingsschülerinnen:

„An meine liebste Lehrerin – ... Jetzt möchte ich etwas über Sie schreiben. Ich habe Sie sehr gern gehabt. Ich bedaure sehr, dass Sie nicht mehr an unserer Schule sind. Es wäre sehr schön, wenn ich Sie einmal besuchen könnte. Ich finde Sie sehr hübsch und sehr nett. Viele liebe Grüße auch an meinen lieben Kai
*... Ihre Schülerin M. ...“**

Dann öffnete der Oberstleutnant einen Aktenordner und legte ein jungfräulich weißes Blatt Papier zurecht.
„Zeigen Sie mir Ihren Personalausweis“, befahl er.
Ich kramte in meiner Tasche herum und legte mit Widerwillen den Ausweis auf den Tisch. „Können Sie mir vielleicht verraten, was Sie berechtigt, mich in derartig erniedrigender Art hierherzubringen und mich wie eine Verbrecherin zu behandeln?“

„Ich muss Ihnen gar nichts erklären. Ich sage Ihnen nur, dass Sie hier sind, weil wir verhindern wollen, dass Sie ein Verbrechen begehen. Wir wollen Sie vor sich selbst schützen. Meinen Mitarbeitern und mir ist aufgefallen, dass Sie in letzter Zeit intensiven Westkontakt pflegen. Auch Ihre häufigen Reisen ins sozialistische Ausland sind uns nicht verborgen geblieben. Da wir befürchten müssen, dass Sie planen, unsere Republik auf illegalem Weg zu verlassen, werde ich Ihnen heute den Personalausweis abnehmen und Ihnen einen Ersatzausweis ausstellen. Damit können Sie sich in der DDR frei bewegen, allerdings sind damit Reisen ins sozialistische Ausland nicht mehr möglich."

Das war wie ein Schlag ins Gesicht. Ich fand keine Worte und musste mich bemühen, Haltung zu bewahren. Starr vor Schreck geschah alles, was ich tat, nur noch mechanisch, sogar das Unterschreiben mehrerer Dokumente. In diesem Zustand hätte ich selbst mein Todesurteil unterschrieben, ohne es zu bemerken.

Zwei Tage später versuchte ich von einer öffentlichen Telefonzelle aus, John zu erreichen. Er war nicht weniger geschockt als ich. Das Gespräch hielten wir aus Sicherheitsgründen kurz. John bat mich um etwas Geduld: „Ich werde mich irgendwie bei dir melden. Bleibt es bei deiner Entscheidung?"

Ich hatte keine Zeit zum Überlegen und brachte nur ein gehetztes „Jaaa" heraus. Dann legte ich den Hörer auf. Es vergingen einige Wochen. Ich hielt mich streng an die Vereinbarungen und lebte mein Leben mit Kai *normal* weiter. Zum Glück konnte ich meine Mutter telefonisch erreichen. Sie wohnte nach dem Tod meines Vaters in einem Apartment im Ostteil Berlins. Sie war als Einzige in alles eingeweiht und hatte regelmäßigen telefonischen Kontakt zu John. Während eines Telefonats erwähnte sie bemüht beiläufig, dass sie in zwei Wochen zu einem Besuch zu ihrer Freundin Elisabeth führe. Sie nannte weder Ort noch Namen, aber ich wusste sofort, dass es sich um eine Freundin aus Westberlin handelte und dass es eine verdeckte Botschaft von John war. Also sollte unsere *Aktion* demnächst starten. Grotesk war, dass dieser Staat die Rentner frei reisen ließ, weil Rentner eine finanzielle Belastung für die DDR darstellten. Gegen eine Übersiedlung von Rentnern hatte niemand etwas.

9. Ein letzter Blick zurück

Ich hatte das dringende Bedürfnis, in meinen Heimatort zu fahren, um Abschied zu nehmen. Ein in die Jahre gekommener Personenzug brachte mich in das Dorf. Sehr lange hatte ich meinen Freund aus Kindertagen, den Maulbeerbaum, nicht gesehen.
Ich erschrak, wie fremd mir alles war. Die Häuser waren grau und zerfallen. Ich sah keinen Menschen auf der inzwischen gepflasterten Straße. Ziellos lief ich durch die Gegend. Wenn jemand an mir vorbeikam, beachtete man mich nicht. Ich wurde nicht mehr erkannt. Kein Wunder, denn aus mir, dem ehemals blond gelockten Mädchen, war eine selbstbewusste junge Frau geworden. Ich wollte mein Elternhaus aufsuchen, doch als ich in unserer Straße war, erkannte ich kaum noch etwas. Wo früher unser Elternhaus gestanden hatte, glotzte

mich jetzt eine betonierte Garage an. Was für eine Geschmacklosigkeit! Ich war zwar enttäuscht, aber ich hoffte inständig, dass es zumindest den alten Maulbeerbaum noch gab. Schnell ging ich an den Schienen vorbei. Mein Herz jubilierte, als ich in der Ferne den mächtigen Baum sah. ER war meine Heimat. Es war Dezember, also befand er sich in der wohlverdienten vegetativen Ruhepause. Er hatte seine Blätter abgeworfen, stand nackt, aber mit kräftigen Ästen vor mir. Seine Rinde war dicker und der Umfang größer. Der Maulbeerbaum bewegte zaghaft seine kahlen Äste, so wie er es immer getan hatte. Also hatte er mich erkannt, so glaubte ich jedenfalls. Ich lauschte und hörte tatsächlich seine liebevolle Stimme: „Hallo, liebe Marie, also bist du es wirklich!"
„Ja, mein lieber Freund, ich bin es, und ich bin so glücklich, dich zu sehen."
„Ich habe so oft an dich gedacht und mich immer gefragt, wie es dir wohl all' die Jahre ergangen ist. Gut siehst du aus mit deinen langen, dunklen Haaren und dem sonnengebräunten Teint. Das Erwachsenenleben scheint dir gut zu bekommen. Trotzdem sehe ich wieder eine tiefe Sorgenfalte in deinem Gesicht. Was ist es diesmal, was dich bedrückt?"
Mein Herz begann zu rasen, meine Beine drohten zu versagen, ich hielt mich krampfhaft an der Lehne der alten Bank fest und rutschte auf den Sitz. Erst allmählich kam ich wieder zu mir. Dann beruhigte ich mich und erzählte meinem Freund alles Wichtige aus meinem Leben. Der weise Baum sagte: „Nun, Marie, du kannst stolz sein auf alles, was du erreicht hast. Besonders froh kannst du über deinen Sohn sein. Deshalb denke auch bei allem, was du planst, in erster Linie an ihn."

Damit hatte mein Freund wieder einmal den sensibelsten Punkt getroffen.
„Du strebst nach einem anderen Leben, nach Veränderung und Freiheit, die du sicher auch vor allem für deinen Kai möchtest. Aber bedenke das Risiko. Du weißt, dieser Staat ist erbarmungslos, denn alle Querdenker werden einfach glattgebügelt, und wenn das nicht gelingt, verschwinden sie ganz schnell von der Bildfläche, und keiner weiß, wohin."
Ich begann zu weinen. Genau das war meine Sorge. Umständlich und voller Inbrunst, als müsste ich mich selbst überzeugen, versicherte ich dem Maulbeerbaum, dass der Plan absolut sicher sei. Mein Freund spürte, dass mein Entschluss feststand. Der Abschied würde diesmal für lange Zeit sein, wahrscheinlich für immer. Traurigkeit überschattete die letzten Minuten unseres Beisammenseins. Meine Zweifel an der mir versprochenen *absolut sicheren Reise* konnte mir auch mein Freund nicht nehmen, im Gegenteil, er verstärkte sie sogar. Aber es gab kein Zurück, dafür war es zu spät. Alles war organisiert, nun hieß es: „Let's do it!" Zum Schluss streichelte ich das Herz, das ich vor längerer Zeit in die Lehne der Bank geritzt hatte. Wieder konnte ich meine Tränen nicht zurückhalten.
Bei weiteren Vorbereitungen für die Flucht galt: Rücksicht auf Verwandte und Freunde, ich wollte keinen von ihnen in Gefahr bringen. Irgendeine Unvorsichtigkeit könnte Freunde oder Familienmitglieder gefährden.
Meine Schwester Hannah wusste nichts von meinen Plänen. Sie kannte John und war überzeugt davon, dass wir zwei sehr verliebt ineinander waren. Da ihr aber diese Beziehung völlig illusorisch erschien, maß sie ihr keine große Bedeutung bei.

Deshalb wollte sie sich nicht weiter damit befassen. Aber nun wurde sie gebraucht. Ein wichtiger Brief für mich landete bei unserer Mutter in Berlin. Mit Hannahs Hilfe musste er irgendwie zu mir gelangen. Gemeinsam entschieden wir, den Brief einem zuverlässig aussehenden jungen Mann, der von Berlin nach Leipzig fuhr, mitzugeben. Hannah rief mich von einer Telefonzelle aus an und gab mir genaue Informationen über das Aussehen des jungen Mannes und die Ankunft des Zugs. Die ganze Aktion war mehr als leichtsinnig. Keine von uns beiden kannte den Inhalt des Briefs.

10. Der Brief

Eine dichte Dunstglocke lag über der Stadt. Das gefiel mir, denn durch das neblige Grau des Dezembertags fühlte ich mich geschützt wie in einem Kokon. Mit meiner knallroten Umhängetasche lenkte ich sowieso ungewollt die Aufmerksamkeit auf mich. Doch das musste sein, es war das verabredete Zeichen.

Schnellen Schrittes eilte ich dem Leipziger Hauptbahnhof entgegen. Meine Aufregung mühsam verbergend, lief ich die Treppen hinauf und erreichte mit klopfendem Herzen den Bahnsteig. Bis zum Eintreffen des Zugs hatte ich noch 15 Minuten Zeit. Der Leipziger Hauptbahnhof ist ein Kopfbahnhof, das erleichterte mein Vorhaben. Ich stellte mich in die Nähe des verabredeten Bahnsteigs und kämpfte gegen meine Aufregung. Unsicher sah ich in alle Richtungen und spürte unzählige Augen auf mich gerichtet. Dieses Gefühl hatte ich in letzter Zeit häufiger gehabt.

Der Mann in dem viel zu kurzen Mäntelchen und dem kunstvoll um den Hals geschlungenen Schal, starrte er mich nicht unentwegt an? Oder die Frau mit der dicken Pelzmütze, sie ließ kein Auge von mir und meiner roten Tasche. So würde ich die Zeit bis zum Eintreffen des Zugs nicht überstehen. Also gab ich mir einen Ruck und versuchte mich abzulenken. Ich bemühte mich, die quälende Angst abzuschütteln. Meine Gedanken wanderten zum bevorstehenden Weihnachtsfest. Es sollte für mich und meinen siebenjährigen Kai in diesem Jahr ein ganz besonderes Fest werden.

Nebenbei achtete ich auf die Durchsage des Lautsprechers und bekam gerade noch den Satzfetzen mit: „... verspätet sich der Zug aus Berlin-Ostbahnhof um 20 Minuten."

Ich wusste nicht, ob ich mich freuen oder ärgern sollte. Normalerweise war ich kein Typ für Verschiebungen. Ich erledigte Dinge, vor allem unangenehme, lieber sofort. Aber nun musste ich mich um Geduld und Besonnenheit bemühen. Ich richtete meine Aufmerksamkeit auf eine graue Stadttaube. Mit ihren flinken Trippelschritten steuerte sie genau auf mich zu. Aber warum? Warum kam sie gerade zu mir? Es befanden sich weder Brot- noch sonstige Essensreste in meiner Nähe. Bei jedem Schritt bewegte die Taube flink ihren Kopf nach rechts und links. Hatte das etwas zu bedeuten, war das ein Zeichen? Schon war sie fast an meinen Füßen. Das ging zu weit. Ich versuchte sie mit einer abrupten Handbewegung zu verscheuchen. Doch dieser Versuch war nur kurz erfolgreich. Wieder und wieder trippelte die Taube in meine Richtung, musterte mich mit dem seitlich am Kopf liegenden Auge. Sie sah alles andere als vertrauenerweckend aus. Allmählich wurde ich ungeduldig und wütend. Ich erinnerte mich an die sprichwörtliche Intelligenz dieser unscheinbaren Tiere. Hatte man die Taube womöglich mit einem Sender ausgestattet, mit dem ich beschattet werden sollte? Ich begann an meiner psychischen Verfassung zu zweifeln. Typische Anzeichen einer Paranoia, sagte ich mir. In dem Zusammenhang fiel mir ein Zitat von Friedrich Hebbel ein: „Das Auge ist der Punkt, in welchem Seele und Körper sich vermischen.“ Ob das auch für Tauben zutraf?

Endlich wurde die Einfahrt des Zugs angekündigt. Ich stellte mich näher an den Bahnsteig und hielt meine rote Tasche sichtbar in meiner rechten Hand. Es dauerte nicht lange, da sah ich, wie sich ein junger Mann, Typ Student, in einem olivgrünen Parker, mit einem braunen Umschlag in der Hand direkt auf mich zubewegte.

„Hallo, roter Beutel, dunkles, schulterlanges Haar, Anfang 30, also Sie müssen Marie sein“, sagte er unbekümmert. „Das soll ich Ihnen von Ihrer Schwester geben.“

Der 20-D-Mark-Schein in meiner Hand war ziemlich zerknittert. Das war egal, dankend erfolgte der Austausch, Geld gegen Umschlag. Er gelangte ohne große Worte in meine rote Tasche. Dann war der junge Mann verschwunden. War es nicht purer Leichtsinn, einen so wichtigen Brief auf diesem Weg zu *befördern*? Egal, es war gut gegangen, deshalb war jetzt nicht der richtige Zeitpunkt, darüber zu sinnieren. Nun schnell zur Straßenbahn. Ich bewegte mich wie in Trance, der braune Brief in meiner roten Umhängetasche ließ mich keinen klaren Gedanken fassen. Meine Nerven waren bis aufs Äußerste gespannt. Zum Glück war Kai bei seinem Vater.

Ich hatte gerade meine Wohnungstür erreicht, da sah ich meine Nachbarin mit einem großen Weihnachtsbaum im

Arm. Mich erschreckte die Tatsache, dass ich das Fest nicht in meiner Wohnung verbringen würde.
„Haben Sie Ihren Baum schon gekauft oder sind Sie an den Feiertagen nicht zu Hause?", fragte meine Nachbarin.
Verräterische Röte kroch meine Wangen empor. Unhöflich drehte ich ihr den Rücken zu und entschuldigte mich mit der lapidaren Erklärung, ich sei in Eile. Dann öffnete ich voller Erleichterung die Wohnungstür und atmete befreit durch. Ich hängte die Jacke an einen Kleiderhaken und setzte mich aufs Sofa. Doch länger konnte ich meine Augen nicht mehr vor der Wirklichkeit verschließen. Ich musste den Briefumschlag öffnen. Aufgeregt griff ich in meine Tasche und holte ihn mit zitternden Händen heraus. Umständlich öffnete ich ihn. Meine Nervosität wuchs von Minute zu Minute. In einem zweiten Umschlag steckte ein Blatt, das nur eine kurze Information enthielt, ohne Anrede, Grüße oder Absender, aber klar und deutlich.
„Treffen am 12.12.1973 um 15.00 Uhr im Hotel International in Magdeburg. Folgende Angaben sind dringend zu befolgen: Erkennungszeichen roter Beutel, ein Notenheft. Platz nehmen an einem der kleinen Tische im Foyer, dem siebenjährigen Jungen etwas aus einem Kinderbuch vorlesen, das Notenheft aufgeschlagen neben sich legen und warten auf die Frage: ‚Ist das Beethoven?', Antwort: ‚Nein, Brahms'. Dann auf weitere Anweisungen eines Mannes warten und unbedingt genauestens befolgen." *

11. Reise in die andere Welt

Der Tag war gekommen, Kai hatte zum Glück früher Schulschluss. Die Fahrt nach Magdeburg dauerte nur eine Stunde. Ich nahm mit Tränen in den Augen Abschied von allem, was mir lieb war. Dann ging ich langsam zur Schule, um Kai abzuholen. Ich erklärte ihm, dass wir nach Magdeburg fahren würden, um die Omi zu treffen. Kai freute sich, denn er hatte seine Oma sehr gern. Im Zug aß er die von mir besonders liebevoll gemachten Brote und etwas Obst.
„Wann soll ich meine Hausaufgaben machen, Mutti?", fragte er etwas ungeduldig.
„Weißt du, wir werden nicht so lange bleiben, die Omi muss auch ziemlich bald zurück."
Der Zug war pünktlich, das Hotel befand sich nicht weit entfernt vom Bahnhof. Alles lief nach Plan. Ich war wieder sehr nervös, was ich weder Kai noch der Umgebung zeigen durfte. Mit gespielter Gelassenheit setzte ich mich an einen der freien Tische und bestellte Apfelsaft für Kai und Kaffee für mich. Dann legte ich zunächst das Kinderbuch auf den Tisch.
„Kannst du mir etwas vorlesen?", fragte Kai erwartungsvoll.
„Warte erst, bis der Ober uns Saft und Kaffee gebracht hat."
Dann nahm ich, bemüht unauffällig, das Notenheft heraus und legte es an die Seite des Tisches. Den roten Beutel hängte ich sichtbar über die Stuhllehne und begann, vorsichtig unsere Umgebung zu inspizieren. Ich konnte nichts Auffälliges entdecken, allerdings sah ich, wie einige Männer sich intensiv in ihre Zeitung vertieften und gelegentlich über den Zeitungsrand zu uns herüberschielten.

In dem Notenheft schlug ich die Seite mit einem Kinderlied von Brahms auf. Dem wachsamen Kai entging das nicht.
„Soll ich jetzt etwa auch noch Noten lernen?“, fragte er keck.
Je länger wir warten mussten, desto unsicherer fühlte ich mich. Aber das war in letzter Zeit ein Dauerzustand. Immer und überall empfand ich, dass tausend Augen auf mich gerichtet waren. Zum Glück lenkte mich Kai mit seinen unbekümmerten Fragen ab.
„Wann kommt die Omi endlich? Das dauert aber lange.“
Das fand ich allerdings auch. Meine Hoffnung auf die erlösende Frage nach Beethoven oder Brahms schwand immer mehr. Kai hatte es verdient, aus dieser beklemmenden Situation befreit zu werden. Er wartete auf seine Oma, die aber nicht in Magdeburg eintraf. Also gingen wir beide schnellen Schrittes zurück zum Magdeburger Hauptbahnhof. Vorsorglich hatte ich in Leipzig Rückfahrkarten gekauft.
Auf dem Bahnhofsvorplatz näherten sich uns zwei Bahnpolizisten und forderten mich auf, die Fahrkarte zu zeigen. Das war für mich die Antwort. Es war etwas schiefgegangen. Was würde nun passieren? Mit barschem Ton fragte einer der Polizisten: „Was war der Grund Ihrer Reise nach Magdeburg?“
Ich antwortete einsilbig mit einer Gegenfrage: „Weshalb wollen Sie das wissen? Meine Reise hierher war absolut privat.“
Die Beamten sahen sich die Fahrkarte an und ließen uns gehen. Gegen Abend kamen wir ziemlich erschöpft zu Hause an. Nach dem Abendessen mussten wir noch Kais Schulsachen für den nächsten Tag zurechtlegen. Ich war verzweifelt. Kai gegenüber musste ich mich unbekümmert und fröhlich geben. Das war nicht einfach, aber ich war es ihm schuldig.

Nach einem ausgiebigen Gute-Nacht-Ritual, dem Vorlesen seiner Lieblingsgeschichte und der innigen Beteuerung, wie lieb wir uns hätten, besiegelt mit einem Dutzend Küsschen, schlief er übermüdet ein.
Ich schlich mich leise in mein Wohnzimmer. An Schlaf war nicht zu denken.
Das Weihnachtsfest stand vor der Tür. Ich hatte keinerlei Vorbereitungen getroffen. Unsere Wohnung sah wegen meiner heimlichen Fluchtvorbereitungen ungemütlich aus, keine Spur von weihnachtlicher Atmosphäre. Ich hatte keinen Baum, keine Geschenke für Kai und die Großeltern. Doch unser Leben ging wie gewohnt *hier* weiter. Die Reise in die andere Welt sollte nicht sein. Mein Traum war wie eine Seifenblase zerplatzt. Es hieß also, in der alten Welt von vorne anzufangen.

12. Abschied für lange Zeit

Schweren Herzens musste ich mich von meinem Traum verabschieden. Aber was war dazwischengekommen? Wie gewohnt brachte ich Kai zur Schule. Vor dem roten alten Backsteinbau verabschiedete ich mich inniger als sonst von ihm. Aber Kai hatte diese Verabschiedungszeremonien nicht so gerne, es könnten ja Mitschüler in der Nähe sein und ihn als *Weichei* abstempeln.
Was sollte ich nun tun? Ich durfte niemanden in meine Pläne einweihen, weil ich damit andere gefährden könnte. Es blieb mir nur Sybille, eine enge Freundin, die ich schon seit Langem verdächtigte, für die Stasi zu arbeiten. Wenn sie etwas

wüsste, würde ich es an ihrem Verhalten bemerken. So fasste ich einen mutigen Entschluss: Ich fuhr zu ihr, um sie zu testen. Aber vielleicht verdächtigte ich Sybille ja zu Unrecht, und es hatte nur mit meiner Paranoia zu tun.
Sybille wunderte sich über meinen Besuch, empfing mich aber mit unbekümmerter Herzlichkeit. Wir tranken Kaffee und redeten über Belangloses.
„Hast du Lust auf einen kleinen Sherry?“, fragte sie.
„Nein, danke, danach ist mir ganz und gar nicht zumute, ich muss auch gleich wieder gehen.“ Ich konnte nichts Auffälliges an Sybilles Verhalten entdecken.
Da ich etwas in Zeitnot geriet, weil ich noch Weihnachtsvorbereitungen treffen wollte, nahm ich ein Taxi und fuhr zu meiner Wohnung. Während der Fahrt fielen mir mehrere Polizeiautos auf, die mich wie eine Eskorte begleiteten. Ich zweifelte wirklich an meinem Verstand. Diese Ängste entwickelten sich zum Verfolgungswahn. Ich ging in ein Blumengeschäft, kaufte ein kleines Weihnachtsbäumchen und einen Strauß weißen Flieder. Wo der zu dieser Jahreszeit herkam, wusste ich nicht, es war mir auch egal. Schnell verwandelte ich das karge Wohnzimmer in einen gemütlichen Raum, der vorweihnachtliche Atmosphäre ausstrahlte. Kai würde sich über den Baum freuen. Er hatte großen Spaß daran, ihn mit mir zu schmücken. Wir machten daraus jedes Jahr ein Ritual, so wie ich es aus meinem Elternhaus kannte.
Es war Zeit, zur Schule zu gehen, um Kai abzuholen. Das Abendbrot stand auf dem Tisch, das Badewasser war in der Wanne. Wegen des niedrigen Wasserdrucks wollte ich vorsorgen, damit Kai schnell sein Bad bekam. Er hatte am Nach-

mittag Sport und kam sicher durchgeschwitzt aus der Turnhalle.
Ich stand nun schon eine ganze Weile in Gedanken versunken vor der Schule. Eigentlich sollten wir um diese Zeit in Westberlin sein. Das Leben in der neuen Welt hätte beginnen sollen. Stattdessen waren wir hier mit einem Sack voller Unsicherheiten und Ängste. Was war passiert? Ich musste endlich meine Mutter anrufen, um zu erfahren, ob sie neue Nachrichten von John hätte.
Ein fröhliches Kinderlachen riss mich jäh aus meinen Gedanken. Kai lief mir ausgelassen entgegen und scheute sich nicht vor einer Umarmung. Lustig sah er aus mit seinen zerstrubbelten blonden Haaren und den tintenbeschmierten Händen. Ich hatte Kai unbeschreiblich lieb. Er bedeutete alles für mich. Amüsiert stellte ich fest, dass er es wieder nicht geschafft hatte, die Schnürsenkel seiner Turnschuhe zuzubinden. So hockte ich mich auf den Boden und schnürte sie fest zu. Da sah ich aus dem linken Augenwinkel ein nicht weit von uns entferntes Auto. Warum steigen die Leute nicht aus, um ihrem Kind entgegenzugehen?, fragte ich mich. Doch dann widmete ich mich wieder meinem Sohn.
„Mutti, weißt du, dass unsere Mannschaft beim Fußball heute schon wieder gewonnen hat?", plapperte er drauflos.
„Wie hoch haben die anderen denn verloren?", fragte ich interessiert.
Kai wollte eigentlich nur nach Hause, also gab er mir gar keine Antwort und zog mich in Richtung Wohnung.
„Kai, ich wollte noch ganz schnell die Omi von der Telefonzelle aus anrufen!"
„Och, mach aber schnell, ich habe Hunger", drängelte er.

Meine Gedanken waren immer noch bei dem *einen Thema*: Was war passiert, warum war es nicht zum Treffen in Magdeburg gekommen? Ich steuerte direkt auf das Telefonhäuschen zu, um meine Mutter anzurufen. Doch dann hörte ich Schritte hinter mir, die schon ziemlich nahe waren. Kurz bevor ich die Telefonzelle erreicht hatte, sprach ein Mann mich von hinten an.

„Sind Sie Frau Krüger?"

Der Ton des Fremden gefiel mir nicht. Erst da bemerkte ich das Auto, das ich bereits vor der Schule gesehen hatte. Ein zweiter Mann stieg aus. Flüchtig zeigte er so etwas wie einen Dienstausweis. Ich sah gar nicht hin, denn ich wusste, dass das Ganze mit meinen Fluchtplänen zu tun hatte. Schnell nahm ich Kais Hand und drückte sie ganz fest. Kai sagte unbekümmert: „Mutti, ich habe Hunger, wann gehen wir nach Hause?"

„Gleich, Kai, ich glaube, wir können gleich gehen", antwortete ich so ruhig wie möglich.

Das schien die beiden Männer nicht zu interessieren. Ohne große Erklärungen befahl einer von ihnen: „Wir müssen Sie bitten einzusteigen, damit Sie uns in unserer Dienststelle einige Fragen beantworten können."

Ehe ich reagieren konnte, schob der zweite bereits den Sitz nach vorne. Ich entgegnete empört: „Was wollen Sie von mir, ich habe nichts getan, was Sie etwas angehen könnte. Außerdem muss mein Sohn dringend nach Hause, es ist spät, und ich habe das Badewasser für ihn bereits eingelassen. Er muss nach diesem langen Schultag unbedingt essen. Die Fragen können Sie mir morgen in Ihrem Büro stellen."

Wie naiv ich doch war.

„Was wollten Sie beide gestern in Magdeburg?“, fragte der unsympathischere der beiden.
„Wir haben auf meine Omi gewartet“, antwortete Kai völlig unbekümmert.
Wie lieb und sensibel er doch war. Er spürte meine Ängste und wollte mir unbewusst helfen. Ich merkte jedoch, dass jeder Widerstand zwecklos war. Inzwischen entdeckte ich auf dem Rücksitz eine rothaarige Frau, die zur Seite rückte und mit einschmeichelnder Stimme auf Kai einredete: „Komm, setz dich schon mal zu mir.“
Unsicher sah Kai mich an. Ich nahm ihn an die Hand, dann stiegen wir beide ins Auto. Kai schmiegte sich enger an mich, und ich nahm ihn fest in den Arm, als wollte ich damit demonstrieren, dass man uns niemals trennen könne, egal, was auch immer passiere.
„Mutti, wohin fahren wir?“, fragte Kai ängstlich.
Ich wollte ihn beruhigen: „Die beiden Männer wollen uns nur ein paar Fragen stellen, dann fahren wir wieder nach Hause, und du kannst sofort essen und anschließend in die Badewanne. Morgen schmücken wir den Weihnachtsbaum.“
„Au ja, hast du einen gekauft?“ Kais Augen strahlten. Er freute sich auf Weihnachten. Ich wollte das Fest mit Kais Vater und den Großeltern verbringen. Kai war beruhigt, er war noch zu klein, um die hämischen Blicke dieser beiden Männer zu sehen. Das Auto setzte sich in Bewegung. Ich hatte keine Ahnung, in welche Richtung wir fuhren. Plötzlich hielt es vor einem riesigen Bau, den ich nicht kannte. Einer der Männer wandte sich an Kai: „Deine Mutti muss kurz mit ins Büro und kommt gleich wieder. Es dauert nicht lange. Du kannst im Auto auf sie warten.“

Ich bemühte mich, vor Kai die Fassung zu bewahren. Die Tränen schossen mir ins Gesicht, aber ich versuchte sie zu verbergen. Ich hielt ihn ganz fest in den Armen und sagte mit wenig überzeugender Stimme: „Es dauert wirklich nicht lange, Kai, ich bin gleich wieder bei dir."
Auch Kais Augen füllten sich mit Tränen, er rief mir hinterher: „Ich will auch mit, Mutti, lass mich nicht allein!"
Die Frau redete besänftigend auf Kai ein. Das bekam ich gerade noch mit, dann fiel die mächtige Tür ins Schloss. Ich rang um Fassung, alles drehte sich, ich musste mich bemühen, den Boden unter den Füßen nicht zu verlieren.
Ohne jede Erklärung wurde ich in einen engen, düsteren Raum geschoben. Der Mann befahl mir: „Setzen Sie sich."
Ich nahm auf einem kleinen wackligen Hocker in einer Ecke Platz. Von nun an wollte ich mich den Befehlen beugen. Voller Naivität und Verzweiflung glaubte ich, dadurch Kai so schnell wie möglich wiederzusehen. Es folgten unendliche Minuten des Wartens. Endlich öffnete sich die Tür, zwei Männer setzten sich mir gegenüber. Sie schienen intelligenter zu sein als die unfreundlichen Männer auf der Straße. Einer dieser Männer durchbrach das quälende Schweigen: „Frau Krüger, Sie stehen im Verdacht, eine Republikflucht versucht zu haben."
Sie schienen keine Reaktion von mir zu erwarten. Trotzdem machte ich einen hilflosen Versuch, etwas entgegenzusetzen. „Wie kommen Sie darauf? Seit wann ist eine Fahrt **nach** Magdeburg eine Republikflucht?"
Es sollte abgeklärt und selbstbewusst klingen, aber ich war eine miserable Schauspielerin. Ich merkte, dass ich niemanden mit dieser Art beeindrucken konnte. Im Gegenteil, die

beiden Männer ließen mich ihre absolute Überlegenheit spüren. Immer wieder tauschten sie Blicke aus. Ich hatte nur einen Gedanken: ‚Wo ist Kai? Wo haben sie ihn hingebracht?‘ Alle Beherrschung war vorbei, ein schrecklicher Weinkrampf schüttelte mich. Ich schrie die beiden Beamten an: „Lassen Sie mich zu meinem Sohn, wo haben Sie ihn hingebracht?“

„Das hätten Sie sich vorher überlegen sollen. Mit Ihren leichtsinnigen, staatsfeindlichen Plänen haben Sie die Zukunft Ihres Sohnes gefährdet.“

„Wo waren Sie gestern Nachmittag? Sie sind mit Ihrem Sohn auf dem Magdeburger Hauptbahnhof gesehen worden.“

Verzweifelt wollte ich die Situation erklären: Treffen mit der Mutter. Aber es war zwecklos. Die Männer wussten mehr als ich.

„Ist Ihnen der Name Renaldo bekannt?“

Ich konnte ehrlichen Gewissens verneinen, denn ich hatte diesen Namen noch nie gehört. Mir war lediglich gesagt worden, dass Kai und ich in einem Diplomatenwagen ausgeschleust werden sollten. Der Treffpunkt sollte das Hotel-Interconti in Magdeburg sein. Namen waren mir aus Sicherheitsgründen nicht genannt worden.

„Dann müssen wir Ihnen wohl auf die Sprünge helfen. Dieser Herr Renaldo hat zugegeben, dass er und sein Freund den Auftrag hatten, Sie und Ihren Sohn über die Grenze Marienborn in den Westen zu bringen. Aber dank unserer wachsamen Grenzpolizei konnten wir diesen Staatsfeinden das Handwerk legen. Herr Renaldo wurde verhaftet. Sie sehen, dass jegliches Leugnen Ihrerseits zwecklos ist. Also: Sie sind vorläufig festgenommen.“

Es war alles aus.

„Wenn Sie mir keine Auskunft über meinen Sohn geben, verweigere ich jegliche Aussage."
Einer der Männer verließ den Raum und kam nach einer ganzen Weile mit einem Formular zurück.
„Los, unterschreiben, sonst sehen Sie Ihren Sohn gar nicht mehr wieder!"
Nach dieser Drohung hätte ich alles unterschrieben. Ich befand mich in einer Art Schockstarre. Nach dieser Unterschrift begann die grausamste Zeit meines Lebens.

13. Die Fäuste blutig vom Klopfen, die Stimme heiser vom Schreien

Es folgte eine Odyssee von Grausamkeiten und Erniedrigungen. Ich wurde von einer Tür zur anderen geschoben, durch endlos lange Gänge geführt. In einem Raum erlebte ich den Höhepunkt der Menschenunwürdigkeit. Mir wurde befohlen, die Kleidung abzulegen, was ich zunächst nicht befolgte. Aber der Druck war so groß, dass ich bald merkte, dass jede Art von Verweigerung zwecklos war. Ich zog mich aus, danach wurde ich von einer unangenehmen Aufsichtsperson an Körperstellen betastet und befühlt, zu denen bisher nur mein Frauenarzt Zugang gehabt hatte. In dem Moment wurde mir bewusst, dass ich nicht nur meine Kleidung abgelegt hatte, sondern auch meine Persönlichkeit. Dann befahl mir die Wachtmeisterin, mich wieder anzuziehen.
Was würde als Nächstes passieren, fragte ich mich. Mein Widerstand war gebrochen. Zermürbt und willenlos ließ ich mich durch endlose Gänge führen, treppauf, treppab.

Plötzlich stoppte der Wachmann, öffnete mit einem Schlüssel seines überdimensionalen Schlüsselbunds eine Tür und befahl mir einzutreten. Mir stockte der Atem: eine echte Zelle. Ab jetzt war ich eine wirkliche Gefangene in einer richtigen Verbrecherzelle. Derartige Räume kannte ich nur aus Krimis, nun war ich die Protagonistin einer dieser grausigen Geschichten – eine Verbrecherin ohne Verbrechen. Eine Gefängniszelle, so sieht also eine Gefängniszelle aus, dachte ich. Es war ein enger, beklemmend wirkender, schmaler Raum mit zwei Holzpritschen, einem kleinen Tisch, zwei winzigen Holzhockern, einer Toilette, einem Waschbecken und einem vergitterten Fenster aus Glasbausteinen, das keinen Blick nach draußen zuließ. Das sollte also für längere Zeit mein *Zuhause* sein.
Die Tür ging auf und herein kam ein großer, bulliger Mann mit einigen Papieren in der Hand. „Mitkommen!", fuhr er mich an. Ich trottete ihm hinterher, bis wir in ein Büro kamen. Hier stellte er sich als Haftrichter vor und sagte, dass ich ab jetzt eine Gefangene sei. Unwirsch hielt er mir einen Zettel vor die Nase: „Los, unterschreiben!"
Wie eine Marionette befolgte ich den Befehl. Bevor ich von einem anderen Wachtmeister abgeholt wurde, drückte er mir erneut einen Zettel in die Hand mit der Bemerkung: „Das ist die Hausordnung, die Sie ab jetzt strikt zu befolgen haben."
Nicht ohne Grund rasselte der Wachtmeister, der mich wieder in die Zelle brachte, angsteinflößend mit dem dicken Schlüsselbund. Es war eine gute Methode, seine Macht zu demonstrieren und die Oben-Unten-Position zu untermauern. Mit tränenerstickter Stimme fragte ich: „Wie lange

wollen Sie mich hier ohne Grund einsperren?“ Mehr brachte ich nicht heraus. Meine Kehle war wie zugeschnürt.
Ohne zu antworten, knallte der Wärter die Zellentür zu. Erschöpft setzte ich mich auf den klapprigen Hocker. Ich spürte, dass ich durch den Spion beobachtet wurde. Meine Gedanken drehten sich nur um Kai: ‚Wo ist er jetzt?‘ Dann hielt ich es nicht mehr aus. Ich schrie meinen ganzen Schmerz, meine Verzweiflung heraus. Wütend klopfte ich an Zellentür und Wände und brüllte: „Ich will zu meinem Sohn! Was haben Sie mit ihm gemacht? Lassen Sie mich zu ihm!“
Immer und immer wieder schrie und klopfte ich, bis meine Stimme heiser wurde und meine Knöchel anfingen zu bluten.
„Ruhe, geben Sie endlich Ruhe!“, rief einer der Wachmänner. „Wenn Sie nicht aufhören, sehen Sie Ihren Sohn überhaupt nicht wieder!“
Doch ich konnte mich nicht beruhigen und schrie immer weiter: „Kai, wo steckst du, was haben sie mit dir gemacht?“
Schließlich hörte ich eine zornige Stimme aus der Nachbarzelle: „Halt endlich deine Klappe und hör auf mit dem Geschrei!“
Ich schlich zum Fenster, sah in den Himmel und rief: „Bitte, bitte, lieber Gott, hilf, dass Kai nicht zu sehr leiden muss. Bitte hilf, dass man mir Kai nicht wegnimmt!“
Ich hatte jegliches Zeitgefühl verloren und weiß nur noch, dass ich erleichtert war über die Erlaubnis, mich auf die Holzpritsche legen zu dürfen. Mich störte nicht, dass die Matratze sehr dünn und völlig durchgelegen war. Meine Augen brannten, mein Kopf schmerzte und meine Gedanken kreisten um meinen Sohn. Ich fand trotz der Erschöpfung

keinen Schlaf. Die Trennung von Kai schmerzte so sehr, dass mein Herz wehtat. Ich war schrecklich allein.

Plötzlich mit mir allein

Allein, du bist allein, hörst kein Ticken der Uhr,
keinen Gesang eines Vogels und wunderst dich,
dass alles so still geworden ist.
Du schaust zum Fenster und siehst, die Wirklichkeit ist plötzlich so anders,
du siehst alles verschwommen und verzerrt,
du siehst nur den Schatten eines Baumes und dessen Zweige,
die sich biegen, als wollten sie sich vor dir verneigen.
Du siehst nur die Umrisse von Wolken, ahnst, wie schnell sie an dir vorbeiziehen,
siehst, wie der Mond versucht, sich einen Weg durch die dicken Scheiben zu bahnen,
er möchte zu dir, um dein Gesicht zu streicheln und deine Tränen zu trocknen.
Doch die verschmierten dicken Scheiben lassen ihn nicht herein.
Deshalb bist du immer noch mit dir sooo allein.
Es gibt keine Uhr.
Dein Gefühl sagt dir, es ist schon spät.
Und du bist allein.
Schritte, du schaust hoffnungsvoll zur Tür.
Doch kein Laut, kein liebliches Kinderlachen.
Der Mond setzt seine Reise fort.
Völlige Dunkelheit umhüllt dich.
Und nun bist du wirklich mit dir allein.
Du wunderst dich, noch nie war es so still um dich,
dass du deinen Atem und deinen Herzschlag hörst.

Die Stille quält dich, denn noch nie warst du plötzlich mit dir so allein.
Am nächsten Morgen siehst du zum ersten Mal dein Spiegelbild.
Es ist dir fremd.
Du sprichst mit ihm, entdeckst ein Lächeln,
siehst aus vergitterten Fenstern, entdeckst die aufgehende Sonne.
Du betrachtest den Baum, der sich dir zuwendet, dessen Zweige sich vor dir verneigen.
Du hörst deine tränenerstickte Stimme, die immer wieder das Eine ruft:
KAI, KAI, KAI!
In der Ferne hörst du den kleinen Vogel, der dir Hoffnung schenkt,
dir zuflüstert, es wird alles gut mit dir und KAI.
Ich bringe dir Grüße von ihm.
Ich bringe deine Grüße und deine ganze Liebe zu ihm.
Es wird alles gut.
Du lächelst ihm zu und bist glücklich,
ein neues Gefühl,
Hoffnung, Zuversicht und Liebe sind jetzt bei dir,
und nun bist du nicht mehr mit dir allein.
ES WIRD ALLES GUT

Hoffungsvoll stand ich leise auf und ging in der Zelle auf und ab, sah sehnsüchtig zum Fenster, aber wieder glotzten mich dicke Gitterstäbe an. Ein kleiner Lichtstrahl zwängte sich durch das grünlich-milchige Glas. Ich erinnerte mich an Rilkes Gedicht „Panther", das ich unzählige Male mit meinen Schülern behandelt hatte. Ich murmelte vor mich hin:
„Sein Blick ist vom Vorübergehen der Stäbe so müd geworden,
dass er nichts mehr hält,

Ihm ist, als ob es tausend Stäbe gäbe und hinter tausend Stäben keine Welt“ *

Auch wenn ich in meiner augenblicklichen Situation der völligen Erschöpfung weichgeklopft schien, so wollte ich mich nicht widerstandslos meinem Schicksal ergeben. Plötzlich hörte ich ein heftiges Klopfen aus der Nachbarzelle. Ich konnte damit nichts anfangen. Erst später erfuhr ich, dass das die einzige Form des Austausches mit den Mitgefangenen war. Als ich nicht reagierte, stellte meine Zellennachbarin das Klopfen ein.
Dann lautes Schlüsselrasseln. Was passierte jetzt? Was hatte man mit mir vor? Doch es wurde wieder ruhig. Außer dem Klicken der Spionklappe und den derben Stiefelschritten hörte ich nichts mehr. Die Gedanken an Kai brachten mich fast um den Verstand. Den Glauben an Gott hatte der Staat versucht mir zu nehmen, aber ohne Erfolg. So flehte ich in dieser Situation verzweifelt Gott an.
„Bitte, bitte, lieber Gott, hilf, dass Kai nicht leiden muss.“

14. Die Sache mit dem Tonband

Als ein bisschen Licht durch das vergitterte Fenster drang, wachte ich auf. Also hatte ich doch etwas geschlafen. Eine Wachtmeisterin öffnete die Zellentür und befahl: „Fertig machen zum Freigang, anschließend Bettenbau, Körperpflege, frühstücken.“
Rasch zog ich mich an und wurde auch gleich aus der Zelle in den Gefangenenhof geführt. Das war im Grunde nur ein

Wechsel von Zelle zu Zelle, aber man war an der frischen Luft. Ich atmete tief durch. Trotz der Kälte genoss ich den Luxus, ein Stückchen Himmel sehen zu können. Wenn ich richtig gezählt hatte, waren es nur noch vier Tage bis Weihnachten. Der Dezember ließ seine Macht spüren. Ich zitterte vor Kälte, wollte aber dem arroganten Kerl oben in seinem Wachhäuschen den Triumph, mich endlich kleingekriegt zu haben, nicht gönnen. Also erinnerte ich mich an eine Sportübung, die mich normalerweise zum Schwitzen brachte. Ich begab mich in die Hocke und watschelte die etwa sechs Meter lange Strecke von einem Ende bis zum anderen und zurück. Der Wachmann sagte etwas, das ich nicht verstand und auch nicht verstehen wollte. Das klang so ähnlich wie „Nun wohl völlig verrückt geworden!".
Allmählich wurde mir warm und ich bedauerte es, dass ich nach 15 Minuten wieder abgeholt wurde. Erneut ging es zahlreiche Gänge entlang, Türen wurden geöffnet und geschlossen, bis ich mich wieder in meiner Zelle befand. Widerwillig befolgte ich die weiteren Anordnungen, aber essen konnte ich nicht. Ich brachte keinen Bissen herunter, sondern nahm nur einen Schluck aus der Plastiktasse. Es schien lauwarmer Hagebuttentee zu sein.
Danach war ich zum Warten verdammt, bis die Zellentür aufgerissen wurde und eine Wachtmeisterin mich aufforderte, ihr zu folgen. Ich wurde in ein Büro gebracht und der Ober-Unter- oder was sonst für ein Leutnant befahl: „Setzen!"
Ich quetschte mich in die äußerste Ecke des Raums, denn der Mann war mir gänzlich unsympathisch. Sein feistes Grinsen hatte bei mir nicht den gewünschten Effekt. Ich fühlte mich

ihm gegenüber trotz der prekären Situation überlegen und ließ es ihn spüren.
„Warten Sie nur, Ihre Arroganz wird Ihnen schon noch vergehen. Wir haben schon andere Kaliber kleingekriegt."
Seine zusammengekniffenen Augen blitzten mich zornig an. Doch ich reagierte umso abweisender, je mehr er versuchte, mich unter Druck zu setzen. Seine Frage, warum ich die Republik verlassen wollte, ignorierte ich. Nach einer Weile wurde es dem Vernehmer zu viel. Er ließ mich abholen.
Das gleiche Spiel wiederholte sich noch einige Male, bis man erkannte, dass man so mit mir nicht weiterkam. Also wechselte man kurzerhand den Vernehmer. Es gab scheinbar genug davon. Die Fragen waren immer die gleichen: „Sie und Ihr Freund haben sich also mit einer Schleuserbande in Verbindung gesetzt, um Ihre illegale Ausreise zu planen?"
„Nein, ich hatte keinen Kontakt zu einer Schleuser-Organisation. Wie sollte ich auch, Sie haben mir ja die Flügel gestutzt, indem Sie mir den Pass abgenommen haben. Jede Fahrt in ein sozialistisches Ausland ist seit dieser Zeit unmöglich. Aber warum sage ich Ihnen das? Sie wissen es am besten. Selbst eine Reise nach Berlin haben Sie mir erschwert, denn ich wurde auf Schritt und Tritt verfolgt. Außerdem wissen Sie inzwischen mehr als ich, schließlich haben Sie die beiden Schleuser verhaftet."
Dann folgte immer wieder die eine Frage: „Wer wusste von Ihren Plänen, wen hatten Sie eingeweiht?"
Stift und Papier lagen bereit. Der Vernehmer war hoffungsvoll, dass ich endlich Namen nannte. Als ich wieder nur ausweichend antwortete, lehnte er sich enttäuscht zurück und legte seinen Stift auf das leere Blatt Papier. Ob es so etwas

wie „Kopfgeldprämie“ gab? Ich passte sehr auf, denn niemand sollte meinetwegen eine Strafe verbüßen müssen. Außer meiner Mutter wusste tatsächlich keiner etwas Näheres über meine Pläne. Als er nicht weiterkam, zog der vermeintlich *nettere* Vernehmer andere Seiten auf. Er wusste, dass mein Schwachpunkt meine bedingungslose Liebe zu meinem Sohn war.

„Vielleicht sollten Sie etwas kooperativer sein. Mit Ihrem falschen Stolz kommen Sie hier nicht weiter, sondern Sie lassen Ihren Sohn mit diesem Verhalten unnötig lange leiden. Er vermisst Sie nämlich sehr ...“

„Hören Sie auf!“, schrie ich ihn an.

Weiter kam ich nicht. Mit siegessicherem Bick ging der Vernehmer zu einem Regal und drückte auf den Knopf eines Gerätes, das ich nicht sofort erkennen konnte. Dann glaubte ich, meinen Ohren nicht zu trauen. Es ertönte tatsächlich die liebe Stimme von meinem Kai, wie er mit mir zusammen das Lied vom „Kuckuck und dem Esel“ sang. Ich schrie hysterisch: „Aus, machen Sie das sofort aus!“

15. Einzelhaft

An einem Morgen der folgenden Tage hatte die grausame Einzelhaft endlich ein Ende. Nach dem Wecken und dem spärlichen Frühstück wurde die Zellentür heftiger als sonst aufgerissen. Herein kam Ilse, eine etwa 50-jährige Frau, verweintes Gesicht, zerzauste Frisur, mit einem kleinen Säckchen unter dem Arm.

„Los, Strafgefangene Eins, machen Sie Platz, Strafgefangene Zwei wird in dem anderen Bett schlafen."
Wie froh ich war, nicht mehr allein sein zu müssen. Ilse hatte bereits alle Stationen in diesem Untersuchungsgefängnis durchlaufen, selbst den Prozess hatte sie schon hinter sich. Ihr Mann wollte nach Hamburg fliehen, und sie sollte später offiziell einen Antrag auf Familienzusammenführung stellen. Sein Fluchtversuch scheiterte, er wurde zu vier Jahren Haft verurteilt, Ilse wegen Mitwisserschaft zu neun Monaten. Ihre Zeit in meiner Zelle war leider sehr kurz.
Tage später wurde erneut, diesmal weit nach Mitternacht, mit lautem Krachen die Tür aufgeschlossen. Der Posten knipste mit mürrischem Brummen das Licht an und schob eine Neue in die Zelle. Er schrie mich an: „Bleiben Sie liegen!" Die völlig verzweifelte ältere Frau forderte er auf: „Los, Beeilung, Sachen auspacken, hinlegen und Ruhe."
Mit einem Knall fiel die Tür ins Schloss. Ich musterte die Neue und fragte voller Mitleid nach ihrem Namen. Keine Antwort. Ich hörte nur ein verzweifeltes Schluchzen. So hatte ich Gelegenheit, mir die Frau genauer anzusehen: blau gemustertes Sommerkleid, zerfetzte Strümpfe, die ihr an den Beinen herunterhingen, schmutzige Sandalen, ein aufgedunsenes, verweintes Gesicht. Sie löste starkes Mitgefühl bei mir aus.
„Weshalb hat man Sie verhaftet?", fragte ich leise.
„Fluchtversuch", antwortete sie ebenso leise.
Von Neuem rannen ihr die Tränen übers Gesicht.
„Hören Sie auf zu weinen", versuchte ich sie zu beruhigen.
Sie setzte sich auf den Rand meiner Pritsche und hörte nicht auf, den Kopf zu schütteln.

„Mein armer, armer Junge ... Heute Nachmittag haben sie uns in Marienborn aus dem Auto geholt. Meinen Jungen, die Schwiegertochter und meine vier kleinen Enkelkinder ...“
Vor Schluchzen konnte sie nicht weitersprechen. Es war mir unerklärlich, woher so ein alter Mensch den Mut zur Flucht nahm. Den Grund sollte ich bald erfahren.
Mit einem: „Wie gut, dass ich Sie getroffen habe“, stand sie auf, ging zu ihrer Pritsche und ordnete mit den sicheren Griffen einer Hausfrau das Bett für die Nacht. Sie hieß Gitta und war 58 Jahre alt. Nach Tagen, als sie die schlimmste Angst überwunden hatte und halbwegs an das Gefangenendasein gewöhnt war, erzählte sie mir die Geschichte ihrer Flucht.
„Einer meiner Söhne, der älteste, lebt seit der Flucht über die ‚Grüne Grenze‘ im Westen. Er lag mir immer in den Ohren, ich solle doch zu ihm kommen. Wie sollte ich das schaffen? Die Behörden ließen mich noch nicht einmal zur Taufe des letzten Enkelkinds fahren, obwohl mein Meister in der Firma für mich bürgen wollte. So kam mein Sohn auf die Idee, mich im Auto zu verstecken. Er baute ein Versteck in seinem Opel Kapitän, und ich Ahnungslose hatte noch nicht mal Angst, sondern nur den Gedanken, wie herrlich es sein würde, mit meinem Sohn und den Enkelkindern zusammenzuleben ...“
Für dieses Verbrechen landeten Mutter und Sohn im Zuchthaus. Für Gitta war die Sorge um ihren Sohn das Schlimmste. „Ob er überhaupt noch lebt? Ob er je wieder herauskommt? Was wird aus seiner Familie?“, weinte sie.
Sie wollte ebenfalls wissen, was mich dazu getrieben hatte, die Flucht in den Westen zu wagen. Sie war die Erste, der ich davon erzählte. „Vielleicht hätte ich, wie Millionen andere Menschen in der DDR, nie an Flucht gedacht, wenn ich nicht

ausgerechnet Lehrerin geworden wäre. Eben dadurch kam ich mehr und mehr in den Konflikt mit der von der DDR verordneten Ideologie ..."
Nach längeren Erklärungen merkte ich, dass ich Gitta überforderte. Sie war nur mit der Sorge um ihren Sohn beschäftigt. Das Geklapper des Servierwagens unterbrach unsere Unterhaltung. Durch die Türklappe wurden wir aufgefordert, das Frühstück in Empfang zu nehmen. Es gab Brot mit Margarine und billige Sülze.
Gitta blieb ebenfalls nur kurz in meiner Zelle.

16. Der Prozess

Der Tag war gekommen, das Urteil über mich sollte gesprochen werden. Eine Wachtmeisterin kam in die Zelle und befahl: „Fertig machen, Sie haben 15 Minuten, dann gehen Sie mit einem Kollegen in den Gerichtssaal."
Kurze Zeit später wurde erneut die Zellentür geöffnet und herein kam ein unfreundlicher, energischer Mann, der mir Verhaltensmaßregeln mit auf den Weg gab. „Sie haben allen Anweisungen Folge zu leisten. Zum Schutz für Sie und für andere muss ich Ihnen Handschellen anlegen."
Hatte ich richtig gehört? *Handschellen*? Ich konnte es nicht glauben, aber Angst und Anspannung waren so groß, dass ich mich ohne Widerstand mit einem Wachtmeister zusammengekettet in den Gerichtssaal führen ließ. Ich erlebte den ersten Prozess meines Lebens. An den genauen Ablauf habe ich kaum noch Erinnerungen. Nach einer eingehenden personellen Befragung wurden alle möglichen Beurteilungen

von Studium, Schulen etc. vorgelesen. Überall war man sich einig, dass ich eine gute, engagierte Lehrerin sei, allerdings sei ich politisch *undurchsichtig und instabil.* Dann folgte eine umständliche Begründung meiner Festnahme: *Staatsfeindliche Handlungen* und andere Phrasen rauschten an meinen Ohren vorbei. Ich konnte dem Ganzen nicht mehr folgen, es interessierte mich nur eine einzige Frage: Wie lange würden sie mich hier festhalten und von Kai trennen?
Ich wartete mit großer Angst auf das Ende der Verhandlung. Plötzlich Stille. Dann das niederschmetternde Urteil:

Zwei Jahre und acht Monate

Als alles vorbei war, ließ ich mich willenlos in die Zelle führen. Zwei Jahre und acht Monate sollte ich von Kai getrennt werden. Das würde ich nicht überleben. Wenn ich doch nur einen Menschen zum Reden hätte, aber man ließ mich allein, wahrscheinlich, um mich endlich mürbe zu bekommen. Am nächsten Morgen wurde ich wieder ins Büro geführt. Dort teilte mir ein Leutnant mit, dass meine Zeit im Untersuchungsgefängnis bald zu Ende sei und ich auf Transport ginge. Ich hatte keine Ahnung, was das bedeuten sollte.
Mit tränenerstickter Stimme fragte ich: „Was wird mit Kai? Ist bereits eine Lösung gefunden worden?“
„Ihr Sohn wird in Ihrer Wohnung von Ihrer Mutter betreut, er besucht weiter seine alte Schule.“
Zwei Jahre vor meiner Flucht war mein Vater verstorben. Meine Schwester und ich waren uns einig gewesen, dass unsere Mutter nicht allein in dem Haus im Dorf leben konnte.

Sie war einverstanden mit dem Vorschlag, das Haus zu verkaufen und in Berlin in der Nähe von Hannah zu wohnen. Aber wegen meiner Haft mussten wir umdisponieren. Meine Mutter zog vorübergehend nach Leipzig, sodass Kai weiterhin seine Schule besuchen konnte. Nach einem halben Jahr zogen beide nach Berlin in eine kleine Wohnung. Hier konnte sich meine Schwester etwas um die zwei kümmern. Das beruhigte mich zwar zunächst, aber ich dachte mit großer Sorge an meine herzkranke Mutter. Wie sollte sie das alles überstehen? Dank meiner fürsorglichen Schwester Hannah haben sowohl Kai als auch meine Mutter diese Zeit einigermaßen schadlos überlebt.

17. Zuchthaus Hoheneck

Zwei Jahre und acht Monate, diese Zahl kreiste in meinem Kopf. Dann ein Transport, der mich noch weiter von Kai entfernte. Ich fühlte mich so einsam, so verlassen, so erbärmlich, dass ich vor Erschöpfung aus der Wirklichkeit floh. Ich schlich zum Fenster und war glücklich über den dicken Mond, der freundlich zu mir durch die Gitterstäbe in die Zelle schaute. Die Zelle war taghell, und ich glaubte, in seinem Gesicht ein Lächeln entdeckt zu haben. Es machte mir Mut und gab mir Hoffnung. Die Welt schien einen Moment lang nicht mehr so grauenvoll zu sein. Ich lag tränenlos, aber verzweifelt, auf der Pritsche und wartete auf Schlaf. Aber er wollte nicht kommen, dafür aber der Gedanke an meinen Freund, den Maulbeerbaum, und ich flüsterte: „Hallo, mein geliebter Freund, hilf mir bitte, ich weiß nicht mehr weiter."

Ich hörte das Rauschen seiner Blätter, sein beruhigendes Murmeln und schlief tatsächlich ein. Als ich aufwachte, hatte ich Mühe, in die Realität zurückzufinden. Ich befand mich in einer Situation, in der sich Fantasie und Realität vermischten. Ich brauchte das Fantastische, um mich vor der unbarmherzigen Wirklichkeit zu schützen.
Am Morgen des Transports war es kühl und regnerisch. Ich begann zu frösteln, als sich das Fahrzeug, die *Grüne Minna* genannt, langsam in Bewegung setzte. Einige andere Gefangene und ich wurden am Hauptbahnhof abgesetzt und in den legendären *Grotewohl-Express* geführt. Man brachte mich in ein Abteil mit vergitterten und verdunkelten Scheiben, in dem bereits zwei andere Frauen saßen. Jegliches Sprechen wurde uns verboten. Nach etwa einer Stunde stoppte der Zug und die Wagentür wurde aufgerissen. Ein Wachtmeister kam herein und befahl uns: „Zu zweit anstellen!"
Ich stellte mich neben die Frau, neben der ich gesessen hatte. Der Wachtmeister kam zu uns und legte uns Handschellen an. Was musste ich noch alles über mich ergehen lassen! Nur weil ich mit meinem Sohn in das freie Deutschland wollte. Was für ein Staat! Wir stolperten durch den ganzen Zug. Als wir am Ende angekommen waren, befahl man uns auszusteigen. Draußen standen zwei Polizisten, bewaffnet mit Gewehren und begleitet von zwei Schäferhunden, die bei mir große Angst auslösten. Als wir ausstiegen, hörte ich einen etwa achtjährigen Jungen zu seiner Mutter sagen:
„Mami, sind das die bösen Verbrecher? Sieh mal, sogar Frauen!"
Ich verlor beinahe die Fassung. Aber es kam noch schlimmer, denn auf dem Gepäck lasen wir die Aufschrift *Hoheneck*. Eine

der Frauen begann zu weinen. Sie schrie: „Hoheneck, das ist die Hölle, es ist das schlimmste Zuchthaus weit und breit!"
Ich war zu keiner Reaktion fähig.
Es war Nachmittag und wir befanden uns auf dem Hauptbahnhof von Karl-Marx-Stadt, inmitten von dichtem Publikumsverkehr. Die Anzahl des Aufsichtspersonals ließ uns staunen: 34 Häftlinge, dazu 16 bewaffnete Posten mit drei Schäferhunden. Vom Bahnsteig aus führte man unsere eigenartige Gruppe zu einem Gepäckaufzug. Der Rest des Weges, einige Hundert Meter, war unterirdisch zurückzulegen.
„Los, los, nicht zurückbleiben", keifte eine Frau vom Wachpersonal. Zusammengekettet mit einer anderen Gefangenen, in der einen Hand ein schweres Paket, war dieser Marsch eine Tortur. Wenn man doch nur einen Augenblick ausruhen könnte.
„Na los, schlafen Sie nicht ein, sonst mache ich Ihnen Beine!"
Der Gefangenenzug geriet ins Stocken. Über eine schmale Wendeltreppe ging es ans Tageslicht. Auch hier stand wieder eine *Grüne Minna* bereit. Von den engen Handschellen befreit, pferchte man uns 34 Häftlinge in einen abgeteilten Raum des Fahrzeugs, der ursprünglich für 18 Personen gedacht war. Bald schaukelte das Fahrzeug über miserable Straßen der Burg entgegen. Ab und zu erhaschten wir einen Blick auf die schöne Landschaft. Das monotone Motorengeräusch wurde bisweilen durch das ordinäre Gelächter einiger Insassen oder durch das Gekeife einer Aufseherin übertönt.
Stollberg, 5 Kilometer, konnten wir lesen. Im *Käfig* wurde es unruhig: Hoheneck in Sicht. Alles schrie durcheinander. Von dem kleinen Ort Stollberg war wenig zu sehen. Das Auto

kroch langsam die holprige Landstraße empor. Minuten nur, dann verlangsamte die *Grüne Minna* ihr Tempo.
Vor dem Schild

STRAFVOLLZUGSEINRICHTUNG HOHENECK

öffnete sich ein schweres Eisentor.
Als wir ausstiegen, hörten wir ein böses Gekläffe von Schäferhunden. Wieder einmal wurden die Personalien überprüft. Wozu, fragte ich mich, wohin hätte man fliehen sollen, an dem bissigen Wachpersonal und den nicht weniger bissigen Schäferhunden vorbei! Dann wurde unsere Gruppe in einen Raum gesperrt, der an einen ungepflegten Wartesaal erinnerte. Durch die stark verschmutzten, vergitterten Scheiben quetschte sich tatsächlich die Januarsonne und gab den Blick auf eine idyllische Landschaft frei. Aber dieser Anblick stimmte mich nur noch wehmütiger. Laut und umständlich wurde die Tür aufgeschlossen. Eine Wachtmeisterin mit ausdruckslosem Gesicht schrie: „Zu zweit antreten, nicht quatschen, los!"
Wir folgten ihr über eine ausgetretene Treppe auf den Hof. Von da aus dirigierte sie uns in einen anderen Gebäudeteil. Über eine Steintreppe ging es in einen Kellerraum. Der erste Eindruck dieses gänzlich verkommenen Drecklochs flößte mir Angst ein. In diesem abscheulichen Keller befanden sich die Duschen. An den niedrigen Decken verliefen Heizungsrohre, aus denen in großen Fetzen dunkel gewordene Glaswolle, oder so etwas Ähnliches, heraushing. Die schwarzen Wände waren jahrzehntelang nicht mehr getüncht worden. Überall bröckelte der feuchte Putz von den Wänden. Nach dem Duschen wurden wir zur Bekleidung geführt.

„Sie werden jeweils zu zweit eingekleidet“, befahl die Wachtmeisterin.
Nach langem Warten war ich an der Reihe. Der Raum, in dem die Häftlingskleidung ausgegeben wurde, roch muffig, nach alten, ungewaschenen Lumpen. Hinter einem fleckigen, ausgedienten Ladentisch wirtschafteten emsig zwei Frauen in blauen Kittelschürzen. „Konfektionsgröße?“, fragte die dunkelhaarige Wachtmeisterin hinter dem Tisch.
„38“, antwortete ich mürrisch.
„Ziehen Sie sich vollständig aus, den Privatkram in den Beutel! Das hier anziehen, los!“
Vor mir lagen neue Unterwäsche, Strümpfe, sogar nagelneue Schuhe.
„Den Rock und die Jacke probieren, passt!“
„Der Rock ist zu eng“, wagte ich einen Einwand.
„Passt, habe ich gesagt. Sie sind nicht im Modesalon. In einigen Wochen wird er ihnen zu weit sein.“
Die Bekleidung bestand aus einer schwarz gefärbten Jacke und einem dunkelblauen Rock. Schon viele Frauen vor mir mussten diese Lumpen getragen haben. Sie waren steif vor Schmutz und stanken nach Schweiß. Die übrige Häftlingsausstattung packten wir in einem Bündel in eine der beiden Decken. Mit dem Bündel im Arm ging ich zur Ausgangstür.
Es dauerte Stunden, bis wir 34 Häftlinge auch äußerlich in das Gefängnisbild passten. Inzwischen musste es gegen einundzwanzig Uhr sein. Aber die Schikane fand noch immer kein Ende. Wieder befahl uns eine Wachtmeisterin, ihr zu folgen. Wir gelangten nach einigem Schlüsselschließen und Treppensteigen in einen winzigen, kahlen Raum. Von dem vergitterten Fenster aus sah man einen Teil des beleuchteten

Stollbergs. Aber nicht einmal diesen einen Blick in die Freiheit gönnte man uns. Mit der ungeduldigen Aufforderung „Los, die Nächste!" wurde ich aus meinen Träumen gerissen. Ich befand mich in einem ärztlichen Behandlungsraum. Endlich einmal akzeptable Sauberkeit. Frauen in weißen Kitteln mit gelben Streifen auf dem Rücken ermittelten unter Aufsicht Größe und Gewicht. Auch dieses Prozedere beanspruchte Stunden. Lange nach Mitternacht stolperten wir über den Innenhof.

Wir standen vor dem gewaltigen roten Backsteinbau und fühlten uns völlig winzig. Die Burg Hoheneck wirkte gespenstisch. Aus den vergitterten Fenstern sah man im fahlen Mondlicht an die Gitterstäbe gepresste bleiche Frauengesichter. Aus mehreren Zellen drangen Schimpfworte in die Nacht. Sie galten den Wachtmeisterinnen, doch diese reagierten nicht. Völlig übermüdet, frierend und geschwächt wankten wir mit immer schwerer werdendem Bündel hinter einer Wachtmeisterin her. Lautstark wurden die Zurückbleibenden zur Eile getrieben: „Na los, Bewegung, schlafen Sie nicht ein!"

Viele Türen waren zu öffnen und zu schließen. Die alten Eisentreppen federten leicht unter den Füßen. Der Fußbodenbelag auf den Treppen glänzte, aber alles andere war grau und verkommen. Der eigenartige Geruch aus feuchtem Mauerwerk, abgestandener Luft und Bohnerwachs legte sich aufs Gemüt. Wir tauschten fragende Blicke aus. Was würde uns noch Unangenehmes erwarten?

Nach all den Strapazen hatten wir Mühe, die dritte Etage zu erreichen. Gefühle wie Hunger und Durst ignorierten wir einfach. Wir hatten immer noch unsere Bündel in der Hand.

Keuchend standen wir vor einer mächtigen Tür. Auf dem Schild lasen wir: *Zugangszelle.* Eine Wachtmeisterin schloss die Tür auf. Das Bild, das sich uns bot, werde ich in meinem ganzen Leben nicht vergessen. Auf dem Fußboden der etwa dreißig Quadratmeter großen Zelle lagen die Frauen wie Ölsardinen dicht nebeneinander, meist zu dritt auf zwei Matratzen. Wir stolperten und fielen über ein wirres Durcheinander aus Matratzen, Decken und Frauenkörpern.
„Gibt es hier keine Betten?", fragte eine der Neuen.
In der Zelle gab es kaum Platz zum Stehen. Die Bündel sollten im Waschraum abgelegt werden. Aber auch dieser Anblick erschütterte mich. Schmutz, überall Schmutz, es übertraf die schlimmsten Befürchtungen. Hier wollte ich mein Bündel nicht ablegen, also behielt ich es in der Hand. Dann bekam ich eine Matratze zugewiesen, die ich mir mit einer stämmigen Frau teilen sollte. Da es weit nach Mitternacht und ich todmüde war, wollte ich mich auf die Matratze legen, aber dieser massige, nach Schweiß riechende Körper und der starke Mundgeruch der Frau ließen mich nicht zur Ruhe kommen. Ich schüttelte mich vor Ekel, nahm meine Decke, legte mich auf den harten Boden und benutzte mein Bündel als Kopfkissen. Aber an Schlaf war nicht zu denken. Die Stunden bis zum Morgen wurden zur Tortur. Völlig erschöpft und übermüdet, war ich heilfroh, als wir gegen fünf Uhr morgens über die Lautsprecheranlage geweckt wurden. Unausgeschlafen und mürrisch erhoben sich die *Gestalten* in den groben, viel zu großen Nesselnachthemden. Der Waschraum war im Nu überfüllt. Für vierzig Menschen standen zwölf Wasserhähne und zwei Toiletten zur Verfügung. Eine schrie nach ihrem Handtuch, eine andere nach ihrer Seife. Schimpf-

worte, Geschrei, Gelächter, Tränen, überall drängten sich nackte Frauenkörper.
Bald nach dem Wecken ertönten abermals Befehle: „Die Zugänge fertig machen zum Zählappell!"
Erst als das Geklapper der Schlüssel von den Gängen her zu hören war, nahmen wir zu zweit und hintereinander Aufstellung.
„Frau Obermeister, Zelle 27 ist mit 18 Strafgefangenen zum Zählappell angetreten. Es meldet Strafgefangene Martin."
„Guten Morgen, Strafgefangene!"
„Guten Morgen!"
„Na, wie heißt es richtig?"
„Guten Morgen, Frau Obermeister."
„Na, warum nicht gleich so! Weggetreten!"

18. Knastfreundschaft

Bereits nach kurzer Zeit machte ich in der Zugangszelle die Bekanntschaft von Kristel.
Kristel war eine selbstbewusste, sportliche Frau Anfang dreißig. Eine moderne Nickelbrille verlieh ihr einen intellektuellen Anstrich. Aber auch ohne diese Brille merkte man sofort, dass für sie der Intellekt das Wichtigste war. Sie wirkte selbstsicher und klar, vielleicht ein bisschen arrogant. Wir hatten nur ganz kurz Zeit, um uns auszutauschen. Und was für ein Zufall, Kristel war ebenfalls Lehrerin für Deutsch und Geschichte an einer „Polytechnischen Oberschule". Eine weitere Überraschung: Wir hatten mit Magdeburg denselben Studienort, dieselben Professoren und zu vielen Themen die

gleichen Ansichten. So erhellte ein kleines Licht unsere geschundenen Seelen. Ich schickte ein Dankgebet zum Himmel.

Einige Tage mussten wir in der Zugangszelle verbringen. Wir freundeten uns auch mit anderen Leidensgenossinnen an, erfuhren die grausamsten Schicksale, konzentrierten uns aber hauptsächlich auf uns. Leider währte unser Glück nur kurz, denn irgendwann stürmte eine Wachtmeisterin in die Zelle und forderte einige Frauen auf, ihre Sachen zusammenzupacken, darunter auch Kristel. Ich war enttäuscht. Sollte dies das Ende unserer so hoffnungsvoll begonnenen Freundschaft sein? Kristel bemerkte meine Enttäuschung und versuchte, mich zu beruhigen. Beim Rausgehen rief sie mir zu: „Marie, egal, wohin sie uns stecken, unsere Freundschaft bleibt bestehen."

Kurze Zeit später wurde auch ich mit einigen anderen Frauen aus der Zugangszelle geholt. Wir wurden in einen halbdunklen Raum gebracht. Von dort aus ging es in die Effektenkammer. Als ich mich umsah, entdeckte ich zu meiner großen Freude Kristel, die immer noch ihr Bündel unter dem Arm hatte. Spontan ließen wir beide unsere Bündel fallen und umarmten uns stürmisch. Jetzt mochte kommen, was wollte!

„Strafgefangene Jacob, mitkommen!", rief eine Wachtmeisterin ungeduldig. „Etwas schneller!", drängte sie. Damit wurde unsere kurze Begegnung wieder abgebrochen. Allerdings dauerte es nicht lange, da kam die Wachtmeisterin erneut in den Raum und forderte auch mich auf, ihr zu folgen. Ich wurde in einen Raum geführt, in dem eine andere Wachtmeisterin mit meiner Freundin Kristel beschäftigt war.

„Los, setzen, bis Sie aufgerufen werden!", befahl sie mir.

Ich setzte mich verunsichert in eine Ecke und wurde so Zeugin eines Kristel-typischen Dialogs. Kristel drehte sich kurz zu mir um und zwinkerte mir zu. Das brachte uns die nächste Rüge ein. Die Uniformierte, die an dem alten, tintenbefleckten Schreibtisch saß, sah Kristel fragend und herausfordernd an. Kristel verstand.
„Guten Tag."
„Sagen Sie mal, Strafgefangene Jacob, wie lange sind Sie eigentlich schon da?"
Kristel antwortete: „Vier Tage!"
„Und da haben Sie noch nicht gelernt, wie man sich zu melden hat?"
„Nein!"
„Das ist mir zu blöd mit Ihnen, raus."
„Die Nächste! Kommen Sie her, Strafgefangene Krüger."
Für mich war das gerade eine Lehrstunde im Umgang mit dem Gefängnispersonal. Doch das war nicht mein Weg. Ich versuchte trotz allem, höflich zu bleiben.
An einem anderen Tag musste ich zu einer Frau Leutnant, die das Aufnahme- bzw. Eingangsgespräch führte. Sie war eine äußerst unangenehme Person.
„Also, Strafgefangene Krüger, Sie haben sich des ungesetzlichen Verlassens der Deutschen Demokratischen Republik schuldig gemacht."
„Das sehe ich anders ..."
Weiter kam ich nicht. Frau Leutnant war nicht interessiert an meiner Antwort.
„Wenn ich mir Ihren Fall so ansehe, dann kann ich nur sagen, wenn's dem Esel zu wohl wird, ... Sie haben ein Kind, wie rücksichtslos von Ihnen!"

„Ich habe den Entschluss gerade wegen meines Kindes gefasst. Ich wollte ihm nicht zumuten, in einem Staat aufzuwachsen, in dem ich zutiefst unglücklich war."
„Blödes Gewäsch", entgegnete Frau Leutnant zornig.
Nachdem die zeitaufwendigen Aufnahmeformalitäten beendet waren, wurde ich in die Zelle geschlossen. Auf dem Weg dorthin sah ich zum ersten Mal die Person, die uns *erziehen* sollte. Es war eine wasserstoffblonde, blasse, hochhüftige Frau. Sie wirkte unsicher und zurückhaltender als alle anderen. Ich hatte das Gefühl, dass sie weniger genussvoll ihre bösartige Erziehungstätigkeit ausübte. Sie vermittelte den Eindruck, dass sie nicht hundertprozentig hinter ihrem Job stehe. Wie sich später herausstellte, konnte ich in einigen Situationen bei ihr sogar menschliche Züge feststellen, vor allem wenn es um meinen Sohn Kai ging.
Als sie die Zellentür öffnete, sah ich erfreut, dass meine Freundin Kristel bereits da war. Mit einem Freudenschrei warf ich mein Bündel auf den Boden und eilte glücklich meiner Freundin entgegen. Unserer *Erzieherin* schien diese Szene nicht zu gefallen. Aber das war uns egal. In der Zelle trafen wir noch andere Leidensgefährtinnen, mit denen wir uns in der Zugangszelle etwas angefreundet hatten. Wiedersehensrituale, Umarmungen, Freudenschreie und ein heilloses Stimmengewirr waren die Folge. Trotz aller widrigen Umstände waren wir froh, unter uns zu sein. Die Mitgefangene Inge wunderte sich: „Ich kann es einfach nicht fassen, dass die uns alle zusammensperren."
Kristel antwortete kurz und treffend: „Im Grunde ist es doch so die einfachste Lösung. Wir sind für den Staat verseuchte Elemente. Eines Tages werden wir in die Bundesrepublik

verkauft. Deshalb sind wir für diesen Staat uninteressant. Untereinander können wir uns nicht schaden, wir sind abgeschrieben. Bei den wirklich Kriminellen besteht noch die Hoffnung der ideologischen Umerziehung."

Als in der Zelle etwas Ruhe eingekehrt war, hatte ich endlich Gelegenheit, mich ein wenig umzusehen. Der Raum war etwa sieben Meter lang und drei Meter breit. Parallel zueinander standen fünf Dreistockbetten. Zur Zelle gehörte ein Waschraum mit zwei Toiletten, von denen zu dieser Zeit eine defekt war. Die beiden Waschbecken erinnerten an Viehtränken. Die Fenster der Zelle waren klein. Schränke zum Ablegen der Bekleidung oder zur Aufbewahrung von Lebensmitteln gab es nicht. Für Kristel und mich blieben noch zwei Betten in der mittleren Etage übrig. Sonst war alles belegt, bis auf ein Zweistockbett in der Nähe der Tür. Es stand etwas entfernt von den anderen. Wofür dieses Bett bestimmt war, wusste niemand. Aber wir brauchten nicht lange zu rätseln. Die Tür wurde erneut aufgeschlossen und herein kam eine dunkelhaarige, sehr schlanke, sympathische Frau Anfang 40. Sie wirkte introvertiert und beteiligte sich nicht am Austausch von Fluchtgeschichten. Man ließ sie in Ruhe.

Aus den verschiedensten Ecken war Flüstern zu hören. Aus den Gesprächsfetzen, die zu uns drangen, schlossen wir, dass die meisten ihre Lebensgeschichten austauschten. Auch Kristel und ich taten es ihnen gleich.

Kristel hatte keine Kinder, sie war gemeinsam mit ihrem Mann verhaftet worden. Ihr Urteil von viereinhalb Jahren verschlug mir die Sprache. *Wirtschaftsverbrechen und Republikflucht* stand in ihrer Anklageschrift. Sie hatte alle Schuld auf sich genommen, deshalb war ihr Strafmaß so hoch. So

war sie, meine neue Freundin Kristel, völlig selbstlos. Deshalb galt ihre Sorge vor allem ihren Familienmitgliedern, Schwester und Bruder. Kristel hatte durch ihre lange Untersuchungshaft mehrere Frauen mit beeindruckenden Schicksalen kennengelernt. So berichtete sie mir von der Begegnung mit einer Abiturientin.
Diese hatte ihr erzählt: „Kristel, können Sie sich vorstellen, dass ich zu neun Monaten Haft verurteilt wurde wegen einer einzigen Bemerkung? Da ich in meiner Klasse zwar Leistungsbeste war, aber politisch als Querulantin galt, hatte man schon immer ein Auge auf mich. So fragten mich auf einer Party *Freunde*, was ich machen würde, wenn ich das Abitur nicht bestünde. Leicht angeheitert antwortete ich, das wäre halb so schlimm, es gäbe ja noch den Westen als Ausweg. Wochen später, diese Bemerkung hatte ich längst vergessen, erschien ein *Geheimer* mitten in der Deutsch-Stunde. Er forderte mich vor der ganzen Klasse auf, ihm zu folgen. Das war mir sehr peinlich und ich hatte keine Ahnung, was er von mir wollte. Auf dem Gang zum Dienstzimmer des Direktors fragte ich ihn, was los sei. Er war sehr wortkarg und nuschelte etwas vor sich hin, ich müsse mitkommen zur *Klärung eines Sachverhalts*. Diese *Klärung* brachte meinen Eltern und mir sorgenvolle Tage und Nächte. Die Herren vom SSD* hielten es nicht für nötig, meine Familie von meiner Verhaftung zu unterrichten. Mir brachte diese *Klärung* die besagten neun Monate Gefängnis. Dabei dachte ich damals nicht im Entferntesten an Flucht, es war nur albernes Gerede. Zum Glück kommt man mit neun Monaten nicht auf die *Schreckensburg Hoheneck*. Einen Teil meiner Zeit habe ich schon durch die U-Haft abgesessen."
**SSD Staatssicherheitsdienst*

Kristel ging die Geschichte der jungen Frau sehr nahe. Vor ihrem Abschied in der Untersuchungshaft sagte diese zu Kristel: „Ich würde mich von Herzen freuen, wenn Ihnen Hoheneck erspart bliebe."
„Kennen Sie sich aus?", wollte Kristel wissen.
„Seit einem Vierteljahr kenne ich durch Erzählungen im Freundeskreis die berüchtigte Burg. Die Verhältnisse dort sollen mittelalterlich sein."
Kristel wunderte sich: „Sie sind doch höchstens achtzehn Jahre alt?"
„Gerade vor Kurzem geworden."
„Bei Ihnen", wandte sich die Abiturientin erneut an Kristel, „tippe ich auf Republikflucht." „Sie tippen richtig. Mich haben die Bulgaren am Ausreisen gehindert. Meine Urteilsbegründung lautet: *Wirtschaftsverbrechen mit Republikflucht.*"
Nach diesem Gespräch lebte Kristel in ständiger Angst um ihre Familie. Diese Angst war berechtigt, wie sich später herausstellen sollte. Sowohl Bruder als auch Schwester wurden in die Mangel genommen wegen angeblicher Mitwisserschaft, die gleichgesetzt wurde mit Fluchthilfe. Zum Glück wurde dieser Verdacht durch Kristels Aussage und durch umfangreiche Recherchen rechtzeitig zerschlagen. Kristel hätte alles auf sich genommen, um jegliche Unannehmlichkeiten von ihrer Familie fernzuhalten. Wie froh war ich, dass es mir gelungen war, meine Pläne zu verheimlichen. Es war von Vorteil, dass selbst ich keine genauen Informationen über meine geplante Ausschleusung bekommen hatte. So war ich bei meiner Gerichtsverhandlung mit meiner Unwissenheit völlig überzeugend. Die Einzige, die informiert war, war meine Mutter, als Rentnerin war sie für den Staat aber uninteressant.

19. Arbeit im Lumpenkommando

In unserer Zelle breitete sich gnadenlose Kälte aus. Alles war nass und klamm. Einige von uns mussten wegen des Verdachts auf Lungenentzündung auf die Krankenstation verlegt werden. Als auch ich anfing zu jammern, versuchte Kristel, mich aufzumuntern.

„Marie, wir sind nun mal nicht im Sternehotel. Es ist tiefster Winter und eine Heizungsanlage gibt es in diesem Gebäudetrakt nicht. Das wissen wir ja inzwischen. Es hilft nur, dicht zusammenzurücken und alles anzuziehen, was zur Verfügung steht." Das beruhigte mich zwar nicht, aber ich sah ein, dass wir uns den Gegebenheiten fügen mussten.

Tag für Tag wurden wir um fünf Uhr geweckt. Eine halbe Stunde nach dem Wecken folgte der Zählappell. Hierfür mussten wir uns korrekt gekleidet zu zweit aufstellen. Auch die Zellen mussten ordentlich sein, unsere Bündel akkurat gepackt am Fußende des Bettes liegen.

Da die wenigen Waschbecken schnell belagert wurden, standen viele von uns schon früher auf, um sich zumindest am Morgen von dem Knastdreck befreien zu können. Zu ihnen gehörte ich. Obwohl es nur kaltes Wasser gab, waren wir froh über jede Möglichkeit, uns waschen zu können. Mir kam meine strenge puritanische Erziehung zugute. In unserer Kindheit war es meinem Vater wichtig gewesen, meine Schwester und mich abzuhärten. Wenn es schon nicht für einen Jungen gereicht hatte, so wollte er zumindest keine verwöhnten, verweichlichten Mädchen haben. Zum Ritual gehörte es bei uns, im strengsten Winter einige Runden barfuß durch den Schnee zu laufen. Anschließend mussten wir uns am ganzen Körper mit Schnee abwaschen. Saunen und Duschen kannten wir nicht. Wir mussten uns in einem Emaille-Waschbecken von oben bis unten abwaschen. Am Wochenende genossen wir den Luxus eines Bads in einer transportablen Zinkwanne. Diese Erziehung half mir, die katastrophalen Zustände des Zuchthauses besser zu überstehen.

Kristel und ich waren froh, an einem der folgenden Tage einem Arbeitskommando zugeteilt zu werden. Die Arbeitsräume, die sich in einem anderen Trakt befanden, sollten etwas wärmer sein, hieß es. Alle Gefangenen wurden in „Kommandos" zusammengefasst. Es gab die verschiedensten Arbeitsbereiche: Produktion von Bettwäsche, Strumpfhosen, Motoren und Spulen für Waschmaschinen. Die Erzeugnisse waren für den Export bestimmt. Sie waren eine lukrative Einnahmequelle für die DDR. Der Westen profitierte enorm von diesem Handel. Deshalb lag es ihnen fern, dieses Abkommen zu hinterfragen. Auch wir Gefangenen machten uns keine Gedanken über den Verbleib der Ware. Für uns war die Arbeit trotz häufiger Schikane eine willkommene Unterbrechung des Gefängnisalltags.

Der übelste Arbeitsbereich war das Lumpenkommando. Hier arbeiteten hauptsächlich Politische. Nur die Aufsicht übertrug man zwei Kriminellen. Wir hofften inständig, dass uns dieses Elend erspart bliebe. Aber als eine Wachtmeisterin uns in das oberste Geschoss der Burg führte und weiter über eine wackelige Holztreppe auf den etwa 30 Meter langen Boden, ahnten wir Schlimmes. So wurden wir tatsächlich dem Lumpenkommando zugeteilt. Auf dem Dachboden befand sich auch der Nähsaal mit 16 Nähmaschinen. Die Maschinen standen auf der einen Seite und ihnen gegenüber

waren die Frauen des Lumpenkommandos an einem langen Tisch damit beschäftigt, von alten, stinkenden Uniformen Knöpfe abzutrennen und andere anzunähen. Das war nun unser Arbeitsbereich. Acht Stunden lang trennten und nähten wir. Es war eine Zumutung, ungereinigte, übel riechende, eingefärbte Uniformen zur Anstaltskleidung umzufunktionieren. Stundenlang saßen wir auf schmalen, harten Hockern, nähten und trennten bei schlechtem Licht.
Gearbeitet wurde im Drei-Schicht-System. Die größte Herausforderung stellte für mich die Nachtschicht dar. An Schlaf am Tag war nicht zu denken. Nach Wochen erzgebirgischer Kälte, Schlafentzug, Schikanen und Sorge um meinen Kai war ich dem Zusammenbruch nahe. Magen und Herz rebellierten. Der Anstaltsarzt stopfte mich mit Schlaf- und Beruhigungsmitteln voll. Die Medikamente machten mich völlig apathisch. Als ich diese Wirkung spürte, setzte ich sofort alles ab. Das brachte mir als Bestrafung die Kürzung meines schwer erarbeiteten Monatslohns ein. Bei Kristel rebellierten Rücken und Herz. Sie war durch mich gewarnt und verzichtete auf jegliche ärztliche Behandlung. Sie biss die Zähne zusammen und hielt tapfer durch.
Bei der Arbeit mussten wir eine gewisse Norm erfüllen. Danach wurde unser Monatslohn berechnet. Der durchschnittliche Lohn betrug 20 Mark. Schaffte man diese Norm nicht, konnte man mit Schikanen der Wachtmeisterinnen rechnen. Manchmal wurde die Post nicht zugeteilt oder der Besuch wurde gestrichen. Um davon für kurze Zeit verschont zu bleiben, kamen einige Häftlinge, meist Kriminelle, auf die verwegensten Ideen: Sie verletzten sich selbst mit Scheren und Nadeln. Einige schreckten sogar nicht davor zurück, Löffel

oder Gabel zu schlucken. Dadurch wurden sie auf die Krankenstation verlegt und brauchten für eine gewisse Zeit nicht zu arbeiten.
Das Wachpersonal dachte sich immer neue, menschenunwürdige Peinigungen aus. Eines Tages kam völlig unvermittelt eine Wachtmeisterin in unsere Zelle. „Strafgefangene Jacob und Krüger fertig machen zur Arbeit!"
Kristel und ich hatten keine Ahnung, was das nun wieder sollte. Wir waren uns keiner Schuld bewusst, also konnte es nur eine der gehässigen Launen des Personals sein. Damit wollten sie uns ihre Willkür und Überlegenheit spüren lassen. Wir wurden mit einigen Mitgefangenen in den Außenhof geführt. Dort stand ein voll beladener Lastwagen mit alten, dreckigen Uniformen. In einem Bündel steckten drei bis vier Mäntel oder sechs bis acht Jacken. Die Bündel waren von Etage zu Etage bis ins fünfte Stockwerk zu transportieren, eine gefürchtete Plackerei. Ruhepausen gab es bei dieser Schufterei nicht. Diese Prozedur wurde meist mit Flüchen, manchmal sogar mit Tränen der Erschöpfung begleitet.
„So eine Sauerei, nichts als Dreck klebt an den Lumpen!", beschwerte sich Kristel lauthals. Ich konnte meinen Schmerz nicht herausschreien. Ich schimpfte zwar leise vor mich hin, aber meine Beschwerde blieb durch das laute Fluchen der anderen ungehört.
Danach wurden wir wieder zu unserem *Lumpenkommando* gebracht. Nach dieser Marter waren wir am Ende unserer Kräfte. So verging Tag für Tag, Woche für Woche.
Die stupide Arbeit wurde durch einen Zählappell beendet. Steif vom Sitzen, mit schmerzendem Rücken und pechschwarzen Fingern ging es zurück in die Zellen. Weil das

Zuchthaus während meiner Haftzeit stark überbelegt war, achtete das Personal kaum auf das Geschehen in den Zellen. Die wenige arbeitsfreie Zeit verbrachten wir auf den Betten liegend, obwohl das nicht erlaubt war. Wir paukten Vokabeln oder hatten gelegentlich sogar die Möglichkeit, ein Buch zu lesen. Die ständig überbelegten Zellen waren eine Qual für uns alle. Zwanzig Menschen mit ihren Besonderheiten, ihren unterschiedlichen Auffassungen und Temperamenten, kampierten hautnah über-, neben- und miteinander. Nicht selten kam es zu kleinen Gehässigkeiten. Wie anders wäre ein Abreagieren sonst möglich gewesen. Keine konnte sich ungesehen zurückziehen.

Unsere beiden eigenwilligen Mitbewohnerinnen in dem einzigen Zweistockbett, Rita und Ulrike, führten ein rücksichtsloses Eigenleben. Wenn die meisten schlafen wollten, unterhielten sie sich lautstark, begleitet von ordinären Lachsalven. Oftmals verschanzten sie sich in dem unteren Bett, hingen Laken davor und lebten lustvoll ihre Sexualität aus. Keine von uns reagierte auf diese Situation. Wir hatten keine Lust auf weitere Schikanen der Wachtmeisterinnen. Diese zwei Frauen verbreiteten außerdem Lügengeschichten über uns, denen wir machtlos ausgeliefert waren. Also gingen wir ihnen besser aus dem Weg. Fast jede von uns war durch die Schikanen der monatelangen Untersuchungshaft beim SSD zermürbt. Zudem quälte uns die Sorge um unsere Angehörigen und um die ungewisse Zukunft.

Bis auf die beiden Spitzelinnen Ulrike und Rita hielten wir zum Glück im Ernstfall zusammen. Diesen echten Zusammenhalt spürte man sehr deutlich, wenn es sich gegen die Anstaltsbediensteten zu verteidigen galt. Eine Frau „Meister“, die wegen ihrer Dienstbeflissenheit von uns *Mrs. Ordnung* genannt wurde, entdeckte eines Tages, dass wir uns aus stabiler Pappe primitive Wandborte gefertigt hatten. Schon stürmte sie mit Entrüstung in unsere Zelle: „Strafgefangene, wer hat Ihnen das erlaubt? Vor allem, woher haben Sie das Material?"

„Frau Meister, die Pappstreifen sind Abfälle aus der *Zentralen Werkstatt*", erklärte Inge, unsere Zellensprecherin.

„Sie wissen doch, dass von oben nichts mitgenommen werden darf", polterte *Mrs. Ordnung*.

Aus allen Ecken der Zelle waren heftige Zwischenrufe zu hören. An dem Tonfall erkannte die Wachtmeisterin den Ernst der Lage. Diesen Widerstand von uns Politischen war sie nicht gewohnt. Nervös entgegnete sie: „Wenn ich zu sagen hätte, kämen Sie ganz schnell dorthin, wo Sie hinwollen. Nur saudreckig müsste es Ihnen da ergehen."

„Lieber in der bundesdeutschen Gosse verrecken als in Ihrer Ostzone unfrei dahinzuvegetieren", konterte eine Mitgefangene.

Die Pappstreifen entfernten wir erst, als die Erzieherin uns drohte: „Ihre Post bekommen Sie nur, wenn die komischen Dinger verschwunden sind."

Trotz derartiger Zwischenfälle entstanden aus Abfällen unter den geschickten Händen einiger Frauen die schönsten Geschenke.

In diesen Genuss kam ich an meinem Geburtstag. Ich stand voller Bewunderung vor meinem Bett. Verdeckt in einer Ecke hatten meine Zellen-Freundinnen einen kleinen Geburtstagstisch gezaubert. Mir schossen Tränen der Rührung in die Augen. Ich umarmte jede Einzelne. Unsere Spitzelinnen verfolgten mit einer gewissen Arroganz diese Szene. Wir brauchten nicht lange zu warten, da reagierte die Anstaltsleitung. Es folgte an einem der nächsten Tage eine der widerlichsten Razzien meiner Haftzeit. Leider ist dabei auch meine mühevoll vorbereitete *Kalte Schnauze* (Kekstorte) der Willkür des Gefängnispersonals zum Opfer gefallen. Mark für Mark hatte ich von meinem kargen Monatslohn zusammengespart, um mir billige Knast-Kekse zu kaufen. Mit meiner gesammelten Frühstücksmargarine, heimlich organisiertem, minderwertigem Kakaopulver und aus der Küche geschmuggeltem Puderzucker zauberte ich eine ganz bescheidene *Kalte Schnauze*. Nun wurde alles zerstört, was an meinen Geburtstag erinnerte. Geschenke wurden weggenommen, für einen Monat bekam ich keine Post. Doch damit nicht genug. Nach einem anstrengenden Arbeitstag holte mich die Erzieherin aus der Zelle, drückte mir eine große Büchse übel riechenden Bohnerwachses in die Hand und befahl mir: „Damit Sie Ihren Geburtstag in bester Erinnerung behalten, bohnern Sie die Treppen vom Lumpenboden bis runter zur vorletzten Etage."

Die Treppen waren staubig, in den Ecken klebten undefinierbare Schmutzreste. Aber das störte die Aufsichtsperson nicht. Gewischt wurde vorher nicht. Ich bohnerte und bohnerte. Damit es schneller gehen sollte, schmierte ich das Wachs einfach dick auf die Stufen. Das sollte ich bitter bereuen. Mir schmerzte der Rücken, Schweiß rann mir übers Gesicht. Der Bohnerwachsgeruch erregte Übelkeit.

„Beeilung, Strafgefangene Krüger, soll das bis morgen dauern?", schnauzte mich die Wachtmeisterin an.

Völlig erschöpft kam ich unten an. Nun musste ich sehen, wie ich die Stufen zum Glänzen bekam. Bei den dicken Wachsschichten kein leichtes Unterfangen.
„Da haben Sie sich mit Ihrer oberflächlichen Schmiererei wohl ein Eigentor geschossen, Strafgefangene Krüger", triumphierte die Wachtmeisterin.
„Mir ist es egal, wie Sie jede einzelne Stufe blank bekommen."
Sie drückte mir ein großes, verdrecktes Tuch in die Hand.
„Und nun legen Sie los!", befahl sie.
Die Erniedrigungen trafen uns mehr als die körperlichen Belastungen. In meinen schlaflosen Nächten erinnerte mich das böse Kläffen der Schäferhunde schmerzlich daran, wie sehr wir der Willkür dieses tyrannischen Systems ausgeliefert waren. Die Schäferhunde waren für mich angsteinflößende Ungeheuer. Im Gang zwischen Stacheldrahtzaun und Mauer drehten sie unerschütterlich ihre Runden. Als ich in einer der schlaflosen Nächte am Fenster stand, voller Angst und Zorn hinunterschaute und diese Scheusale beobachtete, murmelte ich vor mich hin: „Bestien, verdammte Bestien, weshalb seid ihr auf dieser Welt? Seid ihr nur dazu bestimmt, Angst und Grauen zu verbreiten?"

Schäferhunde

Ihr verdammten Bestien,
Werkzeuge der Grausamkeit.
Nacht, tiefe, dunkle Nacht,
Ruf eines Käuzchens,
Totenstille.
Nur durchbrochen durch das grausige Gekläffe
der Schäferhunde,

armselige, jämmerliche Kreaturen,
Werkzeuge der Grausamkeit.

Ich muss noch lange am Fenster gestanden haben. Als ich das Bellen der Hunde nicht mehr wahrnahm, beruhigte ich mich allmählich. Durch das von Mondlicht beschienene Fenster erhaschte ich einen Blick in die Freiheit. Sehnsuchtsvoll sah ich in der Ferne einem Flugzeug nach. Wie sehr wünschte ich mir, darin sitzen zu können, um zu Kai zu fliegen. Ich begann zu weinen und Selbstgespräche zu führen. Zum Glück hatte mich niemand gehört. Dann schlich ich mich zu meinem Bett zurück. Zitternd vor Kälte kuschelte ich mich an Kristel. Ihre tiefen Atemzüge beruhigten mich. Aber der Gedanke an die verhassten Kreaturen ließ mich nicht los. Ich stellte diese Tiere auf die gleiche Stufe wie das Gefängnispersonal.

20. Blutsbrüderschaft

Kristel merkte, wie sehr ich unter der Trennung von meinem Sohn litt. Sie hatte mich so sehr ins Herz geschlossen, dass sie mir helfen wollte, indem sie mir Kraft und Halt gab. Eines Abends, es war bereits Nachtruhe, flüsterte sie mir etwas ins Ohr. Wir wussten, dass wir vorsichtig sein mussten, denn unsere beiden Spitzelinnen konnten uns das Leben zur Hölle machen. Kristel teilte mir leise ihre Idee mit: „Was hältst du davon, wenn wir beide einen Vertrag schlössen, in dem wir uns unsere lebenslange Hilfe zusicherten?"
Ich sah Kristel irritiert an. In solchen Extremsituationen kommt man tatsächlich auf die verrücktesten Gedanken.

Kristel kramte zwei Blatt Papier aus ihrem Bündel. Im Halbdunklen schrieb sie Punkt für Punkt auf, las sie mir vor und ich ergänzte, was mir noch wichtig schien. Dann tauchte Kristel noch einmal unter und zauberte aus ihrem Versteck eine Nähnadel hervor. Später lasen wir beide unsere *Verträge* noch einmal durch.

„Ich, Kristel, und ich, Marie, beschließen heute,
dass unsere Freundschaft durch nichts und niemanden zerstört wird, dass einer für den anderen da ist, wir beschließen gegenseitige Hilfe der Familien, dass wir nach der Entlassung alles für den anderen tun, um seine Entlassung zu beschleunigen, dass wir dem anderen im Krankheitsfall helfen, dass nach dem Tod der eine das Grab des anderen besucht und pflegt.“ *

Anschließend erfolgte das Besiegeln durch den blutigen Fingerabdruck. Nun falteten wir die Zettel klein zusammen und schoben sie in den Boden der Waschtaschen. Am nächsten Morgen ging es ganz normal zur Frühschicht. Als diese um halb drei nachmittags beendet war, wurden wir in den Essenssaal, danach zum Freigang auf den Gefängnishof gebracht, danach ging es zurück in die Zelle. Eine junge Wachtmeisterin schloss uns allerdings nicht ein, sondern ließ uns vor der Zellentür stehen.
„Los, zu zweit aufstellen!“, befahl sie in einem schrillen Ton. Die Spannung unter uns stieg. Was würde jetzt passieren? Keine wagte, etwas zu sagen. Dann kam ein Wachtmeister dazu.
„Also, einige von Ihnen haben sich eines Vergehens schuldig gemacht. Wir haben in Ihrer Zelle gestohlene Socken gefun-

den. Sie wurden im Nähsaal gestohlen. Außerdem erreichte uns die Nachricht, dass in Ihrer Zelle irgendwelche Verschwörungen stattgefunden haben sollen. Deshalb wird es in Kürze umfangreiche Verhöre geben."

Kristel und ich sahen uns verstohlen an und bekamen weiche Knie. Nach dieser Erklärung schloss die Wachtmeisterin die Zelle auf. Bei einem flüchtigen Blick in die Zelle konnte ich einen Entsetzensschrei nicht zurückhalten. Kristel schob sich dicht an den Türspalt und starrte mit weit aufgerissenen Augen zunächst auf den Fußboden, dann auf die Betten. Auch die anderen ließen ihrem Entsetzen durch Flüche freien Lauf. Ganz langsam verschwanden wir nach und nach hinter der Zellentür. Der Zustand der Zelle glich einem Bild der Verwüstung. Zerfetzte Briefe, zerstreute Bilder, alte zerknüllte Zeitungen, aus Heften herausgerissene Seiten mit französischen und englischen Vokabeln. Es gab eine Lehrerin, die Interessierte in diesen Sprachen unterrichtete, natürlich war das nicht erlaubt. Ich gehörte zu der Englischgruppe. Bettlaken waren herausgezogen, Strümpfe, Seife, Hautcreme, Matratzenteile, kurzum, was es in dieser Zelle an privater und anstaltseigener Ausstattung gab, bedeckte Fußboden und Bettgestelle. Mühsam und mit heftigen Flüchen setzten wir Mütter unter Tränen die Schnipsel unserer geliebten Kinderbriefe zusammen. Mit zittrigen Fingern suchten viele nach Resten der Kinderfotos, um sie wieder zusammenfügen zu können. Mitten im größten Chaos erschien die Erzieherin mit der lang ersehnten Post. Sie konnte es sich nicht verkneifen, noch einige hämische Bemerkungen loszuwerden. Kristel und ich gehörten dieses Mal nicht zu den Glücklichen, die von ihren Angehörigen Post bekamen. Bei mir war das völlig ungewöhnlich. Ich bekam sonst immer Post. Meine Mutter war im Briefeschreiben recht zuverlässig.

„Strafgefangene Krüger, Sie bekommen heute Ihren Brief nicht ausgehändigt, weil Ihre Mutter zwei Seiten eng beschrieben hat. Schreiben Sie ihr, dass das gefälligst anders werden muss, sonst bekommen Sie gar keine Post mehr."

Ich war wütend und enttäuscht. Dann aber waren Kristel und ich erleichtert, denn wir hatten befürchtet, es hätte etwas mit unserem Vertrag zu tun. Wir waren froh, dass unsere Blutsbrüderschaft nicht aufgeflogen war.

Während der Arbeit hatten wir auch Kontakt zu Frauen anderer Zellen. Ich hatte mich sogar mit einer sogenannten Kriminellen (Wirtschaftsverbrechen) angefreundet. Sie war Aufseherin unseres Kommandos. Ihr Schicksal ging mir sehr nahe. Man hatte sie wegen Veruntreuung von Firmengeldern verhaftet. In diese Situation war sie durch ihren Exmann geraten. Zu meinem Geburtstag hat sie mir ein fantasievoll besticktes Taschentuch geschenkt. Dieses Taschentuch hat alle Kontrollen überstanden. Als Erinnerung habe ich es bis heute aufbewahrt. Auch Kristel hatte sich mit einer Ärztin aus einer anderen Zelle angefreundet. So blieb es nicht aus, dass es zwischen uns zu kleinen Eifersüchteleien kam. Aber unsere Freundschaft war auch dadurch nicht zu erschüttern. Wir hielten fest zusammen.

21. Erniedrigung

Im Laufe der Woche geschah etwas Grauenvolles. Wie aus heiterem Himmel kam eine Wachtmeisterin in unsere Zelle.

Sie hielt triumphierend zwei alte Uniformen in der Hand und befahl: „Strafgefangene Jacob und Krüger, anziehen und mitkommen!“
Über den Grund dieser Schikane wurde uns nie etwas gesagt, aber später stellten wir fest, dass die beiden Verträge in unserem Gepäck fehlten. Wir wurden in den Keller, den ältesten Teil der Burg, geführt. Es roch feucht und nach Schimmel. In einem Raum, der gefüllt war mit unzähligen Säcken, erhielten wir den Befehl, alle Säcke auszuschütten und den Inhalt nach Alttextilien, Knöpfen und brennbarem Müll zu sortieren.
„Beeilung, machen Sie voran. Was Sie heute nicht schaffen, müssen Sie in den nächsten Tagen erledigen, verstanden?!“, befahl eine etwas jüngere Wachtmeisterin.
Eine Weile sah sie uns zu. Nachdem wir den ersten Sack ausgeschüttet hatten, sahen wir uns mit weit aufgerissenen Augen an. Das war das Ekelhafteste, was uns beiden in unserem Leben bis dahin passiert war. Der Inhalt reichte von gebrauchten Damenbinden über vertrocknete Brotrinden und benutzte Kondome bis hin zu undefinierbaren stinkenden Stofflappen. Meine Augen füllten sich mit Tränen.
„So eine Sauerei, die größte Erniedrigung, die ich je erlebt habe. Kristel, ich kann nicht in diesen Unrat fassen“, jammerte ich.
Kristel, die etwas Abgeklärtere, erwiderte: „Es wird uns leider nichts anderes übrig bleiben, als das zu tun, was DIE von uns wollen!“
Die Wachtmeisterin stellte sich neben uns und verzog ebenfalls angewidert das Gesicht. Aber sie wollte sich den Ekel nicht anmerken lassen. Schon machte sie Druck: „Na los, los, los, Beeilung, stellen Sie sich nicht so an!“

Ich sagte laut, dass ich Tag und Nacht diesen Müll sortieren würde, wenn ich dadurch schneller zu meinem Sohn käme. Wir wühlten und wühlten, schimpften und weinten. Mit Erleichterung vernahmen wir Schlüsselgeräusche. Ein Gemisch aus Schweiß und Staub brannte auf unseren Gesichtern. Aber anstatt in eine Dusche wurden wir zurück in den Nähsaal geführt. Wir sahen aus, als kämen wir gerade aus einem Kohlenschacht. In Windeseile wurden wir zum Waschbecken gebracht, wo wir uns flüchtig mit kaltem Wasser abzuwaschen hatten. Gleichfalls im Eiltempo brachte man uns danach in den Essenssaal. Ich bekam keinen Bissen runter.
Zum Glück konnten wir bei dem halbstündigen Rundgang auf dem Gefängnishof frische Luft schnappen. Wir mussten im Kreis gehen, immer nach dem Befehl der Anführerin: „Links, Links, Links, Zwo, Drei, Vier."
Schlapp und nachlässig schlurften Kristel und ich hinter den anderen her, immer im Takt. Wir waren beide völlig fertig. Doch Kristel war selbst in dieser Situation noch zu provozierenden Späßen aufgelegt. Sie schob ganz vorsichtig ein Bein hinter meins, sodass ich aus dem Takt geriet und stolperte. Auch die Frauen hinter uns kamen aus dem Takt. Wir konnten unser Lachen nicht zurückhalten. Natürlich entging das den wachsamen Augen der Wachtmeisterin nicht.
„Strafgefangene Jacob und Krüger, raustreten! Wenn ich richtig informiert bin, kommen Sie beide gerade aus dem Lumpenkeller. Diese Maßnahme müssen wir nun leider um einen weiteren Tag verlängern. Vielleicht brauchen Sie diesen Denkzettel."
Wir ließen uns nichts anmerken und zeigten keine Regung. Das machte die Aufseherin erst recht wütend. Nach einer

halben Stunde wurden wir wieder in unsere Zellen geschlossen. Mühevoll versuchten wir in unserem Waschbecken den Dreck mit kaltem Wasser abzuwaschen. Die anderen Zellenbewohnerinnen schienen Mitleid mit uns zu haben. Eine von ihnen schlug vor, uns am nächsten Morgen den warmen Kaffee zum Haarewaschen zur Verfügung zu stellen. Das war sehr rücksichtsvoll. Wir bedankten uns bei ihnen. Jede Art von Mitgefühl und Zuwendung tat in dieser rauen Atmosphäre gut. Ob es etwas mit unserer Arbeit im Lumpenkeller zu tun hatte, wussten wir nicht. Jedenfalls wurden wir alle am Abend in den Keller zum Duschen geführt. Die Duschen befanden sich in dem größten Dreckloch. Aber trotzdem freuten wir uns, dass wir uns von dem widerlichen Dreck befreien konnten. Eine spröde, abgeklärte Wachtmeisterin beaufsichtigte uns.

Als eine der Frauen den Hahn aufdrehte, empörte sie sich: „Wieder nur lauwarmes Wasser."

„Seien Sie froh, dass Sie überhaupt duschen können. Sie sind alle verweichlicht und verwöhnt, typisch für dieses Intellektuellenpack. Aber das werden wir Ihnen hier noch abgewöhnen. Ich wasche meine Haare immer mit kaltem Wasser und Kernseife, nicht mit diesem unnatürlichen Shampoo. Gucken Sie mich an, mein Kopf ist voller gesunder Haare." Wir konnten uns ein Grinsen nicht verkneifen.

„Recht hat sie", sagte eine der Frauen ironisch. Als Frau Meister endlich den Raum verlassen hatte, stimmte die Zellenälteste unser Lieblingslied an. Alle stimmten ein. Wir sangen aus voller Brust: „Die Gedanken sind frei ..." Von Strophe zu Strophe wurde unser Gesang euphorischer, bis die Wacht-

meisterin in den Raum kam und schrie: „Aufhören! Sofort aufhören! Anziehen und dann ab in die Zelle!“
Am Abend, als wir alle in unseren Betten lagen, fragte Kristel mich: „Marie, ich will dir keine Angst machen, aber hast du schon einmal darüber nachgedacht, wie es wäre, wenn wir wieder in die DDR entlassen würden?“
Diese Vorstellung versetzte mich in Panik. An diese Möglichkeit hatte ich noch gar nicht gedacht. Ohne lange zu überlegen, sagte ich: „Ich gehe dahin, wo mein Sohn ist.“
„Und dein Sohn kommt dorthin, wo du bist. Welche Zukunft hättet ihr beide im DDR-Staat, du als ehemalige Verräterin und ehemalige Gefangene? Du hättest keinerlei Chancen in deinem Beruf, müsstest dich mit irgendwelchen Hilfsarbeiten zufriedengeben. Und für deinen Kai wäre die Zukunft ebenfalls verbaut.“
Ich war bis dahin davon ausgegangen, dass mein Freund John und die von meiner Mutter beauftragten Rechtsanwälte Vogel und Stange alles unternehmen würden, um Kai und mich freizukaufen. Kristel erzählte mir, dass sie vorhätte, hier im Zuchthaus einen Antrag auf eine Ausreise *ausschließlich* in die BRD zu stellen. Diesem Vorschlag schlossen sich einige andere spontan an. Auch ich brauchte nicht lange nachzudenken. Wir hielten diesen Antrag für wichtig und waren Kristel dankbar für den Vorschlag. Dass diese Aktion von Kristel als Anstiftung zu einer Gefangenenrevolte gesehen und entsprechend geahndet werden würde, hatten wir nicht überlegt. Nicht nur Kristel bekam eine strenge Bestrafung wegen dieses Vergehens, sondern auch ich wurde als Mitwisserin und Mittäterin bestraft.

Einige Tage später holte die Wachtmeisterin Kristel und mich aus der Zelle. Im Amtszimmer bekamen wir ihre Macht und Wut zu spüren: „Strafgefangene Jacob und Krüger, was haben Sie sich bei diesem Aufputsch-Manöver gedacht!"
Kristel ergriff das Wort: „Das war ganz allein meine Idee. Frau Krüger hat nichts damit zu tun."
Die Wachtmeisterin ließ uns nicht ausreden. Sie war nicht interessiert an einer Erklärung. Zu Kristel gewandt fuhr sie fort: „Der Besuch Ihres Bruders ist damit gestrichen."
Kristel zeigte keine Regung.
„Eigentlich hatten wir geplant, Sie beide acht Stunden in die Arrestzelle zu sperren. Aber vielleicht reicht Ihnen der Anblick, um Sie vor weiteren aufrührerischen Taten zu bewahren. Warten Sie hier kurz, dann begleiten Sie mich in den Arrestbereich."
Kristel und ich wagten nicht, miteinander zu reden. In unseren Köpfen kreiste nur: ‚Acht Stunden Arrest.'
Nach wenigen Minuten holte uns die Wachtmeisterin und ging mit uns in den Keller. Diesen Arrestbereich kannte niemand von uns. Umso größer war unser Schreck, als wir Jammern und Schreie aus den verschiedensten Ecken hörten. In einer Zelle sahen wir eine Jugendliche, die die Wachtmeisterin mit den übelsten Worten beschimpfte.
„Lass mich sofort hier raus, du verdammte dreckige Nutte! Mein Arm ist blutig und ich kann mich vor Hunger und Durst nicht auf den Beinen halten."
Ich sah, dass sie an einem Rohr fixiert war und blutete. Eine Gefangene aus dem Küchenkommando brachte ihr gerade trockenes Brot und etwas Suppe. Als wir diesen Anblick nicht mehr ertragen konnten und uns umdrehen wollten, schrie

uns die Wachtmeisterin an: „Reicht Ihnen das? So könnte es auch Ihnen ergehen, wenn Sie weiterhin aufrührerische Gedanken verbreiten! Das ist Ihnen hoffentlich eine Warnung!“, schnauzte sie.
Aber es ging immer weiter. Je tiefer wir in den Arrestbereich geführt wurden, desto schlimmer waren die Bilder, die wir in unserem ganzen Leben nicht mehr loswerden würden. Wir kamen zu Zellen, die zwar mit einem Bett und einem Kübel ausgestattet waren, aber auf das Bett durften die Frauen sich weder legen noch setzen. Die Zellen waren kalt und nass. In etwa einstündigem Takt wurde die Zelle von einer Wachtmeisterin aufgeschlossen, um die Gefangenen zu kontrollieren. In einer Zelle lag wimmernd eine völlig verzweifelte Frau. Sie zitterte vor Angst und Kälte am ganzen Körper. Ich konnte diesen Anblick nicht ertragen. Als ich zu ihr wollte, um ihr zu helfen, schob mich die Wachtmeisterin grob zur Seite und brüllte: „Was fällt Ihnen ein, Strafgefangene Krüger! Eigentlich müsste ich Sie nach diesem Auftritt gleich dazusperren. Was anderes haben Sie und Ihresgleichen nicht verdient.“
Zurück in unserer Zelle, übermannte uns ein heftiger Weinkrampf. Da wir über diese Situation mit den anderen Frauen nicht sprechen durften, krochen wir unter unsere Decken und weinten lautlos. Wir klammerten uns aneinander und stießen leise Drohungen gegen dieses Regime aus. Zum Glück blieben Kristel und ich vom Arrest und anderen grausamen Strafen verschont.
Das Wachpersonal kam oftmals selbst aus einem gewalttätigen Umfeld. Es war häufig ungebildet und fühlte sich den Politischen gegenüber intellektuell unterlegen. Diese

Unterlegenheit versuchten sie durch verstärkte Repressalien zu kompensieren.
Doch wir konnten einfach nicht schweigen. Unsere Zellenbewohnerinnen verfolgten mit Wut und Empörung unseren Bericht. Dass man uns tatsächlich unter uns ließ, war eine wirkliche Erleichterung für alle.
Die berufliche Vielfalt unserer Zellen-Mitbewohnerinnen war äußerst interessant. Über die Hälfte hatte eine abgeschlossene Hoch- oder Fachschulausbildung, war Apothekerin, Ärztin, Bibliothekarin, Lehrerin, Dolmetscherin, Biologin, ausgebildete Theaterwissenschaftlerin und eine der Spitzelinnen war Einzelhandelskauffrau. Fluchtmotive gab es im Wesentlichen zwei: Die meisten wollten der Unfreiheit des Staates entfliehen, meist auch ihrer Kinder wegen. Der kleinere Teil wagte die Flucht, um zu ihren Angehörigen in den Westen zu kommen.
Kristel und ich sprachen oft über unsere Zukunftspläne. Dabei wunderte ich mich, dass sie nur sehr wenig über ihren Mann sprach. Ich wollte nicht zu sehr in sie dringen. So paradox oder kitschig es klingen mag, aber nach unserer Blutsbrüderschaft fühlten wir uns besonders eng einander verbunden. So fragte ich eines Tages: „Kristel, was planst du nach deiner Entlassung? Gibt es eine gemeinsame Zukunft für dich und deinen Mann?“
„An deiner Fragestellung und dem Ton deiner Stimme erkenne ich, dass du die Antwort bereits weißt. Marie, du bist sensibel genug und hast durch meine Erzählungen mitbekommen, dass meinen Mann und mich, vor allem nach unserer abenteuerlichen Flucht, aber auch schon vorher, tiefe charakterliche Unterschiede trennen. Ich denke, dass wir

diesen Schritt unter anderem gegangen sind, um unserer Ehe noch eine Chance zu geben. Mein Mann hätte vielleicht diesen Staat noch länger ertragen, deshalb fühle ich mich ihm gegenüber schuldig."

„Kristel, du fühlst dich der ganzen Welt gegenüber schuldig, vielleicht solltest du einmal darüber nachdenken."

„Jawohl, Frau Psychologin! Aber wie sieht es bei dir aus?"

Kristel hatte meinen wunden Punkt getroffen. Wie sollte mein Leben in Freiheit weitergehen? Gibt es ein Leben zu dritt? In den Briefen meiner Mutter gab es nur spärliche Nachrichten von und über John. Sie schrieb hauptsächlich über Wolf. Er war für meine Familie und mich zu einem wertvollen Freund geworden.

„Erzähl mir etwas über ihn", bat mich Kristel.

Wolf ist Jahrgang 1936, hatte als Kind den 2. Weltkrieg in Kellern und Bunkern miterlebt, als Siebzehnjähriger den Aufstand am 17. Juni 1953, den Bau der Mauer 1962 und vieles mehr: Panzer in Berlin, Budapest, Prag gegen die eigene Bevölkerung, ein Horrorszenario für ihn. Von frühester Jugend an war er politisch interessiert. Deshalb machte er mit 14 Jahren bereits seine ersten Gehversuche in der Politik. Später wurde er Stadt-Bezirksvorsitzender, zierte relativ früh Wahlplakate. Einer politischen Karriere stand als promovierter Wirtschaftswissenschaftler nichts im Wege. Aber er entschied sich für den Weg eines Unternehmers. So hatte er häufiger Kontakt zum Ostteil Deutschlands.

Wolf beschrieb unser Kennenlernen folgendermaßen:

„Es war das Jahr 1972. Ich befand mich wieder auf einer meiner Entdeckungsreisen, hatte Bande in die DDR nach Zeitz geknüpft und vorgegeben, über den AHB in Ost-Berlin devisenträchtige

Geschäfte abwickeln zu wollen. Damit wurde ich zunächst zur Willkommenen Person und entsprechend auch behandelt: eigener Fahrer nach Leipzig, Unterbringung im damaligen Nobelhotel Astoria. Seit dieser Zeit versuchte ich, so oft es ging, in den Ostteil Deutschlands zu reisen. Dort wollte ich die Stimmung einfangen, mich über Vor- und Nachteile des Sozialismus informieren. Deshalb nahm ich jede Gelegenheit wahr, mich im Sozialistischen Ausland aufzuhalten. Dabei wollte ich das Gegenteil von subversiver Agitation. Ich suchte Gespräche auf Augenhöhe. Folgendes Ereignis hatte für mich eine weitreichende Bedeutung. Bei einem meiner Leipzig-Aufenthalte besuchte ich das historische Café Coffe Baum und stieß dabei auf eine Runde fröhlicher junger Frauen und Männer. Diese Begegnung gab mir genügend Gelegenheit, Meinungen und Atmosphärisches einzufangen. Es wurden zunächst heftig die Themen wie Unterschiede zwischen der Rolle der Frau und der Stellenwert von Familien in der DDR und der BRD diskutiert. Auch das Thema Freiheit wurde in den Mittelpunkt gerückt. Ein junger Mann bediente sich während der Diskussion des Hegelschen Zitats: Freiheit, Einsicht in die Notwendigkeit. Aber dieses Thema war mir zu brisant. Mir lag ein ganz anderes Thema am Herzen, nämlich ***die Einigung der beiden deutschen Staaten.*** *Und so versuchte ich das Gespräch auf die schreckliche Mauer zu bringen. Aber da bekam ich sofort Gegenwind. Man klärte mich auf, dass die Mauer ein antifaschistischer Schutzwall sei. Nach vorgerückter Stunde wurde die Stimmung immer ausgelassener. Nun wollte ich wissen, ob es sich denn wirklich so fröhlich in der DDR leben ließe. Eine Frau erweckte mein besonderes Interesse. Sie war nicht nur die attraktivste, sondern auch die politisch interessierteste. Allerdings wurde sie während der Diskussion immer zurückhaltender. Ich hatte das Gefühl, dass sie sich nicht sicher war, ob es sich bei mir um einen* *verkappten Stasispitzel handelte. Und so belauerten wir uns quasi bei aller Fröhlichkeit gegenseitig. War diese junge, intelligente Frau vielleicht auf mich angesetzt, weil man in der DDR meine politischen Weggefährten/innen bis in die BRD-Ministerien kannte? Vielleicht sollte sie irgendwelche Informationen von mir herausbekommen, die dem DDR-Staat nützen und mir schaden könnten.“* *

Ich hatte vor meiner Verhaftung John mit Wolf bekannt gemacht. Wolf hielt nichts von der Beziehung zwischen mir und John. Obwohl er nichts Genaues wusste, ahnte er, was wir geplant hatten. Später sagte er mir, dass er mich gerne gewarnt hätte, aber er wollte sich nicht einmischen.

„Kristel, meine Antwort auf deine Frage nach meinen Zukunftsplänen ahnst du sicher auch. Ich habe tief in mich hineingehört, meine innere Stimme sagt eindeutig NEIN. Johns Leben ging ein Jahr ohne mich weiter, er wird sicher so fühlen wie ich, das spüre ich. Wir haben bisher nur Urlaubssituationen erlebt, uns fehlt der normale Alltag. Tief in mir mache ich ihn verantwortlich für all das Schreckliche, was ich erleben muss, vor allem für die grauenvolle Trennung von meinem Sohn. Obwohl ich weiß, dass das ungerecht ist.“

Kristel zeigte sich wenig verwundert, sie hielt diese Entscheidung ebenfalls für die einzig richtige. „Du hast genug Power, Mut und einen vernünftigen Beruf. Hauptsache, du bist erst einmal in Freiheit und vereint mit Kai und deiner Mutter“, ermunterte sie mich.

„Ja, mit ihnen beiden möchte ich ein neues Leben aufbauen. Wegen des frühen Todes meines Vaters ist meine Mutter ohnedies entwurzelt.“

Es war Mittwoch, der heiß ersehnte Posttag. Der Brief meiner Mutter erhielt diesmal eine ganz besondere Überraschung. Sie hatte einen kleinen Brief von Kai dazugelegt.
Er schrieb mit noch etwas ungeübter Schrift: *„Liebe Mutti! Wann kommst du nach Hause, ich habe große Sehnsucht nach dir. Hoffentlich bist du bald wieder gesund.“* *
Man hatte Kai erzählt, dass ich krank sei und zur Kur müsse. Immer wieder las ich den kleinen Brief, erfreute mich an der lieben Schrift. Als wir getrennt worden waren, war die Schrift noch wesentlich steifer gewesen. Ich hatte unglaubliche Schuldgefühle. Gerade jetzt in der wichtigsten Zeit eines Kinderlebens hatte ich ihn nur kurz begleiten können.
Ich begann hemmungslos zu weinen und konnte mich kaum beruhigen. Hilflos versuchte Kristel mich zu trösten. Doch es war vergebens. Meine Traurigkeit dauerte viele Stunden. Kristel hoffte insgeheim, dass ich nicht zu oft Post von meinem Kai bekäme. Als ich allmählich wieder ansprechbar war, sagte Kristel zu mir: „Marie, was auch immer passiert, du kannst mit mir rechnen. Vergiss niemals unseren Vertrag.“
Der Vertrag war für mich eine ebenso moralische Verpflichtung wie für Kristel. Mit Kais Brief unter meiner Jacke schlief ich endlich ein. Damit fand auch Kristel Ruhe.
Ein Trost war für mich, dass Kai eine liebevolle Klassenlehrerin hatte und sich in seiner Klasse wohlfühlte. Leider musste er später diese Klasse verlassen, weil meine Mutter mit ihm nach Berlin ziehen musste, damit sie die Unterstützung meiner Schwester hatten. Die Klassenlehrerin und seine Mitschüler glaubten, dass Kai nur für kurze Zeit beurlaubt wäre. Auch Kai ließ man in dem Glauben.

Viele Jahre später fand ich in den Stasi-Akten eine Karte von der Klassenlehrerin, abgeschickt aus Moskau. Lehrer durften zu Kindern von Republikflüchtigen keinen Kontakt haben. Wie mutig von dieser Frau.
Sie schrieb ihm aus Moskau: „*Mein lieber Kai, für das kommende Jahr wünsche ich Dir, dass Du bald wieder zu uns in die Klasse kommst. Wir sind 26 Kinder, davon sieben Mädchen. Dein Platz ist frei. Bleibe gesund und lerne fleißig. Recht herzliche Grüße sendet Dir und Deiner Omi Deine Leipziger Klassenlehrerin Frau Müller.*“ *
Diese Karte hätte sie ihren Job kosten können.

22. Abschied von Kristel

Wieder war es kurz vor Weihnachten. Der Dezember war kalt und grau und forderte seinen Tribut. Er ließ nicht nur Kristel und mich vor grausiger Kälte zittern, auch unsere Zellen-Mitbewohnerinnen zogen die grauen Decken bis weit über die Ohren. Alle kuschelten sich dicht aneinander. So wollten wir an diesem Abend die Zeit bis zur Nachtruhe überbrücken. Plötzlich wurde die Tür aufgerissen. Als die Wachtmeisterin die Zelle betrat, sprangen alle 16 Gefangenen von ihren Betten. Sie schlüpften schnell in die Schuhe und stellten sich hintereinander auf. So wurde es gefordert. Als Ruhe eingekehrt war, befahl die Wachtmeisterin: „Strafgefangene Krüger und Sommer, Sachen packen!“
Ich glaubte, nicht richtig gehört zu haben, aber als ich die Tränen in Kristels Augen sah, wusste ich, dass tatsächlich ich gemeint war. Mein Herz klopfte vor Freude und Trauer.

Freude, weil ich endlich freikam, meinen Kai, meine Familie bald wiedersehen würde. Trauer wegen des Abschieds von Kristel.

„Sei nicht traurig, liebe Kristel, ich werde alles für dich tun, damit auch du endlich von diesem Elend befreit wirst", sagte ich tröstend zu ihr.

Schweren Herzens half sie mir beim Packen und umarmte mich immer und immer wieder. Zum Trost erinnerte ich sie im Flüsterton an unseren Vertrag. Dann fiel die dicke Gefängnistür hinter mir ins Schloss. Das Gesicht an die Stäbe des Fensters gedrückt, versuchte Kristel, mich ein letztes Mal auf dem riesigen Gefängnishof zu erspähen. Wie sie später erzählte, war ich von den mächtigen Mauern verschluckt. Auch ich schaute hoch zum Fenster, konnte sie aber nicht entdecken. Abgang ohne jegliche Ankündigung, das hatte es bis dahin noch nicht gegeben. Meist erfuhren es die Gefangenen etwas früher.

Viele Tage fühlte Kristel sich wie ein Schatten ihrer selbst. Nach meinem Weggang nahm sie extrem viel ab. Kurzzeitig wurde sie sogar auf die Krankenstation verlegt. Ihr altes Rückenproblem verstärkte sich durch den seelischen Stress dermaßen, dass sie einen Bandscheibenvorfall erlitt. In Kristels Aufzeichnungen ist über diese Zeit zu lesen:

„In welch starkem Maße mir die Freundschaft zu Marie über die Gefängniszeit hinweghalf, spürte ich erst an Maries Entlassungstag in vollem Umfang. Es fiel mir sogar schwer, Marie beim Packen zu helfen. Ich verstand mich selbst nicht, auf der einen Seite freute ich mich, dass Marie nun endlich zu ihrem Kai kam. Andererseits fragte ich mich immer wieder, wie ich diese widrigen Umstände auf der Burg Hoheneck allein verkraften sollte." *

Die anderen Mitgefangenen waren sehr lieb zu ihr. Eine von ihnen sagte treffend: „Wahrscheinlich braucht der Staat wieder einmal Geld, und jetzt kurz vor Weihnachten ist der Verkauf von Häftlingen sicher ein besonders lukratives Geschäft."

Die Begründung des DDR-Staates für den Verkauf von Häftlingen war folgende: Für die vom Staat finanzierte Ausbildung, Studium etc., entstand dem DDR-Staat ein erheblicher Schaden. Deshalb ist der Verkauf absolut legitim.
Allerdings standen die meisten Häftlinge schon länger im Arbeitsprozess und hatten dem Staat das meiste zurückgegeben. Dieser Handel mit Gefangenen brachte der DDR-Regierung eine beträchtliche Summe und war eine wichtige Einnahmequelle für die begehrten Devisen.

23. Zwischenstation Karl-Marx-Stadt

Man führte mich in einen leeren Raum, in dem bereits fünf Frauen mit überglücklichen Gesichtern saßen. Es folgte eine oberflächliche Leibesvisitation. Meine Kosmetiktasche mit verschiedenen Adressen, Kais Brief und das Taschentuch von meiner Freundin aus dem Nähsaal überstanden diese Kontrolle unbeschadet. Danach wurden wir zum Amtsarzt gebracht und anschließend in die Effektenkammer. Ich war froh, als ich dort mein weniges Privateigentum ausgehändigt bekam.
Kurze Zeit später wurden wir aufgefordert, uns auf den Gefängnishof zu begeben. Mit dem Bündel unter dem Arm

stellten wir uns ein letztes Mal in Reih und Glied auf. Die Wachtmeisterin brachte uns zum Tor, in dessen Nähe sich bereits die Gefängnisautos befanden. Ehe ich zur Besinnung kam, saßen wir in der engen Kabine. Während der wenigen Kilometer nach Karl-Marx-Stadt konnte ich keinen klaren Gedanken fassen. Monate hatte ich auf diesen Augenblick gewartet, hatte ihn ersehnt und erfleht. Nun wurde ich mit diesen überwältigenden Gefühlen nicht fertig. Ich murmelte vor mich hin: „Kai, wann sehe ich dich wieder, wann kann ich dich in die Arme schließen, wie hast du dich verändert, wie groß bist du geworden, hast du deine Mutti nicht vergessen?"
Nach der Ankunft im Übergangsgefängnis Kaßberg im damaligen Karl-Marx-Stadt wurden wir in einen kleinen Raum gebracht, in dem wir die Hoheneck-Kluft ausziehen sollten. Jede erhielt einen dunkelblauen Trainingsanzug, viel zu groß, aber das störte niemanden. Wir waren auf dem Sprung in die Freiheit, das allein zählte. Meist dauerte die Behandlung in diesem Übergangsgefängnis zwei Wochen. Am Tag waren die Zellentüren sogar offen. Das Essen war sehr gut im Verhältnis zur Verpflegung auf Hoheneck. Die Freigekauften sollten noch einmal aufgepäppelt werden, bevor sie abgeschoben wurden.
Endlich konnten wir unsere Privatsachen anziehen. Meine Kleidung wartete seit einem Jahr in der dunklen Kammer auf mich. Inzwischen hatte sie den Geruch von Mottenpulver und Gefängnismief angenommen. Leider passte mir nichts mehr. Die Hose musste mit einem Gürtel provisorisch zusammengehalten werden. Der Pullover hing wie ein Kleid an mir herunter, die Schuhe waren unbequem und hässlich. Doch das war egal. Bald würde ich alles, was mich an die

Gefängniszeit erinnerte, in den Müll werfen können. Darauf freute ich mich. Mir fiel auf, dass ich mich viel zu sehr mit Äußerlichkeiten beschäftigte, anstatt mich auf die Freiheit zu freuen. Am nächsten Tag brachte man uns in einen Raum, in dem ein gut gekleideter Enddreißiger saß.

„Frau Krüger, Sie verbüßen eine Haftstraße wegen geplanter Republikflucht. Wie stehen Sie heute zu Ihrer Tat?"

„Unverändert!", antwortete ich ein wenig irritiert.

„Sie möchten noch immer in die BRD?"

Diese Frage brachte mich völlig aus der Fassung.

„Natürlich!", antwortete ich mit Nachdruck.

Daraufhin reichte mir der Mann ein Formular, das ich auszufüllen hatte. Unter anderem sollte ich noch einmal klar und deutlich die Gründe meiner geplanten Republikflucht erläutern. ‚Was soll das alles noch?', fragte ich mich. ‚Ich will nur hier raus, hört auf mit diesem Zirkus, eure Show ist vorbei!'

Nach zwei Wochen wurde uns mitgeteilt, dass nun die Zeit des Abtransports gekommen sei. Den letzten Gefängnisabend werde ich nie vergessen. Alle hatten ihre Aberkennungsurkunden in den Händen und waren mit diesem Blatt entlassen aus der *Deutschen Demokratischen Republik* und somit staatenlos. Unsere Freude war unbeschreiblich. Als alles einigermaßen ruhig war, hörten wir eine wunderschöne Frauenstimme mit dem Lied *„Freude, schöner Götterfunken ..."* Die Akustik in diesem von hohen Mauern umgebenen Gefängnishof war unbeschreiblich. Viele stimmten in den Gesang ein, obwohl die wenigsten den ganzen Text kannten. Es entfaltete sich ein wunderbarer Choral-Gesang:

„Freude schöner Götterfunken, Tochter aus Elysium.
Wir betreten feuertrunken, Himmlische, dein Heiligtum.

Deine Zauber binden wieder, was der Mode Schwert geteilt,
Bettler werden Fürstenbrüder, wo dein sanfter Flügel weilt.
Seid umschlungen, Millionen ...“
Am Ende stimmten alle jubelnd ein: „*FREUDE, FREUDE, FREUDE ...*“ * *Ludwig van Beethoven, Friedrich Schiller*
Es war einer der vielen Gänsehautmomente, die unvergesslich blieben.

24. Mit zwei Bussen in die Freiheit

Am nächsten Tag herrschten Aufregung und Hektik. Wir belagerten Spiegel und Toiletten. Dann der erlösende Befehl: „Raustreten, alle raustreten!“
Überall standen Posten. Vor dem Gefängnisausgang wurden die Namen verlesen. Die Aufgerufenen wurden zu einem speziellen Bus geführt. Begleitet wurden wir von zwei Wachleuten. Schon ging die Fahrt ins Ungewisse los. Kaum jemand hatte Interesse, sich zu unterhalten. Nur ab und zu war ein Flüstern zu hören, das aber schnell wieder verstummte. Nach einem kurzen Stopp, keiner wusste, wo wir uns befanden, stiegen die Rechtsanwälte Dr. Vogel aus Ostberlin und Rechtsanwalt Stange aus der Bundesrepublik zu. Beide begrüßten uns und erklärten, dass wir in Kürze noch einmal umsteigen müssten. Wir wurden gebeten, leise zu sein, nicht zu singen, schon gar nicht das Deutschlandlied. Der Bus hielt. Dr. Vogel verließ das Fahrzeug und Stange begleitete uns in den westdeutschen Bus. Dieser war sehr komfortabel, strahlte eine wohlige Wärme aus und roch angenehm. Nach einigen Informationen stieg auch Stange aus. Nun waren nur

noch zwei Aufsichtspersonen bei uns, die vor der Grenze den Bus verließen. Es herrschte immer noch angespannte Stille. Zu groß war die Angst vor dem Ungewissen. Gegen Mitternacht kamen wir endlich im Aufnahmelager Gießen an. Der Bus hielt, der Fahrer forderte uns auf zu warten. Dann kam eine freundliche Frau mit einer Liste, verlas die Namen und bat uns, ihr zu folgen. Wir wurden jeweils zu dritt in verschiedene Räume geführt. Wie groß war der Schock für mich, als ich dort ebenfalls die verhasste blau karierte Bettwäsche sah. Aber darüber dachte ich bald nicht mehr nach. Trotz der Aufregung schlief ich tief und fest. Ich wurde von einem Sonnenstrahl geweckt, der sich durch die kleinen Fenster schlängelte. Oh, wie schön, Fenster ohne Gitter, kein aggressives Hundegekläffe, kein unfreundliches Wachpersonal und normale Duschen. Allerdings bekam ich einen großen Schreck, als ich bei hellem Licht mein Spiegelbild sah. Was hatte man aus mir gemacht? Ich hatte zwar das Gefängnis überlebt, aber ich war innerlich und äußerlich für mein Leben gezeichnet.

Ein Gemisch von Haarfarben auf meinem Kopf, das Grau hatte sich stark durchgesetzt, der Rest meiner Naturfarbe war mir völlig fremd. Das Gesicht war blass und vergrämt, die Augen glanzlos, tiefe Sorgenfalten hatten sich eingegraben. Meine alte Kleidung hing wie Fetzen an mir herunter. Ich musste eine Menge abgenommen haben. Ich wog 52 kg statt 58. Nein, so konnte ich meinem Freund John nicht begegnen. Also machte ich das, was viele Frauen als Erstes taten. Ich nutzte mein Begrüßungsgeld für einen Frisörbesuch. Gerne hätte ich die Frisörin gebeten, den Spiegel zuzuhängen, damit ich nicht eine ganze Stunde mein blasses, verzehrtes, trauriges Gesicht anstarren musste. Aber welch eine Freude: Die Fachfrau, gewöhnt an Umgang mit Menschen wie mir, vollbrachte wahre Wunder. Sie färbte alles, was sich färben ließ (Augenbrauen, Wimpern, Haare), legte ein bisschen Rouge auf die Wangen und ich erkannte mich kaum wieder.

Dann der erste Anruf von meiner Mutter. Sie hielt sich bereits bei ihrer Freundin Elisabeth in Westberlin auf und wartete sehnsüchtig auf mich. Aber ich konnte vor Aufregung kaum sprechen. Wir weinten und lachten und sprachen viel über Kai. Leider konnte ich meinen Kai noch nicht in die Arme schließen und auch nicht mit ihm telefonieren. Später rief ich meinen Freund John an. Er hatte schon ungeduldig auf eine Nachricht von mir gewartet. Ebenso wie meine Mutter wusste er über die Anwälte, wann ich im Aufnahmelager sein würde.

„Marie, ich komme morgen und habe ganz in der Nähe von dir ein Hotelzimmer gebucht. Ich freue mich auf dich."

Doch die Freude war verhalten. Ich ahnte, dass auch seine Gefühle das Trennungsjahr nicht überstanden hatten. Als ich in mein Zimmer im Auffanglager gehen wollte, wurde ich von einer Frau ins Büro gerufen.

„Frau Krüger, vor Kurzem hat ein Herr angerufen. Er wollte Sie unbedingt sprechen. Leider hat er keine Telefonnummer hinterlassen, und seinen Namen habe ich nicht aufgeschrieben. Er sagte nur, dass er morgen in Gießen sein wolle, um Sie zu begrüßen."

Ich brauchte nicht lange zu überlegen. Es konnte nur Wolf sein.

Den Anfang machte natürlich John. Er wollte gegen zehn Uhr ankommen. Aufgeregt wartete ich vor dem vereinbarten Café. Ich sah ihn schon von Weitem und lief ihm entgegen. Unsere Umarmung war zwar stürmisch, aber sie entbehrte jeder Herzlichkeit. Ich spürte eine dicke Mauer zwischen uns. Ja, ein Jahr war eine lange Zeit. Und beide trugen wir unsere Entscheidung bereits in uns. Das war gut so, denn damit hatten wir eine vernünftige Basis für ein freundschaftliches Verhältnis. Allerdings vermieden wir zu dem Zeitpunkt ein Gespräch über unsere Zukunft. Die nur wenig gefestigte Beziehung, die bisher nur Urlaube und keinen Alltag erlebt hatte, konnte die Trennung von einem Jahr mit den unglaublichen emotionalen Turbulenzen nicht überstehen. Ich sagte zu John: „Übrigens, in einer Stunde will auch Wolf hier sein."
John war nicht verwundert, denn er hatte sich bereits mit Wolf verständigt.
„Marie, was hältst du davon, wenn du die Zeit bis zu Wolfs Eintreffen zum Einkleiden nutzt? Ich warte inzwischen im Café gegenüber."
John war es wichtig, dass bei mir alle äußeren Überreste der Gefängniszeit beseitigt würden und dass ich die gut gemeinten Kleidungsstücke aus dem Gießener Lagerfundus gegen hübsche, moderne Kleidung austauschte. Er hatte bereits eine Boutique ausfindig gemacht. Er spürte meine Unsicherheit. So ging er mit mir in das Geschäft und erklärte der Inhaberin mein Anliegen. Danach verschwand er und wartete in dem vereinbarten Café. Ich stimmte wegen meines miserablen Äußeren diesem Vorschlag zu. Aber es schmerzte mich, dass er in dieser Situation vor allem an Äußerlichkeiten dachte. Andererseits wusste ich, dass er es gut meinte.

So war sie also, die *neue Welt:* In die John- und Wolf-Kreise musste man auch äußerlich hineinpassen. Ganz abgeneigt gegenüber der geplanten Metamorphose war ich natürlich nicht. Die Boutiqueinhaberin hatte ein feines Gespür für diese komplizierte Situation. Sie suchte dezente, trotzdem fröhliche Farben, wählte Naturstoffe mit Lederapplikationen und der Jahreszeit entsprechende warme Stiefel, in denen ich allerdings erst laufen lernen musste. Außer den täglichen Runden auf dem Gefängnishof hatte ich ein Jahr keine Gelegenheit gehabt, eine längere Strecke zu gehen. Auch die hohen Absätze stellten für mich eine Herausforderung dar. Ein Blick in den Spiegel bestätigte mir, dass die Verwandlung geglückt war. Allerdings war das keinesfalls meine Preisklasse. Ich kam mir etwas overdressed vor. So wie ich jetzt aussah, würde mir kein Mensch abnehmen, dass ich gerade aus dem Gefängnis kam. Aber ich war mit mir zufrieden.

Als ich in das Café kam, vernahm ich aus einer Ecke ein vereintes „Wow."

Wolf war in der Zwischenzeit eingetroffen und stürmte auf mich zu. Er war so froh und drückte mich immer wieder an sich. Voller Rührung und Freude konnte ich meine Tränen nicht zurückhalten. Ich bedankte mich bei beiden.

Wolf sagte: „Ich wollte unbedingt dabei sein, wenn du ankommst, Marie. Leider habe ich dringende geschäftliche Termine und muss euch gleich wieder verlassen. Marie, ich werde dich morgen hier noch einmal anrufen, um zu erfahren, wie es bei dir weitergeht."

Dann verabschiedete er sich herzlich. John und ich machten anschließend einen kleinen Spaziergang, den wir aber beide nicht genießen konnten. Es stand etwas Fremdes zwischen uns.

Ich nahm mir schließlich ein Herz und durchbrach das bedrückende Schweigen. „John, findest du nicht auch, dass ich Grund zur Freude hätte? Nach einem düsteren Jahr endlich frei. Doch ich spüre, dass wir beide über unser Wiedersehen nicht glücklich sind. Aber heute bin ich nicht in der Verfassung, ein klärendes Gespräch mit dir zu führen. Eines wissen wir jedoch beide: Wir können nicht da weitermachen, wo wir vor einem Jahr aufgehört haben. Ich schlage also vor, dass wir uns bald wieder treffen und uns aussprechen. Mithilfe der netten Mitarbeiter hier in Gießen und mit Wolfs Unterstützung werde ich meinen Weg finden und ihn allein weitergehen. Wir telefonieren und sprechen über alles später in einem anderen Rahmen."

Ich bemerkte Johns Erleichterung. Zum Abschied drückte er mir einen Briefumschlag in die Hand, in den er vermutlich einige Geldscheine gesteckt hatte, vielleicht um sein Gewissen zu beruhigen und mir den Start zu erleichtern. Dann nahm er mich fest in den Arm und ging mit hängenden Schultern zum Parkplatz. Ich spürte einen stechenden Schmerz in meiner Brust. Anschließend verkroch ich mich in meinem Zimmer und weinte Schmerz und Enttäuschung heraus. Zum Glück war es Abend. Ich war allein und konnte mich vollkommen meinen Gefühlen hingeben. Nach kurzer Zeit klopfte es an die Tür. Eine der Mitarbeiterinnen bat mich, mit ins Büro zu kommen. Neugierig folgte ich ihr. Sie drückte mir den Telefonhörer in die Hand und ich war erfreut, als ich die Stimme meiner Mutter hörte.

„Hallo Marie", rief sie aufgeregt. „Ich würde dich so gerne sehen! Wann kannst du nach Berlin kommen?"

„Am liebsten gleich, aber leider muss ich morgen einige wichtige Formalitäten erledigen. Aber danach komme ich sofort. Ich habe mich schon erkundigt, der Zug braucht nur vier Stunden von Gießen nach Berlin. Morgen kann ich dir Genaueres sagen. Ich habe dich sehr lieb und freue mich so sehr."

Ich konnte den nächsten Tag kaum erwarten, stand sehr früh auf, erkundete die Gegend und war eine der Ersten am Frühstückstisch. Wie schön, ein sorgfältig gedeckter Tisch mit appetitlichen Speisen. Man konnte wählen zwischen Müsli, Brötchen, Marmelade, Käse und so weiter. Ich hatte so lange keine Brötchen gegessen, deshalb fiel mir die Wahl nicht schwer. Kurz nach dem Frühstück wurde mein Name aufgerufen.

„Frau Krüger, Sie werden im Büro erwartet."

Ungewohnt, endlich wieder höflich mit Namen angesprochen zu werden. Im Büro wurde ich liebenswürdig von einer Mitarbeiterin begrüßt. Auf dem Tisch lag ein dickes Paket mit Formularen. Da mussten wir uns durchkämpfen. Aber das machte ich gerne, denn es ging schließlich um meine Zukunft. Alles, was ich hier erledigen konnte, brauchte ich später nicht allein zu machen. Wie gut man im Lager organisiert war, zeigt das folgende Beispiel: Die Mitarbeiterin hielt einen Brief in der Hand und las ihn mir vor. Es war ein Brief des Lehrervereins Düsseldorf.

„Sehr geehrte Frau Krüger, vom Bundesnotaufnahmelager bekamen wir die Nachricht, dass Sie Lehrerin sind und in Kürze in Gießen eintreffen werden. ... Wir sind gerne bereit, Ihnen bei der Einstellung als Lehrerin behilflich zu sein, wenn Sie nach Nordrhein-

Westfalen kommen könnten. Bitte füllen Sie die Unterlagen aus und bringen Sie uns diese mit Zeugnissen und anderen Bescheinigungen am besten persönlich vorbei.“ *

Mein Herz klopfte schneller. Dann sollte es tatsächlich Düsseldorf sein. Die Stadt hatte ich sowieso in die engere Wahl gezogen. Welch eine Freude. Mit diesem schicksalhaften Brief war alles entschieden. Die restlichen Unterlagen gingen wir relativ schnell durch. Mir war es wichtig, noch an diesem Abend alle Formalitäten abzuschließen, damit ich wie geplant am nächsten Tag nach Berlin fahren konnte. Die Mitarbeiterin war einverstanden. Sie suchte für mich den passenden Zug und überprüfte, wann ein Bus zum Bahnhof fuhr. Dann gab sie mir das Telefon, und ich verabredete mich mit meiner Mutter auf dem Bahnhof Berlin-Spandau. Voller Vorfreude packte ich meine spärlichen Sachen zusammen, verabschiedete mich von einigen Leidensgenossen und bereitete mich innerlich auf das lang ersehnte Wiedersehen mit meiner Mutter vor. Nur mit großer Mühe gelang es mir, etwas Schlaf zu finden.

25. Wiedersehen mit der Mutter

Einige Stunden später saß ich in einem bequemen Intercity-Zug. Ich blätterte ohne besonderes Interesse in einer der herumliegenden Zeitungen. Aber die Aufregung ließ sich nicht verdrängen. Die vier Stunden Fahrt nach Berlin kamen mir wie eine Ewigkeit vor.

„In wenigen Minuten erreichen wir Berlin-Spandau, der Ausstieg ...“, tönte es aus dem Lautsprecher.

Der Rest interessierte mich nicht mehr. Mit meinem kleinen Rucksack eilte ich zum Ausgang. Doch ich konnte trotz großer Anstrengung meine Mutter nicht erblicken. Plötzlich hörte ich eine vertraute Stimme meinen Namen rufen. Ich lief in die Richtung, aus der ich den Ruf gehört hatte. Meine Mutter stürmte voller Freude auf mich zu. Oh, war sie dünn geworden. Ihr Gesicht war von Schmerzen gezeichnet. Ich hielt meine Mutter so fest, dass sie Mühe hatte, sich aus meiner Umarmung zu lösen. Wir weinten beide herzerweichend.
Mit einem Taxi fuhren wir anschließend in die Wohnung von Elisabeth, ihrer Freundin. Als wir dort ankamen, sagte Elisabeth verwundert: „Ich kann nicht glauben, dass du gerade aus dem Gefängnis kommst, Marie."
Ich antwortete: „Was habt ihr erwartet, in welchem Zustand ihr mich vorfindet? Man hatte uns zum Schluss im Karl-Marx-Städter Gefängnis noch richtig gemästet, damit wir nicht völlig erbärmlich aussehen. Schließlich hat die Bundesrepublik eine Menge für uns gezahlt. Außerdem möchte ich nicht wissen, was in unseren Getränken war. Ein bisschen aufgedunsen fühle ich mich schon. Außerdem haben eine geübte Frisörin, John und Wolf dafür gesorgt, dass ich mich ohne Bedenken in die Zivilisation wagen kann."
Doch das war für mich nebensächlich. Viel wichtiger war, wie es meinem Kai ging.
„Bitte, Mutti, sag mir ehrlich, was macht Kai? Wie hat er die Zeit ohne mich überstanden, wie wird es weitergehen?"
Wir redeten die halbe Nacht. Auch am nächsten Tag dominierte *Kai* das Zusammensein. Seine Übersiedlung in die Bundesrepublik war zu dem Zeitpunkt nur möglich, wenn sich meine Mutter ebenfalls für eine Ausreise entschied. Sie

musste die Rolle einer Begleitperson für Kai übernehmen. Da meine Mutter durch den Tod meines Vaters ohnehin emotional *heimatlos* war und Berlin ihr zu groß, zu laut und zu unübersichtlich schien, hatte sie sich dafür entschieden. Ohne sie wäre die Übersiedlung von Kai weitaus schwieriger gewesen. Ich hatte zu meiner Mutter ein besonders enges Verhältnis, wogegen meine Schwester ein Vaterkind war.
Bis zum endgültigen Umzug meiner Mutter und Kai waren noch eine Menge Formalitäten zu erledigen. Deshalb fanden wir es vernünftiger, auf jeglichen Telefonkontakt zwischen mir und Kai zu verzichten. Kai hätte nicht verstanden, warum er mich nicht sofort sehen konnte. Es hätte ihm unnötige Schmerzen bereitet. Das war zwar schwer für mich, aber ich hoffte auf etwas Milde des DDR-Staates, der uns Schlimmes angetan und viel Geld für uns beide kassiert hatte. Meine Wunschstadt Düsseldorf stand fest. Dort wollte man mir behilflich sein, eine neue Stelle als Lehrerin zu finden. Das freute mich sehr. Wolf wohnte in der Nähe und auch er wollte mir helfen, in der neuen Welt laufen zu lernen. Ich war überzeugt, dass ich nur jemanden zum *Anschubsen* brauchte, danach würde ich meinen Weg allein weitergehen können. Nach zwei Tagen Berlin fuhr ich in meine zukünftige Heimatstadt Düsseldorf. Aus Zeitgründen hatte Wolf mich gebeten, ein Flugzeug zu nehmen. Das machte ich gerne, aber selbst das stellte sich als Abenteuer dar. Als ich auf dem Berliner Flughafen einchecken wollte, forderte mich die Frau am Schalter auf: „Ihren Personalausweis bitte."
Als sie bemerkte, welche Panik sie bei mir mit dieser Aufforderung auslöste, sah sie mich misstrauisch an.

„Haben Sie etwa keinen Personalausweis? Dann kann ich Sie nicht einchecken lassen."
Mir wurde es heiß und kalt, denn ich hatte nach dieser kurzen Zeit in Freiheit noch keinen Personalausweis.
„Ich komme gerade vom Aufnahmelager Gießen und erhalte den Ausweis erst später", stammelte ich mit hochrotem Kopf. Ich zeigte ihr ein Schreiben, mit dem ich mich ausweisen konnte. Aber das schien der besonders eifrigen Dame nicht zu genügen.
„Dann muss ich Sie leider bitten, zur Flughafenwache zu gehen."
Umständlich erklärte sie mir den Weg. Wieder klopfte mein Herz. Ich fragte mich: ‚Hört das denn niemals auf?' In der Flughafenwache prüfte man gründlich meine Papiere. Besonders freundlich war man auch hier nicht. Aber schließlich stellten sie mir eine Bescheinigung für den einmaligen Gebrauch aus. Als ich endlich zum Gate gehen konnte, resümierte ich, dass es auch in der neuen *Freiheit* nicht so einfach war. Mit Mühe bekam ich den Flieger nach Düsseldorf.

26. Laufen lernen in Düsseldorf

Eine halbe Stunde später landete ich auf dem Düsseldorfer Flughafen. Wolf hatte mir den genauen Treffpunkt beschrieben. Schon von Weitem sah ich ihn mit einem dicken Rosenstrauß in der Hand. Ich war so glücklich und fühlte mich endlich angekommen.
„Marie, ich kann es gar nicht glauben. Nun bist du da, alles Schreckliche ist vorbei. Lass uns schnell eine Tasse Kaffee

trinken, denn wir haben in zwei Stunden einen Termin bei einem Makler. Ich habe alles vorbereitet. Der Makler hatte einige möblierte Apartments im Angebot, und ich habe ohne dich bereits eine Entscheidung getroffen."

Wieder stellte ich fest, wie schnell das neue Leben war. Das Gespräch mit dem Makler war unkompliziert und erfolgreich. Ich war froh, dass Wolf alles so gut organisiert hatte. Das Apartment befand sich in Zentrumsnähe. Die Miete war bezahlbar und die flexible Kündigung für mich Voraussetzung. Die Wohnung bestand aus einem großen Wohn-Schlafraum mit einer kleinen Country-Küche und einem Bad. Das Wohnzimmer war praktisch eingerichtet. Es hatte alles, was man für den Anfang brauchte.

„Danke, Wolf! Ich freue mich sehr über meine erste Wohnung. Du hast wirklich an alles gedacht."

Nachdem sich der Makler verabschiedet und ich die Rosen in eine Vase gestellt hatte, entdeckte ich voller Freude ein Telefon. Wolf hatte es bereits angemeldet. Das war in meiner augenblicklichen Situation wichtiger als alles andere. Als Wolf mir einige Tipps für mein neues Leben geben wollte, klingelte es. Ich sah Wolf irritiert an. Er nahm den Hörer ab und reichte ihn mir weiter. Es war John.

„Hallo Marie, Wolf war so freundlich, mir deine Telefonnummer zu geben. Ich wollte es nicht versäumen, dich in deiner neuen Heimat zu begrüßen."

„Das ist nett. Aber Wolf ist in Eile und möchte mir noch einiges erklären. Bitte ruf mich in einer halben Stunde wieder an."

Kaum war Wolf gegangen, rief John tatsächlich an. Er war viel lockerer als bei unserem Wiedersehen in Gießen. „Marie, hättest du etwas dagegen, wenn ich in Kürze meine Geschäftsreise in Düsseldorf unterbreche, um dich zu besuchen? Ich würde gerne mit dir einiges besprechen."

Da es auch mein Wunsch war, mit ihm ein klärendes Gespräch zu führen, stimmte ich zu. Aber zunächst musste ich das Weihnachtsfest ganz allein überstehen. Ich aß den letzten Käse, erfreute mich an einer Banane und betäubte mich mit dem Rest Sekt, den Wolf zum Empfang gekauft hatte. Dann zog ich die Vorhänge zu und verkroch mich im Bett. Im Fernsehen liefen die Weihnachtslieder hoch und runter. Das konnte ich nicht aushalten. Also schaltete ich den Fernseher aus und machte das, was mir in solchen Situationen am besten half. Ich holte eines meiner neuen Hefte hervor und schrieb mir meinen Kummer von der Seele. Dann schlief ich endlich ein und freute mich am Morgen, dass der Heiligabend zum Glück vorbei war. An den Weihnachtstagen erkundete ich meine neue Heimat. Ich genoss die beiden kalten Feiertage in der Natur.

27. Ein letztes Mal John

Nun war es so weit, John kam nach Düsseldorf. Er nahm sich ein Hotelzimmer und blieb zwei Tage hier. Er half mir bei einigen organisatorischen Dingen und zeigte mir die Stadt. Wir gingen am Abend in die Altstadt, genossen das muntere Treiben, die quirlige Fülle, die engen Gassen mit den unzähligen Restaurants, Kneipen und Straßencafés. Zum Schluss führte unser Weg zum Rhein. Wir setzten uns auf die legendäre Treppe neben dem Schlossturm und sahen gerade noch, wie der dicke Sonnenball im Rhein verschwand. Was für ein beeindruckendes Schauspiel, der erste Sonnenuntergang in meiner neuen Heimat. Die Treppe war trotz der Kälte voll besetzt. Die fröhliche Stimmung der ausgelassenen Altstadtbesucher war ansteckend, auch wenn unsere Situation alles andere als glücklich war.

John war geschäftlich auf dem Weg in die USA. Unsere gemeinsame Zeit verging wie im Flug. Am Abschiedstag machten wir es uns in meiner Wohnung gemütlich und gönnten uns ein Glas Wein. Ich hatte keine Lust auf eine rührselige Abschiedszeremonie, denn an unserer Entscheidung hatte sich nichts geändert. John versicherte mir, dass ich immer auf ihn zählen könne. Wir waren uns aber einig, dass es bei einer freundschaftlichen Beziehung bleiben sollte. John wollte mich bis zu meiner Einstellung als Lehrerin finanziell unterstützen.

Als er aufbrach, überfiel mich ein bedrückendes Gefühl von Einsamkeit. Schnell wandte ich mich von ihm ab und bat ihn zu gehen. Ich wollte mir nicht eingestehen, dass mir die Trennung mehr ausmachte, als ich gedacht hatte. John winkte ein letztes Mal, dann ging er, ohne sich umzusehen. Ich war wie in Trance und wusste nicht, was mit mir los war. Mein Verstand hatte sich eine Weile von meiner Seele getrennt. Ich legte mich erschöpft aufs Bett und fühlte mich elendig allein. Dann schlief ich, traumlos und tief. Als ich wach wurde, hörte ich das fröhliche Lachen von Schulkindern. Die Sonne füllte den Raum. Ich hatte versäumt, die Vorhänge zuzuziehen.

Ich erschrak, als ich bemerkte, dass ich vollständig angekleidet, nur mit einer Decke bedeckt, auf dem Bett lag. Rucksack und Jacke waren auf dem Fußboden, die Schuhe daneben. Mein Magen knurrte. Ich hatte Hunger und einen unbeschreiblichen Durst. Allmählich kam die Erinnerung zurück. Ich dachte an John, wie er im Flieger saß und sich immer weiter von mir entfernte. Aber ich verspürte keinen Schmerz. Die Begegnung war für mich wie eine Katharsis. Ich fühlte Frieden mit mir und empfand Stolz. Ich war bereit, mein Leben neu zu gestalten.

Von da an setzte ich meinen Weg *allein* fort. Ich ging erhobenen Hauptes. Die Aussprache mit John, die Auseinandersetzung mit mir selbst, meine Entscheidung, all das hatte mich stärker werden lassen. Gefühle wie Enttäuschung, Hass und Zorn wollte ich nicht mehr zulassen. Ich entschied, dass das Gefühl des Verharren-Wollens dem Gefühl des Aufbruchs eine Chance geben musste.

Am nächsten Tag begann ich mit dem Abarbeiten von Verpflichtungen. Meine To-Do-Liste war lang. Ich wusste nicht, womit ich beginnen sollte. Doch dann entschied ich mich für einen Check-Up bei einem Arzt. Das hatte man uns im Aufnahmelager sehr ans Herz gelegt, denn ein Jahr Gefängnis konnte unangenehme gesundheitliche Folgen haben. Ich fand im Telefonbuch einen Arzt am Ende meiner Straße. Dort rief ich an. Als die freundliche Sprechstundenhilfe den Grund meines Arztbesuchs erfuhr, sagte sie mir, ich könne sofort kommen, es sei gerade günstig. Ich brauchte tatsächlich nur eine kleine Straße zu überqueren, schon war ich da. Der Arzt war sehr freundlich. Aber vielleicht kamen mir nach Hoheneck alle Menschen freundlich vor. Ausführlich erzählte ich ihm meine Geschichte. Er war sehr betroffen und schwieg eine Weile, bevor er mich untersuchte.

„Soweit ich das jetzt beurteilen kann, haben Sie die Zeit ohne nachhaltige Schäden überstanden. Allerdings müssen wir noch weitere Untersuchungen machen."
Dann erkundigte er sich nach meinen Plänen.
„Ich möchte so schnell wie möglich wieder als Lehrerin arbeiten."
„An welcher Schule würde man Sie einsetzen?"
„Das weiß ich leider noch nicht, ich bemühe mich um die Anerkennung als Realschullehrerin. Aber ich nehme im Moment jede Stelle an. Am liebsten würde ich mit Kindern arbeiten, die Probleme haben."
Der Arzt sah mich überrascht an. „Ist das Ihr Ernst? Da könnte ich vielleicht etwas für Sie tun."
Ich war sprachlos. Er konnte mir helfen?
„Mein Sohn ist seit einem Jahr an einer Förderschule (damalige Schule für Erziehungshilfe). Ich kenne den Schulleiter gut. Er ist sehr nett. Außerdem herrscht an dieser Schule absoluter Lehrermangel. Ich könnte den Kontakt zwischen Ihnen und dem Schulleiter, Herrn Eckstein, herstellen."
Nach dem Austausch unserer privaten Telefonnummern und einer Verabredung zum Telefonat für den nächsten Tag ging ich völlig aufgewühlt nach Hause. Am nächsten Abend wählte ich die Telefonnummer von Herrn Eckstein. In Kurzfassung berichtete ich ihm von meinem Schicksal. Zwei Tage später saß ich in seinem Büro. Es war Unterricht, doch in den Klassen war es ziemlich laut. Völlig undenkbar in den disziplinierten DDR-Schulen. Herr Eckstein erklärte mir das Konzept von E-Schulen und fragte mich, ob ich mir eine Zusatzausbildung zur Sonderschullehrerin vorstellen könnte.

„Eigentlich gilt mein Hauptinteresse der Psychologie. Doch ich habe im Augenblick noch gar keinen richtigen Überblick."
Dafür hatte Herr Eckstein Verständnis. Ich fand ihn auf Anhieb sympathisch. Er war sehr bemüht, mir zu helfen.
„Wenn Sie sich für Psychologie interessieren, könnte ich Ihnen einen anderen Vorschlag machen. In einem Jahr beginnt eine Zusatzausbildung zur Individualpsychologischen Beraterin am Alfred-Adler-Institut. Vielleicht wäre das etwas für Sie?"
Mir war das alles zu schnell, aber diese Möglichkeit wollte ich im Auge behalten. Tatsächlich machte ich später diese Individualpsychologische Zusatzbildung und war glücklich darüber. Herrn Eckstein war für mich wegweisend. Später wurden er und seine Frau gute Freunde von mir.
Bevor ich mich vom ihm verabschiedete, riet er mir, zum Schulamt zu gehen und dort über die Möglichkeit der Einstellung an einer Sonderschule zu sprechen. Außerdem sollte ich den Kontakt zum Lehrerverein aufnehmen. Das wollte ich sowieso.
Neben meiner beruflichen Planung warteten noch sehr viele andere Aufgaben auf mich.

28. Merkwürdiger Besuch am Morgen

Eine Wohnung musste dringend gefunden werden. Es war früher Morgen. Ich hatte gefrühstückt, die Tageszeitung mit den Wohnungsinseraten lag verstreut auf dem Boden, und eine halb volle Tasse Kaffee stand auf dem Tisch. Ich hatte jetzt zwar eine Arbeitsstelle in Aussicht, aber ich wartete sehnsüchtig auf Kai und meine Mutter. Gerade war ich dabei, in der Tageszeitung die Wohnungsanzeigen zu durchforsten, da klingelte es.

Ich überlegte, wer das sein könnte. Bedenkenlos öffnete ich die Tür. Vor mir stand ein relativ junger Mann, ein bisschen verlegen und überrascht. „Wohnt hier nicht Frau Schulz?“

„Nein, sie muss schon vor längerer Zeit ausgezogen sein.“

„Wissen Sie vielleicht, wo sie jetzt wohnt?“, fragte der junge Mann hartnäckig.

„Ich habe keine Ahnung!“, sagte ich mit Nachdruck. Ich wollte diesen Typen so schnell wie möglich loswerden.

Doch er ließ sich nicht einfach so abschütteln. „Ich würde gerne im Telefonbuch nachsehen, um die Nummer von Frau Schulz zu suchen.“

Als ich das Telefonbuch holen wollte, war er schon halb in der Diele. Er wurde immer dreister und ich immer hilfloser.

„Kann ich nicht kurz reinkommen?“

Ohne eine Antwort abzuwarten, saß er bereits in einem meiner Sessel und blätterte im Telefonbuch. Dann sah er mich mit einem wohlwollenden Lächeln an, räusperte sich und sagte: „Na ja, die Frau Schulz war immer recht nett zu mir. Aber Sie sind auch sympathisch.“

Erst in diesem Moment durchschaute ich seine Absicht. Ich öffnete die Tür und schrie ihn an: „Verschwinden Sie, aber sofort!“

Als er keine Anstalten machte zu gehen, brüllte ich: „Raus, sofort raus! Und lassen Sie sich nie wieder sehen, sonst rufe ich die Polizei!“

Das saß. Sofort sprang er auf und lief in rasantem Tempo die Treppe hinunter.

Meine Nachbarin mahnte mich später, zukünftig nicht bedenkenlos die Tür zu öffnen. „Marie, du lebst hier in einem Apartmenthaus in keinem besonders seriösen Stadtteil. Außerdem hat vor dir in der Wohnung eine junge Frau gelebt, die manchmal merkwürdigen Männerbesuch bekam. Also, Vorsicht!"

Für mich stand fest, dass ich nun umso schneller eine neue Wohnung finden musste.

Nach diesem Vorfall hatte ich das Bedürfnis, an die frische Luft zu gehen. Auf meinem Spaziergang kam ich an einer Kirche vorbei. Spontan öffnete ich die schwere Eingangstür und setzte mich auf eine der hinteren Bänke. Es war gerade Gottesdienst. Die wenigen Gottesdienste im Gefängnis und die Gespräche mit dem Pfarrer waren für mich Balsam für die Seele gewesen.

Ich wollte Gott danken für seine Unterstützung und um Hilfe bitten für Kai und Kristel. Doch weder die Predigt noch die Zeremonie erfüllten meine Erwartungen. Ich fühlte mich fremd und war enttäuscht.

Einige Tage später geriet ich unvermittelt in den größten Karnevalstrubel, den ich je erlebt hatte. Es war Rosenmontag. Karneval war mir zwar vom Hören bekannt, aber ein derartiges Spektakel hätte ich in meinen kühnsten Träumen nicht erwartet. Obwohl ich in meiner alten Heimat gerne gefeiert hatte, war ich an völlig andere Feste gewöhnt. Weder der Zeitpunkt noch der Charakter dieser Feierlichkeit kamen mir entgegen. So suchte ich schnellstens das Weite.

Kurz darauf hatte ich eine wichtige Verabredung mit Verwandten von Kristel. Über meinen Anruf hatten sie sich so gefreut, dass sie mich spontan zum Kaffee eingeladen hatten. Ich kaufte ein winziges Sträußchen Blumen und fuhr mit Bus und Bahn nach Benrath. Das Einfamilienhaus war nicht leicht zu finden, aber ich war inzwischen geübt im Fragen.

Mit freudiger Umarmung wurde ich von Kristels Verwandten empfangen. „Danke, Frau Krüger, wir sind froh, dass Sie zu uns gekommen sind. So erfahren wir endlich etwas über unsere Nichte Kristel, der wir so gerne helfen würden. Setzen Sie sich doch bitte."

„Frau Ludwig, Sie können Marie zu mir sagen."

Ich setzte mich an den hübsch gedeckten Kaffeetisch. Als ich über Kristel sprach, konnte ich meine Aufregung und Betroffenheit nicht verbergen. Es bereitete mir körperliche Schmerzen, wenn ich mir vorstellte, was die Arme hinter Burg Hohenecks Mauern immer noch durchmachen musste. Frau und Herr Ludwig wollten alles über sie wissen. Ich gab ihnen einen Zettel mit Namen und Adressen der Rechtsanwälte, die mit Kristels Fall beschäftigt waren, und erzählte ihnen, was ich bereits von Düsseldorf aus in die Wege geleitet hatte. Mehr könne man leider im Moment nicht tun, sagte ich ihnen. Das sahen beide genauso.

„Was ist mit Ihnen, Marie? Was haben Sie als Nächstes geplant?", fragte Frau Ludwig.

Meine Antwort war klar und deutlich. Die Tränen in meinen Augen blieben ihnen nicht verborgen.

„Am wichtigsten ist für mich der Kampf um meinen Sohn Kai. Ich werde nichts unversucht lassen, um ihn so schnell wie möglich zu mir zu holen." Mir versagte die Stimme.

Frau Ludwig fragte unbeirrt weiter: „Wo werden Sie zukünftig wohnen?"

„Ich warte auf die Einstellung als Lehrerin, das wird vielleicht Einfluss auf meine Wohnungssuche haben."
„Könnten Sie sich vorstellen, mit Ihrem Sohn hier im Düsseldorfer Süden zu leben? Dann könnten wir vielleicht etwas für Sie tun. "
Ich wollte die Hilfsbereitschaft dieses Ehepaars nicht überstrapazieren und lehnte dankend ab. „Das ist sehr nett von Ihnen, aber ich werde es bestimmt schaffen, eine Wohnung für meine Mutter, für Kai und mich zu finden. Bisher kenne ich leider sehr wenig von Düsseldorf, aber von Benrath habe ich nur Gutes gehört. Vor allem wäre es sicher eine gute Wohngegend für meinen Kai. Ich werde mich also bei meiner Wohnungssuche auf den Süden konzentrieren, wenn das überhaupt möglich ist."
Nach Lehrerverein, Arzt, Schulleiter und Kristels Verwandtschaft spielte Mister Zufall in meinem neuen Leben wieder einmal Schicksal.
Plötzlich sah mich Frau Ludwig interessiert an. „Marie, wir sind auch aus dem Osten geflohen, allerdings noch vor dem Mauerbau. Deshalb haben wir volles Verständnis für Ihre Situation. Wir konnten uns in Düsseldorf gut etablieren. Jetzt haben wir eine Vertretung für eine bekannte Modefirma. Übrigens, was machen Sie am kommenden Wochenende? Bei uns ist eine Angestellte ausgefallen, und es ist gerade Messe. Geschäftsleute kommen, um Ware zu ordern. Wir haben im Hotel Hilton eine Suite gemietet. Ab und zu möchte ein Kunde ein Kleidungsstück vorgeführt bekommen. Sie haben eine ideale Figur, und verzeihen Sie, wenn ich das einfach so sage, Sie sehen recht nett aus, sodass Sie uns am Wochenende helfen könnten. Hätten Sie Lust dazu?"

Ich blickte die beiden amüsiert an und antwortete verlegen: „Ist das Ihr Ernst? Ich, frisch aus dem Gefängnis, noch völlig neu in dieser Welt, soll im noblen Hotel Hilton Kleidungsstücke präsentieren?“ Das konnte ich mir kaum vorstellen, aber irgendwie reizte mich dieses Angebot.
Mein Schweigen deutete Frau Ludwig als Zustimmung. „Sie brauchen keine Sorge zu haben. Von der Innenstadt aus können Sie das Hotel Hilton mit der Straßenbahn ganz leicht erreichen. Wir könnten uns an der Rezeption treffen. Damit würden Sie uns einen großen Gefallen tun, denn wir haben einen echten Notstand.“
Wie konnte ich das abschlagen, zumal es Verwandte von Kristel waren. Die ganze Aktion erwies sich als spannendes Abenteuer. Herr und Frau Ludwig ließen es sich nicht nehmen, mich dafür zu bezahlen. Das hatte ich nicht erwartet. Im *kapitalistischen System* galt also: Geld für Leistung. Im Osten dagegen hätte man meine Gefälligkeit als freundschaftliche Hilfsaktion betrachtet. Auf diesem Gebiet musste ich ganz allmählich meine eigenen Erfahrungen machen. Dass das Geld im Westen einen anderen Stellenwert hatte als im Osten, begriff ich nur langsam.
Die Tätigkeit für Familie Ludwig setzte ich fort, solange Kai nicht bei mir war und ich noch keine Stelle als Lehrerin hatte. Außerdem wurde Benrath tatsächlich meine neue Heimat. Aus der Beziehung zu dem Ehepaar entwickelte sich eine Freundschaft. Wir kämpften nun gemeinsam um Kai und Kristels vorzeitige Entlassung. Außerdem halfen sie mir bei der Wohnungseinrichtung.

29. Kampf um Kai

Im Aufnahmelager Gießen hatte ich meine aktuelle Adresse hinterlegt. Kurz nach Weihnachten bekam ich einen Brief aus Hamburg.

„Liebe Frau Krüger, da inzwischen Feiertage waren, haben wir vom DRK noch keine Nachricht bekommen, dass Sie inzwischen hier angekommen sind. Sie haben doch ein großes Glück gehabt, dass Sie nicht wieder in der DDR, sondern hier gelandet sind. Wahrscheinlich brauchte man drüben mal wieder Devisen. Jeder hierher entlassene Gefangene bringt denen ca. 40.000 DM. Da in diesem Betrag auch Ihr Sohn enthalten ist, soweit mir bekannt ist, werden Sie ihn hoffentlich bald auf dem Wege der Familienzusammenführung in die Arme schließen können. Hoffentlich geht es Ihnen gesundheitlich einigermaßen und Sie haben nicht zu sehr unter der Haft gelitten.

Nun zu mir: Seit ungefähr drei Jahren bin ich in einem Hilfswerk tätig, das sich seit über 20 Jahren mit der Betreuung der Familien politisch Inhaftierter beschäftigt. Natürlich mache ich das ehrenamtlich. Wir sind 200 Frauen (einige Männer sind auch dabei). Wir arbeiten eng mit dem DRK-Suchdienst und unserem Minister für innerdeutsche Beziehungen zusammen. Ich glaube, das sagt Ihnen schon genug. Ich bitte Sie, diese Dinge nicht in die DDR zu übermitteln. Ich nehme an, dass auch Ihre Mutter zu Ihnen übersiedeln will. Dann können Sie mündlich darüber berichten. Es freut mich sehr, dass Sie inzwischen Ihre Mutter in Westberlin gesehen haben. Konnte sie ohne Weiteres dorthin reisen? Dann ist sie sicher schon über 60 Jahre alt. – Ich selbst bin 61, seit Jahren verwitwet und lebe jetzt allein mit viel Zeit. Daher meine jetzige Tätigkeit, dreimal die Woche. Wir erfahren die Häftlingsfälle durch das DRK, diese wiederum meistens durch entlassene Häftlinge oder die westdeutschen Anwälte, die als Korrespondenzanwälte für ostdeutsche Anwälte tätig sind zwecks Verteidigung der Inhaftierten. Unser Ministerium bemüht sich um jeden einzelnen Häftling, der ihm bekannt wird.

In der Hoffnung, dass ich bald wieder etwas von Ihnen höre, bin ich mit den herzlichen Neujahrsgrüßen ... Ihre I. W.“ *

Dieser auf hochwertigem Papier geschriebene Brief mit dem unglaublich liebevollen Inhalt einer ehrenamtlichen 61-Jährigen von den „Helfenden Händen Hamburg“ berührte mich zutiefst und ließ mich Hoffnung schöpfen. Schnell schrieb ich einen Antwortbrief, in dem ich vor allem von meinem Kampf um Kai und von meiner Mutter berichtete. Auch die Situation von Kristel beschrieb ich ausführlich. Auf die Antwort von Frau Winkler brauchte ich nicht lange zu warten.

„Ihren lieben Brief habe ich dankend erhalten. Ich war ganz erschüttert über den Inhalt. Mit Frau Franz, der Leiterin unseres Hilfswerks, habe ich mich sofort in Verbindung gesetzt. Sie fährt zufällig in den nächsten Tagen nach West- und auch nach Ostberlin, und zwar dort zu Dr. Vogel, den sie persönlich gut kennt. Ich habe ihr Ihren Brief auszugsweise abgeschrieben. Diesen Auszug wird sie Herrn Dr. Vogel vorlegen und mit ihm die Angelegenheit besprechen. Wir wollen hoffen, dass etwas zu machen ist, aber mit persönlichen Beziehungen ist ja viel möglich. Lassen Sie also bitte den Kopf nicht hängen und geben Sie die Hoffnung nicht auf.

Der Fall Kristel Jacob ist hier bekannt. Leider hat Frau Jacob viereinhalb Jahre Haft bekommen, weil sie alle Schuld auf sich genommen hat. Frau Fritz bemüht sich aber intensiv um ihren Fall, bespricht ihn in Kürze auch mit den Behörden in Bonn.“ *

Ich konnte die Wartezeit auf Kai nicht mehr aushalten. ‚Wenn ich ihn zumindest sehen könnte', dachte ich. Eine Bekannte riet mir, einen Antrag für einen Besuch in Prag zu stellen. Dort könnte ich dann kurz meine Mutter und Kai treffen. Diese Idee war egoistisch, dumm und gefährlich. Okay, wir hätten uns kurz gesehen, müssten uns aber wieder trennen und wüssten immer noch nicht, wann wir endlich für immer zusammenleben könnten. Außerdem wäre diese Aktion mehr als gefährlich. Ich schloss mich mit Frau Winkler von den „Helfenden Händen" in Hamburg kurz.

„Liebe Frau Krüger,

Frau Franz teilte mir heute mit, dass Sie Ihren Sohn auf jeden Fall bekommen, auch ohne die Einwilligung des Vaters. Allerdings sollten Sie auf keinen Fall nach Prag fahren." *

Einen Monat später erhielt ich wieder einen Brief, der mich in einen Freudentaumel versetzte.

*„Liebe Frau Krüger, ... soeben erhalten wir hier die erfreuliche Mitteilung von Herrn Dr. Vogel, dass die Genehmigung zur Übersiedlung Ihres Sohnes erteilt ist. Ich habe mich so gefreut, dass ich Ihnen umgehend schreiben muss. Nun werden Sie Ihren Sohn hoffentlich bald in die Arme schließen können ..."**

30. Vorbereitung auf Kais Ankunft

Ich schrie vor Freude laut auf. Der Brief fiel zu Boden, ich musste mich setzen. Es klopfte heftig an die Tür. Meine Nachbarin stand vor mir und fragte mit besorgtem Gesicht, ob alles in Ordnung sei. Sie habe einen Schrei gehört. Ich zog

die junge Frau in die Wohnung und umarmte sie stürmisch. Diese begriff sehr schnell, denn sie kannte meine Geschichte.
„Ist das wahr, kommt dein Sohn?", fragte sie aufgeregt.
„Ja, Franzi, er kommt! Und nun muss ich mich beeilen. So viel Zeit bleibt mir nicht."
„Okay, ich geh ja schon, aber halte mich auf dem Laufenden."
Und draußen war sie. Zum Glück hatte ich durch viele erfreuliche Zufälle eine Wohnung in Benrath und ein Apartment für meine Mutter im Nachbarstadtteil Itter, wenige Kilometer von unserer Wohnung entfernt, gefunden. Bei der Möbelsuche und dem Einrichten hatte ich viele Helfer. Ich war den Menschen in dieser neuen Welt so unendlich dankbar und schwor mir, eines Tages alles zurückzugeben.
Auch Wolf war nach dieser Nachricht sofort zur Stelle. Er war völlig aus dem Häuschen und freute sich sehr mit mir.
„Weißt du, diesen Tag müssen wir feiern. Ich habe meine Termine für heute abgesagt. Es gibt schließlich vieles zu besprechen."
Ich war glücklich. Spätestens in drei Wochen sollte ich meinen Kai in den Armen halten. Der Himmel zauberte mit seinem klaren, satten Blau eine ganz besondere Stimmung. Es war kein Wölkchen zu sehen. Die Sonne strengte sich an, Bäume und Büsche in einem frischen Grün erscheinen zu lassen. Selbst die Natur bejubelte dieses freudige Ereignis. Ich brachte kein Wort mehr heraus, sondern stellte mir immer wieder den Augenblick vor, in dem ich Kai endlich wiederhätte.
„Ich habe in meinem Stammrestaurant zwei Plätze für uns reservieren lassen", durchbrach Wolf das Schweigen.

Ich verzog das Gesicht. „Das ist sicher wieder einer dieser Nobelschuppen. Du weißt, dass ich diese Restaurants nicht mag."
Wolf meinte es gut und empfahl mir, etwas Schickes für den Empfang meiner Lieben zu kaufen. Er hatte ja recht. Es war ein besonderer Tag, der einen besonderen Rahmen verdiente. Die Inhaberin der Boutique riet mir zu einem modischen Outfit in Blau, längerer Rock mit weißem Oberteil, kombiniert mit einem blauen, lässig um den Hals geschlungenen Schal. Dazu modische Stiefel in dezentem Blau mit dickeren Absätzen. Vielleicht war es oberflächlich und dumm, sich so auf das Äußere zu konzentrieren. Abe es half mir, meine Nervosität zu unterdrücken.
Es sah wirklich schick aus. Ich schminkte mich leicht und stellte mich Wolf vor. Er war zufrieden und entführte mich in das noble Restaurant. Dort wurden wir besonders höflich empfangen. Wegen der Aufregung hatte ich nur wenig Hunger und beschränkte mich auf Vorspeisen und Dessert. Dann besprachen wir alle Einzelheiten, die für das Eintreffen von Kai und meiner Mutter nötig waren. Wolf hatte seine geschäftlichen Beziehungen zu einer Möbelfirma genutzt und für mich einen modernen Wohnzimmerschrank, ein Ausstellungsstück, organisiert. Die Möbel für das Kinderzimmer hatte ich schon vor einiger Zeit gekauft, sie sollten in Kürze geliefert werden. Nach dem Essen wollte ich Wolf meine neue Wohnung zeigen. Wir fuhren nach Benrath und machten zunächst einen kleinen Spaziergang durch den Schlosspark und zum Rhein. Wie glücklich ich über diese Gegend war, ließ sich kaum in Worte fassen.
Die Wohnung war ein wirkliches Schnäppchen. Die beiden Mieter, zwei nette Studenten, hatten mich an die Spitze ihrer

Liste gesetzt, obwohl ich als Letzte angerufen hatte. Entweder hatten sie Mitleid mit mir oder sie glaubten, mit mir wegen der Renovierung die wenigsten Schwierigkeiten zu haben. Sie hatten sich in der Wohnung farblich wirklich ausgetobt. Die Wohnzimmerwände waren schwarz gestrichen und mit grellen roten Ornamenten versehen. Ich bekam einen Schreck. Aber da mir die Wohnung so gut gefiel und ich unter absolutem Druck stand, stimmte ich zu. Die Studenten gaben mir die Schlüssel, nachdem ich einen provisorischen Vertrag unterschrieben hatte. Anschließend überreichten sie mir die Telefonnummer des Vermieters. Ich schilderte ihm meine Situation und bat um ein schnelles Treffen. Nachdem er erfuhr, dass ich als Lehrerin eingestellt würde, was ich belegen konnte, gab es für ihn kein Zögern. Ich bekam die Wohnung. Als wir sie gemeinsam betraten, stockte dem Vermieter allerdings der Atem. Die Farbexplosion, der strapazierte Parkettboden im Wohnzimmer, die eingebaute Balustrade, die verdreckte Küche, das alles empörte ihn sehr. Zu Recht.
„Na ja, da geht die Kaution komplett drauf", sagte er, nachdem er die Fassung wiedergefunden hatte.
„Sie brauchen keine Befürchtungen zu haben. Da ich mehrere Häuser besitze, habe ich genügend Handwerker an der Hand. Die Arbeiter können morgen, nachdem ich alles fotografiert habe, direkt loslegen. Wenn ich Ihre Situation richtig einschätze, ist das Kinderzimmer für Sie am wichtigsten. Ihre Möbel können nach und nach geliefert werden." Nachdem ich noch an Ort und Stelle den Mietvertrag unterschrieben hatte, war ich stolz, denn ich war in Düsseldorf, meiner Traumstadt. Ich war Mieterin einer Dreizimmerwohnung in Benrath. Wolf war mit dem Ergebnis von Wohnlage und

Wohnung zufrieden. Er kündigte noch am selben Tag mein Apartment in der Innenstadt und brachte mich mit meinem wenigen Hab und Gut in die neue Wohnung. Diese glich einer Baustelle. Als Erstes richtete ich das Kinderzimmer ein. Kristels Verwandte liehen mir eine Matratze und einiges Geschirr. Dann machte ich provisorisch ein bisschen sauber. Bis zur völligen Fertigstellung der Wohnung konnte ich mietfrei wohnen. Das freute mich, weil ich nur Arbeitslosengeld bekam. Eine Hilfsorganisation in Düsseldorf unterstützte mich bei der Suche nach gebrauchten Möbeln für meine Mutter und mich. Das Apartment meiner Mutter war schnell eingerichtet. Die kleine Kochnische war komplett ausgestattet, Schränke waren eingebaut, sodass ich nur noch Tisch, Schlafcouch und Sessel für sie kaufen musste. Nach der ersten Nacht in der neuen Wohnung wachte ich durch das Prasseln des Regens auf. Es war sehr kalt in meiner Matratzenecke, aber nichts konnte meine Stimmung trüben. Ich kochte mir einen wärmenden Kaffee, drehte alle Heizkörper auf, aß meinen Haferbrei mit wenig Appetit und traf letzte Vorbereitungen. Besonders erfreut war ich, als ich Kais Zimmer betrachtete. Gemeinsam mit Freunden hatte ich hübsche Holzmöbel ausgesucht. Die Türen des Schreibtischs waren mit einem unaufdringlichen Grün gestrichen, sodass das Zimmer einen fröhlichen Eindruck machte. Von Bekannten bekam ich nagelneue Stofftiere, Lego-Steine und Malutensilien. Wolf kaufte sogar eine Carrera-Bahn, die ich jedoch versteckte, weil das ein Geburtstagsgeschenk für Kai sein sollte. Das Wohnzimmer war fertig tapeziert, in wenigen Tagen sollten die fehlenden Möbel kommen. Als Letztes würde

mein Bett geliefert werden, aber meine Matratzenecke war keine schlechte Alternative.
Der penetrante Farbgeruch verursachte mir Kopfschmerzen. Ich riss die Balkontür weit auf. Als ich hinaustrat, entdeckte ich einen großen Holunderbusch, der beinahe über die Brüstung ragte. Der Busch war kurz davor, die noch eingesperrten Blüten herauszulassen. Der süßliche Duft der Blüten würde mich an meine Heimat erinnern. Wie gerne dachte ich an die Zeit zurück, in der ich mit meinen drei Ziegen auf die Weide gegangen war und sie an den Holunderbüschen fressen ließ.

31. Ankunft Kais, wie eine zweite Geburt

Nun sollte es nicht mehr lange dauern. Kais Ankunft war durch einen offiziellen Brief von Rechtsanwalt Vogel bestätigt worden. Meine Mutter und Kai würden in Hannover ankommen. Wolf hatte vorgeschlagen, mit dem Auto dorthin zu fahren. Das freute mich sehr. Von meiner Schwester Hannah erfuhr ich, dass beide mit viel Gepäck kämen, obwohl meine clevere Schwester schon vor einigen Wochen vier Kisten mit persönlichen Sachen geschickt hatte. Die Kisten sollten bald eintreffen. Sie hatte beim Deutschen Roten Kreuz Hilfe für meine Mutter und Kai auf den Bahnhöfen organisiert. Das beruhigte mich.
Dann war er da, der legendäre Freitag. Es war sechs Uhr in der Frühe. Ich hatte kaum geschlafen. Die Vögel jubilierten, als probten sie ein Empfangskonzert für Kai. Ich schaute aus dem Fenster, der Himmel begann sich zu färben, der Tag richtete sich ein. Kirchenglocken läuteten heftiger als sonst.

Ich war aufgeregt, meine Nerven waren angespannt. Trotz der Vorfreude kam ich mir so unendlich allein vor. Ich verspürte Angst und Freude zugleich. Wie würde das Wiedersehen verlaufen? Ich wollte Kai unbeschwert entgegentreten. Die qualvolle Zeit der Trennung, die sicher bei uns beiden tiefe Wunden hinterlassen hatte, sollte unsere Wiedersehensfreude nicht trüben. Die Erinnerung an die schmerzhafte Zeit wollte ich weit wegschicken, weit, weit weg. Ich ging auf den Balkon und atmete tief durch. Ein leichter Morgenwind streichelte mein angespanntes Gesicht. Allmählich löste sich der Nebel auf. Ich wartete auf die ersten wohltuenden Sonnenstrahlen. Für den Empfang meiner Liebsten hatte ich die Wohnung hübsch gemacht, soweit es mir mit den bescheidenen Mitteln möglich gewesen war. Überall standen Blumen. Auch für mein Äußeres benötigte ich mehr Zeit als sonst. Ich gab mir Mühe, Kai und meiner Mutter zu gefallen und die Spuren der Vergangenheit zu überschminken. Sie sollten nicht sehen, welche Schmerzen ich hinter mir hatte. Gegen acht Uhr wollte Wolf da sein. Ich hatte ein kleines Rosensträußchen für meine Mutter und einen lustigen Luftballon für Kai besorgt. Für Wolf hatte ich ebenfalls ein kleines Dankeschön vorbereitet. Ich hatte ihm ein Buch gekauft und einen lieben Dankesbrief geschrieben. Es war wirklich unglaublich, was er für mich und meine Familie tat. Mit meinem Rucksack auf dem Rücken, dem kleinen Rosensträußchen und dem Luftballon in der Hand stand ich bereits 15 Minuten vor der verabredeten Zeit vor der Haustür. Angestrengt schaute ich in die Richtung, aus der Wolf kommen müsste, aber es war weit und breit kein Auto zu sehen. Dann hörte ich das schwere Geräusch eines Mercedes. Wolf war

wie immer gut gelaunt, nahm mich in die Arme und versuchte mich zu beruhigen.
„Marie, nun wird alles gut. Ich freue mich sehr!"
In diesem Moment konnte ich die Tränen nicht zurückhalten.
„Steig besser ein, sonst verwischst du noch dein Make-up."
Damit lockerte er die Situation ein bisschen auf. Im Auto erzählte er von sich. „Weißt du, auch bei mir scheinen sich die privaten Probleme zu lösen. Meine Exfrau ist ausgezogen, die beiden Kinder sind vorübergehend bei ihr. Allerdings teilen wir uns das Sorgerecht. So ist für später alles offen. Mit meiner neuen Lebensgefährtin Lisa ist auch alles gut. Ich bin sehr glücklich mit ihr. Irgendwann stelle ich sie dir vor, sie wird dir sicher gefallen."
„Bestimmt erfüllt sie alle deine Erwartungen, hat Model-Maße, ein Model-Gesicht und das Herz auf der Zunge."
Wolf lachte. „Wie gut du mich kennst!"
Ich wagte einen Blick auf die Uhr. Es waren nur noch knapp 20 Minuten, dann müssten wir Hannover erreicht haben. Die Zeit verging wie im Flug. Wolf hatte mich geschickt abgelenkt. Nachdem wir das Auto geparkt hatten, hörten wir aus dem Lautsprecher: „... verspätet sich der Zug aus Berlin-Friedrichstraße um 15 Minuten."
So konnte ich noch auf den Wagenstandanzeiger gucken. Wolf holte sich eine Tasse Kaffee, aber mir war nicht nach Kaffee zumute. Dann endlich die ersehnte Ansage aus dem Lautsprecher: „In wenigen Minuten trifft der verspätete Zug aus Berlin-Friedrichstraße ein."
Endlich war es so weit. Ich sah den schicken Intercity-Zug hereingleiten. Er hielt, eine Menschenmenge bildete eine Wand, durch die ich keinen Kai erkennen konnte. Aber

plötzlich sah ich einen blonden Jungen in einer Jeansjacke, eine Gitarre unter dem Arm, auf mich zustürmen. Dahinter beladen und etwas müde meine arme Mutter, der man zum Glück schon etwas Gepäck abgenommen hatte. Ich nahm meinen Kai fest in die Arme, küsste ihn, hob ihn in die Höhe. Dann war meine Mutter an der Reihe. Auch sie drückte ich herzlich. Wolf unterhielt sich in der Zwischenzeit mit Kai und ließ sich Details von der Fahrt erzählen. Anschließend ging es ins Parkhaus. Kai freute sich, dass er in einem Mercedes fahren konnte. Meine Mutter saß vorne, Kai und ich auf der Rückbank. Wir hielten uns immer noch eng umschlungen. Da ich mein neues blau-weißes Ensemble angezogen hatte, hatte ich passend dazu meine Augen mit einem blauen Make-up geschminkt. Das war tatsächlich das Erste, was Kai auffiel.

„Mutti, du hast dir deine Augen so blau gemacht", sagte er amüsiert.

Ich lachte schallend. Noch etwas war Kai wichtig, mir schnell nach unserem Wiedersehen zu erzählen. „Weißt du, Mutti, die haben mir alle gesagt, dass du zur Kur bist. Aber das habe ich nicht geglaubt. Ich habe nämlich mitbekommen, dass sie dich eingesperrt haben."

Nun war mir nicht mehr zum Lachen zumute. „Kai, das stimmt, aber darüber sprechen wir, wenn wir zu Hause sind. Freust du dich schon auf dein Zimmer?"

„Ja, ich bin gespannt, wie das alles aussieht. Hast du das Zimmer schon fertig?"

„Noch nicht ganz, ich brauche noch deine Hilfe."

Ich sah das Ortsschild *Düsseldorf-Benrath*, Wolf bog ab, und im Auto war eine angespannte Stille. Meine Mutter und Kai

waren neugierig darauf, was sie erwartete. Wolf fand direkt vor der Eingangstür einen Parkplatz. Er stieg aus und half meiner Mutter aus dem Auto. Ich kümmerte mich um Kai.
„Wolf, wenn du wenig Zeit hast, brauchst du nicht mit in die Wohnung zu kommen.“
„Nein, selbstverständlich bringe ich das Gepäck nach oben. Dann lasse ich euch allein.“
Wolf war sensibel genug, um zu spüren, dass diese Zeit der kleinen Familie gehörte. Ich hatte beide bereits darauf vorbereitet, dass die Wohnung noch nicht fertig eingerichtet war. Aber das störte niemanden. Kai stürmte sofort in sein Zimmer. Er freute sich über das Spielzeug, sein buntes Bett, die Bücher, die Kassetten, das kleine Radio, überhaupt über alles.
Dann frage ich ihn: „Möchtest du zuerst ein Bad nehmen? Das tut dir sicher gut nach der langen Fahrt. Ich mache in der Zwischenzeit Abendbrot.“
Das brauchte ich nicht zweimal zu sagen. Ich füllte die Wanne mit einem duftenden Schaumbad. Danach gab ich Kai zwei kleine Schiffe, und so war er für längere Zeit beschäftigt. Nun konnte ich mich vollkommen meiner Mutter widmen. Nach einer erneuten Umarmung sagte ich: „Mutti, ich bin dir unendlich dankbar für alles. Es tut mir so leid, dass ich euch so viele Probleme bereitet habe. Aber nun wird alles gut.“
Ich hatte für die ersten Nächte ein Gästebett für meine Mutter besorgt und ich würde wieder auf meiner Matratze schlafen. Kai war glücklich in seinem Reich. Im Regal standen viele Bücher, mit denen er in der nächsten Zeit beschäftigt sein würde. Zum Glück waren Ferien, so hatten wir sechs Wochen

Zeit bis zum Schulbeginn. Nachdem ich liebevoll den Tisch gedeckt hatte, mahnte ich Kai, sich allmählich wieder anzuziehen. Er strahlte, genau wie ich. Freunde hatten mir einen gebrauchten Fernseher geschenkt, so konnte er, wie jeden Abend, sein *Sandmännchen* gucken. Wir machten es uns alle drei vor dem Fernseher gemütlich, sahen das *Sandmännchen* und tranken Tee. Kai bekam Apfelsaft. Die Aufregung hatte bei jedem von uns Spuren hinterlassen, sodass wir ziemlich früh müde ins Bett fielen. Jeder hatte sein eigenes Zimmer, zwar provisorisch und spärlich eingerichtet, aber das war für den ersten Abend nicht wichtig. Am nächsten Tag wollten wir in die Wohnung meiner Mutter fahren. Ich hoffte sehr, dass sie sich mit der Gegend anfreunden würde.
Als ich am Morgen frische Brötchen holen wollte, begegnete ich im Haus einer sympathischen Japanerin. Ich stellte mich vor und erklärte, dass wir seit Kurzem die Wohnung über ihr bezogen hätten. Es war schon lustig, dass ausgerechnet eine japanische Familie uns beim Start in unserer neuen Heimat half. Da die Familie Sugyama zwei Kinder in Kais Alter hatte, entwickelte sich sehr schnell eine enge Freundschaft zwischen uns. Wir feierten alle traditionellen deutschen Feste gemeinsam. Die Kinder wuchsen wie Geschwister auf. So war dieses Zusammentreffen in dem Mietshaus für alle eine glückliche Fügung.
Dann der große Augenblick: Meine Mutter sah zum ersten Mal ihr Apartment. Die Wohnung gefiel ihr sehr gut, an die ländliche Gegend musste sie sich tatsächlich erst gewöhnen. Als sie allerdings ihre Nachbarn, ein älteres Ehepaar, kennenlernte, war für sie die Welt in Ordnung. Ich konnte zu dem Zeitpunkt noch nicht ahnen, dass sich durch diese

beiden älteren Leute auch mein Leben noch einmal komplett ändern sollte.

32. England-Reise

Die ersten Wochen waren ausgefüllt mit Behörden-Gängen. Zum Glück hatte ich schon gut vorgearbeitet. Auf die Ankunft unserer Kisten aus der DDR mussten wir nicht lange warten. Als ich sie auspackte, freute ich mich vor allem über die persönlichen Dinge. So verging die Zeit, der Alltag holte uns ein. Als wir uns einigermaßen organisiert hatten, erhielten wir Post aus England. Der Bruder meiner Mutter und seine Familie luden uns nach England ein. Ihnen ging unser Schicksal sehr nahe, deshalb wollten sie uns mit dieser Einladung etwas Gutes tun.
Während mein Onkel durch seine Kriegsgefangenschaft in England lebte, hatte meine Tante mit ihren drei Kindern allein in der ehemaligen DDR gewohnt. Doch später waren sie über Berlin-Friedrichstraße nach London geflohen. Die älteste Tochter war allein geflohen, was unglaublich mutig war. Die Zwillinge Bernd und Barbara waren in meinem Alter. Zu ihnen hatte ich den engsten verwandtschaftlichen Kontakt. Sie waren kurz nach mir geboren, seine Mutter hatte wegen der Zwillingsgeburt nicht genug Milch, deshalb stillte meine Mutter auch Bernd. Vielleicht war das der Grund, warum wir uns bis heute geschwisterlich verbunden fühlen. Bernd und Barbara hatten sich in ihrer neuen Heimat London gut etabliert. Er war ein erfolgreicher Filmemacher,

sie arbeitete als Psychologin, ging später in die USA und wurde dort Pastorin.

Wir freuten uns alle drei riesig auf unsere erste Auslandsreise. Kai war sehr aufgeregt. Er konnte es kaum erwarten, dass er im Flugzeug saß. Der Flug war für seinen Geschmack viel zu schnell vorbei. Auf dem Flughafen Heathrow wurden wir von Bernd, Barbara und Karin herzlich empfangen. Anschließend fuhren wir direkt in die Villa von Bernd. Als ich Bernds Wohnzimmer betrat, stockte mir der Atem. Der Esstisch glich einem Gemälde: wertvolles Porzellan, Kristallgläser, kostbares Besteck, ein hübsches Blumenarrangement in der Mitte des Tisches. Die Sonne, die sich einen Weg durch die parkähnliche Anlage mit dichten Büschen und Bäumen bahnte, verzauberte das Zimmer und ließ es golden schimmern. Typisch für Bernd. Er war ein Künstler, ein absoluter Ästhet. Ihm bereitete es Freude, Menschen mit Eleganz und Schönheit zu verzaubern.

33. Hilfe für Kristel

Trotz der Freude über meinen Kai vergaß ich meine geliebte Freundin Kristel nicht. Briefe zwischen mir, den Rechtsanwälten und der Hilfsorganisation in Hamburg gingen hin und her. Es gab viele Telefonate. Ich nahm Kontakt zu Kristels Schwester auf, die mir allerdings zu verstehen gab, dass sie genug gelitten hätten und mit der ganzen Sache nichts mehr zu tun haben wollten. Ich teilte der Schwester mit, dass ich zu Kristels Geburtstag unbedingt einen Brief ins Gefängnis einschleusen wollte. Dafür brauchte ich ihre Hilfe, denn nur sie und ihr Bruder hatten die Erlaubnis für einen Briefkontakt. Briefe aus der Bundesrepublik kamen im Gefängnis nicht an. Ich benötigte also dringend eine Schriftprobe der Schwester, die ich auch bekam. So konnte ich mit verstellter Schrift einen Brief für Kristel schreiben und diesen an die Schwester schicken. Die Schwester sandte ihn weiter ins Gefängnis. Was für eine Freude dieser Brief bei Kristel auslöste, war unbeschreiblich. Kristel beschrieb später diese Situation in ihren Aufzeichnungen folgendermaßen:

„Am Abend des 6. Januar 1975 kam Frau Erzieherin mit der Post. Gelangweilt stand ich im Hintergrund. Die aussagearmen Briefe meiner Schwester kannte ich, ohne sie gelesen zu haben. Was auch sollten einem die Familienmitglieder schreiben bei der strengen Zensur! ‚Strafgefangene P., kommen Sie.' Langsam schlich ich zur Tür. Die Erzieherin überreichte mir einen lindgrünen Briefumschlag. Ein Blick auf die Schrift, und ich konnte ein lautes Aufschreien nicht mehr unterdrücken. ‚Was ist denn los, kommen Sie zu sich, so interessant ist der Brief ja nun wirklich nicht', reagierte die Uniformierte auf meinen Schrei. ‚Wenn du wüsstest', dachte ich. Dabei zog ich mich auf mein Bett zurück. Freudig erregt entnahm ich dem Umschlag einen Briefbogen. Das ist doch nicht möglich, es gibt Menschen, die sind einmalig! Ich las den Brief immer wieder, ungeachtet der Tatsache, dass ich ihn schon bald auswendig kannte. Die anderen hatten mich eine Weile beobachtet, ehe sie nach dem Grund meines Aufschreis fragten. ‚Was glaubt ihr, wer diesen Brief geschrieben hat?' Dabei hielt ich ihn hoch. ‚Dein Bruder, dein Mann, deine Schwester!', riefen sie alle durcheinander. ‚Alles falsch, er kommt über Umwege aus der Bundesrepublik, die Schreiberin ist Marie.' ‚Wie ist denn so etwas möglich?', schrie alles

wieder durcheinander. ‚Alle Achtung, das Kind ist auf Draht!‘ ‚Wenn ihr wollt, lese ich euch den Brief vor!‘ Und ob sie wollten, jeder war neugierig, was ihre ehemalige Knastfreundin ihnen aus der neuen Welt mitzuteilen hatte.

‚Meine liebe Schwester,
*heute, an deinem Ehrentag, an dem ich mich dir besonders verbunden fühle, möchte ich dir deinen lieben Brief beantworten. Mir geht dieser Tag besonders nahe, wenn ich bedenke, wie es dir zurzeit ergeht. Ich hätte zwar Grund zur Freude, denn alle meine Wünsche haben sich zu diesem Fest erfüllt, nur der eine nicht, es mit dir verleben zu können. Ich war drei Wochen im Krankenhaus (damit war der Übergangsknast Chemnitz gemeint), habe alles gut überstanden. Der Aufenthalt dort glich einer Kur. Um unseren Ulf (gemeint war Kai) kann ich mich leider erst später kümmern. Du fehlst mir an allen Ecken und Enden. Die Auflösung deiner Wohnung nehmen wir erst nach dem Fest in Angriff (sollte heißen, du kommst auf jeden Fall in der BRD raus) …‘ **

Dieser Trick funktionierte aber nur das eine Mal. So war ich auf die spärlichen Auskünfte von Mitgefangenen angewiesen. Kristels Bruder, der sie als Einziger besuchen durfte, informierte mich über ihr Befinden. Ich erfuhr von ehemaligen Mitgefangenen, dass sich Kristel stärker mit Religion beschäftigte. Sie versuchte, Halt und Kraft in ihrem Glauben zu finden. Auch der gelegentliche Kontakt zum Gefängnisseelsorger half ihr, die Zeit zu überstehen. Außerdem freundete sie sich wieder mit einer Mitgefangenen an. Dadurch war es für sie leichter, noch ein ganzes Jahr lang die Grauen des Gefängnisalltags zu ertragen. Ihre Entlassung war für uns beide ein großes Freudenfest. Auch wenn es Kristel nach Lübeck verschlug und ich in Düsseldorf wohnte, war unsere Freundschaft weiterhin sehr eng. Sie wurde eine wichtige Freundin meiner Familie. Da Kristels Mutter gestorben war, betrachtete sie meine Mutter als *Ersatzmama*. Mit Kai fühlte sie sich sowieso eng verbunden.

34. Neue Kräfte und alte Narben

Nach den großen Ferien gab es für uns drei neue Herausforderungen. Kai ging in eine Grundschule mit neuen Lehrern, neuen Schülern, in einem anderen System, in dem es keine Pioniernachmittage, keinen Fahnenappell und keine Freunde gab. In der ersten Zeit fühlte er sich dort ziemlich fremd und allein. Für mich hatte sich der Wunsch erfüllt, in der Schule für Erziehungshilfe (jetzige Förderschule) zu unterrichten. Ich übernahm eine 6. Klasse, die im Kollegium als besonders schwierig galt. Eine Kollegin vor mir war an der Aufgabe gescheitert. Mit dieser Hiobsbotschaft empfingen mich die Schüler. Nicht umsonst hatte der Schulrat mir Bedenkzeit eingeräumt:
„Frau Krüger, versuchen Sie es an der Schule. Sollten Sie dort nicht zurechtkommen, finden wir bestimmt eine andere Lösung."
Aber der Schulleiter Herr Eckstein und die Kollegen waren hilfsbereit und verständnisvoll. Mit den Schülern kam ich innerhalb kürzester Zeit richtig gut klar. Ich mochte diese Kinder, die vor allem Folgendes brauchten: Verständnis, Zuwendung und einen strukturierten Unterricht. Das waren Voraussetzungen, die ich aufgrund meines Charakters und der

härteren DDR-Schule mitbrachte. Ich wusste, dass alle Schüler ein schweres Schicksal mit sich herumtrugen, genau wie ich. So fühlte ich mich ihnen verbunden.
Auch Kai lebte sich allmählich ein, fand Freunde und ließ die schrecklichen Erlebnisse hinter sich. Er wurde trotz der verschiedenen Schulwechsel und dem Leben in zwei verschiedenen Systemen ein erfolgreicher Gymnasiast. Später studierte er in Köln.

Zum Glück fand sich auch meine Mutter, trotz Anfangsschwierigkeiten, in dem neuen Leben zurecht. Mit den Nachbarn, einem älteren Ehepaar, war sie in kürzester Zeit befreundet. An Nachmittagen, wenn ich schulische Verpflichtungen hatte, kümmerte sie sich um Kai. Außerdem wurde der Kontakt zu der Japanerin intensiver. Meine Mutter unterrichtete Toshiko Sugiyama sogar in Deutsch. Später hatte sie Kontakt zu einer kirchlichen Begegnungsstätte. Hier traf sie Frauen aus unserer alten Heimat. Das war eine große Beruhigung für mich. So lebten wir viele Jahre ein unaufgeregtes Leben und waren mit unserer neuen Heimat zufrieden.

Ich schloss mein Zusatzstudium als Individualpsychologische Beraterin ab und wechselte innerhalb unserer Schule in die Abteilung der Kinder- und Jugend-Psychiatrie. Dort leistete ich gemeinsam mit meinem Kollegen Klaus Napp und anderen Kollegen umfangreiche Antistigma-Arbeit. Klaus Napp verfolgte die gleichen Ziele wie ich. Auch er wollte vor allem jungen Menschen, die es schwerer hatten, helfen. Wir gaben die erfolgreiche Zeitschrift KLAPSE und vier Bücher

heraus, waren viele Jahre auf Lesereisen quer durch Deutschland unterwegs.
Nach der Herausgabe des Buches „Total durchgeknallt" bat mich eine einfühlsame, sympathische Journalistin der Zeitung DIE ZEIT, Sabine Etzold, um ein Interview.
Am Ende des Interviews fragte sie mich, wie ich mit all den traurigen Schicksalen der jungen Menschen fertig geworden sei, woher ich die Kraft genommen hätte. Ausweichend sprach ich von Supervision, Rückhalt in Familie und Kollegium. Damit gab sich die Journalistin nicht zufrieden. Sie fragte nach meinem Lebensweg, ob es in meinem Leben auch Situationen gab, die mich an den Rand des Erträglichen brachten. So deutete ich kurz meine Fluchtgeschichte an. Die Journalistin ließ es sich nicht nehmen, tiefer in mich einzudringen. Ganz gegen meine sonstige Gewohnheit öffnete ich mich. Dadurch wussten plötzlich alle, dass ich aus dem Osten kam und wegen geplanter Republikflucht ein Jahr im Frauenzuchthaus Hoheneck gelandet war. Immerhin ist die DIE ZEIT eine viel gelesene Zeitung. Doch angesprochen auf meine Geschichte hat mich fast niemand, vielleicht aus Rücksicht. Seit diesem Interview habe ich es aber geschafft, häufiger über diese belastende Zeit zu reden. Allmählich war ich rundum zufrieden, hatte Kraft aus meiner Krise gewonnen und war immer noch dankbar für die herzliche Aufnahme in diesem anderen Teil Deutschlands.
Auch meinen Wunsch, etwas zurückzugeben, konnte ich erfüllen. Ich machte das, was mir am Herzen lag. Mein Augenmerk galt jungen Menschen, mit denen es das Schicksal nicht gut gemeint hatte: Ich unterrichtete sieben Jahre Schüler mit Verhaltensauffälligkeiten, ehemals als schwer erziehbare

Kinder bezeichnet, zwanzig Jahre Schüler mit psychischen Problemen. Doch dann stellte ich mich noch einer neuen Herausforderung.
Ich entschied mich, an der Universitäts-Kinderklinik körperlich schwer erkrankte Kinder, z. B. mit Krebserkrankung, Mukoviszidose etc. zu unterrichten. Den Wechsel in die Universitäts-Kinderklinik kommentierte die Leiterin der Kinder- und Jugendpsychiatrie, Frau Dr. Strauer, folgendermaßen: *„Hier plant Frau Krüger bestimmt wieder neue Projekte, die der Integration und Rehabilitation seelisch und körperlich verletzter Kinder und Jugendlicher dienen."*
Das tat ich. Mein Ziel war es, psychisch erkrankte junge Menschen mit körperlich Erkrankten zusammenzuführen. Es entstanden unglaubliche Verbindungen und Freundschaften. In der bewährten Konstellation – mit Klaus Napp und Christa W. – fuhr ich auch mit diesen jungen Menschen auf Lesereise. Der therapeutische Effekt dieser Begegnungen war oftmals größer als jede Analysestunde.
Ein Beispiel dafür ist der folgende Briefwechsel:

„Liebe Wiebke … im Alter von 13 Jahren erkrankte ich an Krebs, mit einem Schlag veränderte sich mein gesamtes Leben. Ein normales, also altersentsprechendes Leben konnte ich nicht mehr führen. Wer nun aber denkt, ich läge jammernd und leidend im Bett, der hat weit gefehlt … Freunde, Familie und Ärzte gaben mir Kraft. Nicht zuletzt hat mir das Schreiben geholfen. Briefe waren für mich oft der einzige Draht nach draußen …"

„Liebe Cordula, ob ich jemals so viel Freude am Leben haben werde wie du, … das weiß ich noch nicht … Ich könnte ein bisschen von

deiner Lebensfreude und Kraft gebrauchen. Körperlich geht es mir zwar gut, aber meine Seele ist krank. Oftmals habe ich mir die Frage gestellt: Wozu lohnt es sich zu leben? Im Gegensatz zu dir hatte ich nie richtige Freunde und keine Familie, die mich in schwierigen Zeiten auffing. In der Schule wurde ich gehänselt und ausgenutzt. Ich hatte nicht mehr die Kraft, mich zu wehren, und rutschte immer tiefer in die Depression, bis ich mit 15 meinen ersten wirklich ernsten Selbstmordversuch verübte. ... Ich glaubte an nichts mehr, am wenigsten an mich selbst. Woher nimmst du in den zehn Jahren deiner Krebserkrankung immer wieder die Kraft, an das Leben zu glauben? ...“

„Liebe Wiebke, ... ich weiß nicht, wie dein Weg aussehen wird und wann dir die Hindernisse und Sackgassen die Möglichkeit zum Durchatmen ermöglichen. Ich kann dir auch nicht sagen, wie dieser Weg zu bewältigen ist oder welche Richtung du an einer Wegbiegung einschlagen solltest. Aber ich kann mit dir gehen, in der Dunkelheit bei dir bleiben und kann dir, wenn du über einen der vielen Steine stolperst, beim Wiederaufstehen helfen. Lass uns doch einfach gemeinsam weiterwandern.“
(aus: „Wozu leben wir?“)

Cordula hat ihre Krebserkrankung besiegt, ein Studium abgeschlossen, Wiebke hat es leider nicht geschafft ...

Klaus Napp und ich erhalten heute noch, und das nach 40 Jahren, Dankesbriefe von jungen Menschen, denen wir damals mit unseren Projekten helfen konnten. Kürzlich erreichte uns beispielsweise folgende Nachricht im Internet:

„Ich weiß nicht, ob Sie sich überhaupt noch an mich erinnern. Aber ich erinnere mich sehr gut an Sie. Wir hatten vor 20 Jahren einige Projekte, die Sie mit mir als damalige Schülerin und Patientin der KJP in Düsseldorf verwirklicht haben: Hörbuch-Projekt mit Campino von den „Toten Hosen", verschiedene Fernsehsendungen, Lesungen in Frankfurt, Berlin, München usw. Inzwischen hat mein Leben viele Irrungen und Wirrungen genommen. Nun kam ich auf die Idee, im Internet nach Ihnen zu suchen und Ihnen trotz der vielen vergangenen Jahre zu danken. Sie haben damals viel erreicht und dank Ihnen habe ich das ebenso. Vielleicht kann man den Kontakt wieder herstellen. Ich würde mich sehr freuen ...
Nadine"
Stolz sind wir auch auf einige junge Menschen, die inzwischen selbst Autorinnen geworden sind. So erreichten uns kürzlich auch Bücher mit Widmungen oder Dankesbriefe. Hier eine kleine Auswahl:

„Ich bekam die Möglichkeit, an einem Buchprojekt mitzumachen. Dieses stellte sich als Glücksfall für meine persönliche Entwicklung heraus ... Bei diesem Projekt musste ich es wagen, mich einer unbekannten Leserschaft zuzumuten und ihr meine Erfahrungen begreifbar zu machen und mich meinen Gefühlen zu stellen ... In dieser Forderung steckte auch die Botschaft: Ich traue es dir zu. Rückblickend war das die beste Therapie, die ich je hatte.
... Auch dieses Buch ‚Mama Mia und das Schleuderprogramm' hätte es ohne Sie nicht gegeben. Anja und ich würden noch immer gemeinsam Socken stricken, statt zu schreiben. Danke, dass Sie mir damals viel mehr zugetraut haben, als ich mir selbst. Ihre

Hoffnung und Ermutigungen haben mich getragen. In Erinnerung an unsere gemeinsamen Lesereisen ..." (Christiane Tilly)

Während ich mit meiner beruflichen Entwicklung zufrieden war, blieben meine eigenen traumatischen Erlebnisse tief in der Versenkung. Ich schleppte meinen unverarbeiteten Ballast trotz einer umfangreichen Psychoanalyse lange mit mir herum, obwohl ich verdammt gute Psychoanalytiker hatte.

35. Der Mann mit dem Schäferhund

Es war das Jahr 1984. Zehn Jahre in der neuen Heimat verlief mein Leben völlig unspektakulär. Ich hätte zufrieden sein können. Doch *ich* wäre nicht *ich*, wenn ich mich mit dem Status quo zufriedengegeben hätte. Wieder wurde ich unruhig. Ich sehnte mich nach Herausforderungen, spürte Mut und Leidenschaft für Dinge, die noch irgendwo auf mich warteten. So war es kein Wunder, dass ich erneut bereit war, ein einschneidendes Ereignis in mein Leben zu lassen. Alles begann mit einem Kaffeeklatsch bei der Nachbarin meiner Mutter.

Als ich gerade die duftende Erdbeertorte verspeisen wollte, berichtete die Nachbarin: „Übrigens, vor Kurzem bekamen wir einen Brief aus Kalifornien. Unser Neffe Tom teilte uns mit, dass er in zwei Monaten nach Deutschland käme, um seine Eltern in Koblenz zu besuchen. Bei der Gelegenheit wollte er auch uns besuchen. Er würde gerne Düsseldorf näher kennenlernen. Marie, hättest du Zeit für eine kleine Stadtführung? Du weißt, dass es für uns zu beschwerlich

wäre. Wir sind nicht mehr so gut zu Fuß. Tom würde sich bestimmt freuen."
Da ich an dem besagten Nachmittag keine schulischen Verpflichtungen hatte, sagte ich zu. Es war Freitagnachmittag gegen vierzehn Uhr. Ich freute mich auf das Treffen mit diesem Mister Unbekannt. Tom sollte um fünfzehn Uhr bei mir sein. Ich hatte keine Ahnung, was mich erwartete. Auch wusste ich nicht, ob ich mich auf Deutsch verständigen konnte, denn immerhin lebte dieser Tom seit etwa 25 Jahren in den USA. Es klingelte. Ich drückte auf den Knopf, öffnete die Tür und sah einen jung gebliebenen, braun gebrannten, etwa 40-jährigen Mann leichtfüßig die Treppe heraufkommen. Tom war gut aussehend und aufgeschlossen. Mit seiner Kleidung bediente er das Klischee, das einem durch US-amerikanische Filme vermittelt wurde: kariertes Holzfällerhemd, lässige, ausgeblichene Jeans, eine Nummer zu groß. Mir gefiel das. Nach einem kurzen Smalltalk entschieden wir, direkt aufzubrechen, denn viel Zeit blieb uns nicht. Tom wollte gerne mit öffentlichen Verkehrsmitteln in die Innenstadt fahren. Ihm war der deutsche Autoverkehr unheimlich. Als wir in der U-Bahn saßen, sagte er erfreut: „Das ist ein völlig neues Gefühl, in den USA fahren wir fast nur Auto, obwohl San Francisco eine relativ gut funktionierende Infrastruktur hat."
Ich entgegnete: „Ich habe erst sehr spät den Führerschein gemacht, in der DDR war das alles etwas beschwerlicher. Es war nicht leicht, ein Auto zu bekommen, auch wenn man das Geld dafür hatte."
„Darüber musst du mir später ausführlicher berichten, denn die ganze Ost-West-Geschichte interessiert mich brennend."

Das versprach ich und ergänzte: „Jetzt fahre ich zwar Auto, bin glücklich mit meinem kleinen gebrauchten Golf, aber eine leidenschaftliche Autofahrerin werde ich wohl nie."
Nun aber konzentrierten wir uns auf die Innenstadt von Düsseldorf. Von der Kö aus gingen wir in die Altstadt. Ich stoppte an den Stellen, die für mich die größte Bedeutung hatten. Als Heinrich-Heine-Liebhaberin führte uns der Weg in die Bolker Straße mit dem Heine-Geburtshaus, einer ehemaligen Bäckerei. Tom war begeistert von der Altstadtatmosphäre. Wir schlenderten entspannt durch die Gassen, an den vielen Kneipen und Restaurants vorbei, tranken in einer historischen Gaststätte Altbier und im winzig kleinen „Buschstübchen" einen Killepitsch. Ab und zu nahm er wie selbstverständlich meine Hand. Ich war überrascht, ließ es aber zu, denn es fühlte sich gut an. Zum Abschluss gingen wir zum Essen in mein Lieblings-Café „NT". Wir redeten, lachten, es sprudelte nur so aus uns heraus. Das Essen wurde zur Nebensache. Wir kannten uns erst so kurze Zeit, doch zwischen uns bestand eine Vertrautheit, wie ich es vorher kaum mit einem Menschen erlebt hatte. Am nächsten Tag musste Tom wieder zu seinen Eltern nach Koblenz. Er erzählte mir, dass er sich gerade in einer neuen Lebensphase befand. Nach der Trennung von seiner Frau war er dabei, sich privat neu zu organisieren. Seine Tochter Kate lebte mit ihrem Freund in Sacramento. Er wollte weiterhin in der Nähe von San Francisco bleiben. Tom hatte sich dort ein Häuschen eingerichtet. Schweren Herzens entschieden wir uns gegen einen weiteren Kontakt. Tom war mit seinem neuen Leben beschäftigt, mein Bedürfnis nach Dramen war für den Rest meines Lebens gestillt. Aber so leicht war das nicht. Gefühle lassen sich

nicht einfach abstellen. Wir bemühten uns beide, tiefere Gefühle gar nicht erst zuzulassen, sie zu ignorieren. Doch es klappte nicht.

Einen Monat nach Toms Deutschlandbesuch entdeckte ich in meinem Postkasten einen bunt beklebten Luftpostbrief. Aufgeregt wie ein Teenager öffnete ich den Umschlang und verschlang den Inhalt.

*„Liebe Marie, ich sitze gerade im Schatten einer großen alten Eiche, neben mir mein Schäferhund Tilo. Meine Gedanken sind bei dir, tiefer, als ich erwartet hatte. Mein altes Leben beginnt sich aufzulösen, und ich frage mich oft, wie es dir nach unserer Begegnung ergangen ist."**

Ach, das hatte ich ganz vergessen. Toms bester Freund, sein „Buddy", war ein Schäferhund namens Tilo, der ihm ganz besonders am Herzen lag. Er war ein *Problemhund*, stammte aus der Zucht eines Deutschen, der in den USA lebte und ihn wegen seines Hüftleidens loswerden wollte. Außer dem Hüftleiden hatte er noch ein ganz anderes Handicap: Er reagierte aggressiv auf andere Hunde und auf Menschen. Der Grund dafür war, dass der Züchter Tilo als Welpe regelmäßig an einen Baum gebunden hatte, während er mit den anderen Hunden trainierte. Wie schrecklich musste diese Situation für Tilo gewesen sein. So waren seine Aggressionen verständlich. Tom tat dieser Hund sehr leid. Da er ein Mann mit einem großen Herzen war, gab es gar keine Frage, der Hund gehörte zu ihm. Tilo war vollkommen auf Tom fixiert. Alle anderen machten einen großen Bogen um ihn. Ich brauchte mir gar keine Gedanken zu machen, damit war die Sache mit Tom entschieden. Oder hatte das Schicksal mir diesen Tom mit dem *verrückten* Schäferhund als *Desensibilisierung* geschickt? Ich dachte an meinen Achtzeiler aus meiner Gefängniszeit. Jetzt müsste ich ihn umschreiben.

Schäferhunde

Ihr verdammten Bestien, WERKZEUGE der Grausamkeit, Nacht, tiefe Nacht,
der Ruf eines Käuzchens, Totenstille, nur durchbrochen von grausigem Gekläffe
der Schäferhunde, armselige, jämmerliche Kreaturen, Werkzeuge der Grausamkeit

Und nun, zehn Jahre später, für Tilo und alle anderen seiner Artgenossen:
MENSCHEN, ihr verdammten Bestien, Vollstrecker der Grausamkeit.

Ich wandte mich wieder meinem aktuellen Leben zu. Meine Gedanken an Tom und den *verrückten* Schäferhund verbannte ich in die unendliche Weite. Trotzdem hatte ich das Bedürfnis, Toms Brief zu beantworten. Und ich tat es. Zahlreiche Briefe gingen von Düsseldorf nach Kalifornien, ebenso viele kamen zurück.

„Liebe Marie, seit längerer Zeit betreust du liebevoll meine Tante und ihren Mann. Ich habe bei meinem Besuch gesehen, in welch schlechtem Zustand mein Onkel war. Du hast wie selbstverständlich die Betreuung übernommen und für ihn sogar ein Heim gesucht. Dafür wollte ich DANKE sagen. Wie du geschrieben hast, wird Kai in den Sommerferien für 14 Tage mit seinem Freund und

dessen Eltern nach Korsika fahren. Wie wäre es, wenn du in dieser Zeit nach Kalifornien kämest? Ich würde dir eine Reise nach San Francisco mit einer zehntägigen Kalifornien-Rundfahrt schenken. Du wirst bis San Francisco fliegen, einige Nächte in einem Motel wohnen und diese Rundreise machen. Danach könnten wir noch ein paar Tage gemeinsam verbringen. Wie gefällt dir das? Ich würde mich so sehr darüber freuen. Bitte sag ja!" *

Ich bekam bei dem Gedanken an San Francisco und bei der Vorstellung, Tom wiederzusehen, Herzklopfen. Das Ganze besprach ich mit meiner kleinen Familie. Kai und meine Mutter redeten mir zu. So gab es kein Zurück. Tom hatte den Flug organisiert, und ich musste mich nur noch entscheiden. Wie sonderbar, in meinem früheren Leben hatte ich mich bevormundet und eingesperrt gefühlt. Ich sehnte mich nach Freiheit, Abenteuer und ferne Länder. In der Bundesrepublik konnte ich die Wünsche nach Freiheit und Eigenständigkeit bereits erfüllen. Und plötzlich sollte noch das *Land der unbegrenzten Möglichkeiten* dazukommen? Es passierte alles schneller und heftiger, als ich realisieren konnte.

36. Ankunft in Kalifornien

Es war geschafft, ich saß tatsächlich im Flugzeug nach San Francisco, einer der schönsten Städte der Welt. An die turbulenten letzten Wochen und mein Gefühlschaos wollte ich nicht denken. Ich hatte keine Ahnung, wie ich die Begegnung mit Tom und dem verrückten Schäferhund überstehen würde. Dieser Gedanke überschattete meine Vorfreude. Immer wieder schoben sich Bilder von wütenden Schäferhunden hinter dicken Gefängnismauern in den Vordergrund und trübten meine Stimmung. Nach 12 Stunden Flug, die zur Ewigkeit wurden, Essen, Trinken, Stewardessen beobachten, langweilige Filmen, der Kampf um oder gegen den Schlaf und ein gesprächiger Engländer, dessen Zunge nach dem Konsum einiger Whiskys immer schwerer wurde, war ich endlich am Ziel. Meine Vorfreude auf Tom und San Francisco war trotz der Müdigkeit unbeschreiblich. Das Flugzeug landete pünktlich. Die Kontrollen waren nervig, lange Schlangen, lästige Fragerei nach Grund, Dauer und Ziel der Reise, unfreundliches Personal am Schalter. Ich war enttäuscht. Sah so die viel gerühmte Freiheit aus? Das alles hatte ich schon zu einer anderen Zeit in einem anderen System erlebt. Schließlich ging es zum Gepäckband. Hier drehte mein Koffer schon zum wiederholten Mal die Runden. Ich bekam das nicht sofort mit, weil ich mit Unmut und Besorgnis die Zollbeamten beobachtete. Auch hieran hatte ich durch die Schikanen des DDR-Systems schlechte Erinnerungen. Ich resümierte, dass dieser DDR-Staat meine Psyche wirklich stark geschädigt hatte. Dann aber schnappte ich schnellstens Koffer und Tasche und beförderte beides schwungvoll auf meinen Gepäckwagen. Anschließend eilte ich zum Ausgang. Vorher musste ich allerdings noch eine kleine Hürde überstehen. Vor Aufregung hatte ich die Zollerklärung, die mir nur in englischer Sprache ausgehändigt wurde, falsch ausgefüllt, sodass ich tatsächlich Koffer und Tasche öffnen und erneut Fragen über Fragen beantworten musste. Die Hälfte der Fragen verstand ich nicht. Nachdem auch das überstanden war, steuerte ich erwartungsvoll auf die Ausgangstür zu. Als sich

diese öffnete, sah ich ein buntes Menschenknäuel. Zum Glück entdeckte Tom mich sofort. Er lief mir freudig entgegen, umarmte mich stürmisch, nahm mir den Gepäckwagen ab und lotste mich rasch durch die Menschenmenge zum Parkhaus. Wie ich mich freute. San Francisco: Da bin ich! Es war fünf Uhr nachmittags, für mich eigentlich zwei Uhr nachts. Strahlende Junisonne. Rasch spürte ich, dass ich viel zu dick angezogen war. In Deutschland war ich bei regnerisch-kühlen Temperaturen gestartet.
Wir mussten noch anderthalb Stunden mit dem Auto fahren. Darauf freute ich mich, denn ich hoffte, bei dieser Gelegenheit etwas von San Francisco und der beeindruckenden Landschaft zu sehen. Meine Müdigkeit war wie weggeflogen. Ich erhaschte ab und zu einen Blick auf die legendären goldenen Hügel mit abgemagerten Kühen, die sich durch das trockene Gras fraßen. Wie gerne hätte ich ihnen frisches, saftiges Gras aus Deutschland gegönnt.
Endlich erreichten wir das Motel. Es war ein gemütliches kleines Haus mit einem Pool. Am liebsten wäre ich sofort hineingesprungen. Doch ich war am Ende meiner Kräfte. Nach einer kurzen Dusche zog ich mich um und schminkte flüchtig meine Strapazen weg. Anschließend aß ich mit Tom in einem Restaurant in der Nähe des Motels. Danach fiel ich ins Bett. Tom hatte an dem Abend nur wenig Zeit, denn er musste zu einem befreundeten Ehepaar, um Tilo, seinen Schäferhund, abzuholen. Am nächsten Morgen wollte er mich mit Tilo bekannt machen. Ich machte keinen Hehl daraus, dass ich furchtbare Angst davor hatte. Ich erzählte von meinen schrecklichen Erlebnissen mit Schäferhunden im Gefängnis. Nun sollte ich einen ganzen Tag mit einem Schäferhund

verbringen?! Trotz meiner Müdigkeit dauerte es lange, bis ich Schlaf fand.
Am nächsten Morgen, als ich durch den Schlitz des Vorhangs einen Lichtstrahl erspähte, wunderte ich mich, dass ich doch so lange geschlafen hatte. Doch ich wollte noch gar nicht richtig wach werden. Im Halbschlaf kuschelte ich mich noch einmal in meine Decke. Ich musste wieder fest eingeschlafen sein, denn plötzlich geriet ich durch ein Poltern dermaßen in Panik, dass ich sofort aus dem Bett springen wollte. Aber meine Beine versagten mir den Dienst. Ich sah grauenvolle Bilder vor mir: Eine Horde zähnefletschender, bellender Schäferhunde wollte sich auf mich stürzen. Die Hunde zwängten sich durch einen schmalen Spalt in den dicken Gefängnismauern und liefen direkt auf mich zu. Ich wollte schreien, aber es kam kein Laut heraus. Schon saß ich kerzengerade im Bett und versuchte, den Albtraum abzuschütteln. Dann hörte ich Schritte. Eine schwarze Gestalt kam auf mich zu. Ich schrie, sprang aus dem Bett und rannte zur Tür. Dabei übersah ich die schützenden Arme von Tom. Er nahm mich liebevoll in den Arm und redete besänftigend auf mich ein.
„Marie, es ist alles gut, beruhige dich."
Aber so einfach war das nicht, denn ich zitterte am ganzen Körper.
„Du hattest vergessen, die Tür abzuschließen. So konnte ich zu dir. Mit meinem Tilo bin ich schon stundenlang am Ozean herumgelaufen. Ich hatte Sehnsucht nach dir."
Wir setzten uns auf den Bettrand, allmählich wurde ich ruhiger. Dann erzählte ich Tom meinen schrecklichen Albtraum.

„Oh, Marie, was hat man dir und deinen Leidensgenossinnen angetan! Lass uns trotzdem den heutigen Tag genießen, so gut es geht."
Wie sollte ich den Tag genießen können, wenn draußen eine dieser *Bestien* auf mich wartete.
„Verzeih, Tilo", murmelte ich.
Ich hatte keine Ahnung, wie ich die Begegnung mit Tilo überstehen sollte. Tom schlug mir vor, ihn zu ignorieren. Zunächst ließ er mir Zeit, mich zu organisieren. Als ich das Motel verließ, hielt ich mich in sicherer Entfernung von Toms Auto auf. Gespannt beobachtete ich Tom, der unbekümmert die Seitentür seines Vans öffnete. Heraus sprang ein nicht weniger verunsicherter Schäferhund. Tom hatte ihn vorsorglich angeleint. Er hielt ihn dicht an seinem Körper. Ich ignorierte ihn und er ignorierte mich. Das war unsere erste Begegnung. Wir gingen über einen schmalen, kaum beleuchteten Weg zum Ozean. Tilo freute sich, er liebte das Wasser. Ich wurde für ihn zur Nebensache. Er wollte nur so schnell wie möglich zum Strand. Das war ein geschickter Schachzug von Tom. Am Ozean angekommen, warf Tom größere Stücke Treibholz ins Wasser. Tilo sprang munter hinterher und brachte Tom sichtlich stolz die Stöcke zurück. Dann war ich an der Reihe. Auch ich warf die Stöcke, zwar etwas ungeübt und zaghaft, doch Tilo rannte ebenfalls hinterher. Das Zurückbringen verlief anders. Er brachte sie nicht zu mir, sondern zu Tom. Erst als ich eine knisternde Tüte mit Leckerlis aus meiner Jackentasche holte, brachte Tilo den Stock auch zu mir. Ich belohnte ihn jedes Mal. Tilo wedelte mit dem Schwanz und ich lobte ihn. Das ging noch eine ganze Weile so. Dieser Moment war der Beginn eines therapeutischen

Prozesses für mich. Zu dem Zeitpunkt konnte ich noch nicht ahnen, dass die Begegnung zu einer tiefen Verbundenheit zwischen mir und Tilo und Schäferhunden im Allgemeinen führen würde. Nüchtern betrachtet, konnte man bei meiner Abreise von einer *gelungenen Desensibilisierung* sprechen.
Es wurde für uns alle drei ein wunderschöner Tag. Wir fuhren nordwärts über die Golden Gate Bridge in das Künstler-Städtchen Sausalito, besuchten Mill Valley, hatten von dort eine atemberaubende Aussicht auf die Skyline von San Francisco, fuhren in die schroffe Landschaft mit den Muir Woods und machten schöne Spaziergänge. Beide mussten wir am nächsten Morgen früh aufstehen, denn der Treffpunkt für die Reisegruppe war um zehn Uhr im Foyer eines Hotels mitten in San Francisco. Tom würde mich dort hinbringen. Also verabschiedeten wir uns schnell. Dieser Abschied machte uns beide etwas wehmütig. Ich freute mich, dass ich Tilo bereits ohne Probleme streicheln konnte.
Der Koffer war schnell gepackt, die meisten Sachen waren noch unbenutzt. Nach dem Duschen zog ich die Vorhänge ein Stückchen auf und beobachtete von meinem bequemen Queensbett, wie der Tag allmählich in die Nacht hinüberglitt. Ich hörte das Tosen der Wellen, den Wind, der heftig an der klapprigen Tür rüttelte. Dieses Geräusch machte mir Angst und erinnerte mich an meinen Albtraum der letzten Nacht. Ich wünschte mir so sehr, endlich schlafen zu können. Wie schön wäre es, wenn ich die Rundreise mit Tom gemeinsam machen könnte. Das war allerdings nicht möglich, denn auf Tom warteten unzählige Verpflichtungen. Also Abschied nehmen für zehn Tage.

Für mich begann eine interessante Busreise mit einer Gruppe von 18 Personen, hauptsächlich New Yorker, einige Asiaten und ein Ehepaar aus Neuseeland. Mit dem Ehepaar Emily und James freundete ich mich schnell an. Bei den Mahlzeiten saßen wir an einem Tisch und machten gemeinsam kleine Spaziergänge. James bedauerte es sehr, dass er wegen der Sprachbarriere so wenig über mich erfahren konnte. Als ich ihnen erzählte, dass ich aus dem ‚anderen Teil' Deutschlands kam, war er hochinteressiert und überschüttete mich mit Fragen. Während eines Spaziergangs verfolgte eine New Yorkerin unsere mühevolle Unterhaltung. Sie fragte: „Kann ich mich zu Ihnen gesellen? Vielleicht kann ich Ihnen bei Ihrer Kommunikation ein wenig behilflich sein, denn ich spreche recht gut Deutsch."

Ein schöner Zufall. Sie hatte längere Zeit in Deutschland gelebt und übernahm nun die Rolle einer Dolmetscherin. Ich erzählte offen und furchtlos meine komplette Gefängnisgeschichte. Emily hielt den Atem an und hatte Tränen in den Augen. Sie war selbst Mutter eines Sohnes und war tief berührt von meiner Schilderung. Einige andere beobachteten diese Szene und fragten höflich, ob sie sich zu uns gesellen könnten. So war ich bald von einem Pulk von Mitreisenden umringt und musste immer wieder Fragen beantworten. Die Menschen wussten sehr wenig von Westdeutschland und noch viel weniger über die DDR. Ihnen war bekannt, dass das Land durch eine Mauer getrennt war und dass sich dort schreckliche menschliche Tragödien abspielten. Und nun hatten sie eine leibhaftige Protagonistin eines Ost-West-Dramas in ihrer Mitte. Kein Wunder, dass diese Begegnung für viele der Mitreisenden ein interessantes Erlebnis war. Mir

war diese Situation unangenehm, denn genau diese Wirkung wollte ich nicht.
Im Bus behielt ich meinen Einzelplatz, und das war gut so. So blieb mir Zeit, mich in der wunderschönen Landschaft zu verlieren und meinen Gedanken an Tom nachzuhängen. Endlich erreichten wir Los Angeles. Die Stadtbesichtigung konnte jeder für sich selbst organisieren. Ich, eine Abenteurerin, hatte Lust auf einen Alleingang. Ich vertraute auf meine gute Kondition, aber vergaß meine schlechte Orientierung. An der Hotelrezeption ließ ich mir einen Fußweg auf der Stadtkarte markieren. Dann zog ich mutig los, machte Fotos von Polizisten auf Pferden, von Sehenswürdigkeiten und ließ mich im Menschenstrom treiben. Wir hatten genau zwei Stunden Zeit. Danach sollten wir uns wieder im Hotel einfinden. Ein Blick auf die Uhr sagte mir, dass es Zeit war, den Rückweg anzutreten. Ich drehte und wendete den Stadtplan, sah mir die Straßenschilder in unmittelbarer Umgebung an, hatte aber keine Ahnung, in welche Richtung ich gehen musste. Tom hatte mich mit einer Telefonkarte ausgestattet. Doch die nützte mir wenig, denn in meiner Nähe sah ich nur Münztelefone. Mit denen konnte ich gar nichts anfangen. Also blieb ich stehen und hielt verzweifelt Ausschau nach einem Taxi. Die Gegend schien nicht die beste zu sein. Als ich hilflos am Straßenrand stand, kam ein Polizeiwagen und hielt direkt neben mir. Ich geriet in Panik, denn in der DDR hatte ich nur negative Erfahrungen mit der Polizei gemacht. Seit dieser Zeit lösten schon Polizeiautos und Uniformen bei mir Angstzustände aus, ähnlich wie viele Jahre Schäferhunde. Ein Polizist stieg aus und fragte: „Can we help you, Mam?"

Mein Herz klopfte. Meine Angst war unbeschreiblich. Blitzschnell holte ich die Visitenkarte meines Hotels und meinen Ausweis aus der Tasche. Aber ohne weitere Fragen zu stellen, sagte der Polizist zu mir: „Step in to the car, we take you to the hotel."

Unsicher, aber erleichtert stieg ich in den Polizeiwagen. Dankbar ließ ich mich zum Hotel fahren. Auf dem Weg dorthin versuchte ich in schlechtem Englisch meine Situation zu erklären. Aber das war gar nicht nötig. Kurz vor dem Hotel stieg ich aus und wollte den Polizisten als Dank ein paar Dollarscheine überreichen. Das lehnten sie entrüstet ab. Als ich mich verabschieden wollte, kam der Hotelmanager herausgestürzt: „Ist alles okay, Mam?"

Die Polizei erklärte kurz und knapp die Situation und fuhr weiter. Ich wusste, dass ein Polizeiwagen vor der Tür eines Hotels keine gute Reklame war. Als ich das Hotel betrat, kamen einige neugierige Mitreisende auf mich zu, um zu erfahren, in welche Situation ich geraten war. Nach meinem kurzen Bericht, der keine Sensation versprach, wandten sie sich wieder ab.

Am nächsten Morgen ging es nach einem ausgiebigen Frühstück zurück nach San Francisco. Sieben Stunden sollte die Fahrt dauern, dann würde ich Tom wiedersehen. Er hatte mir am Telefon verraten, dass er für mich ein schöneres Hotelzimmer in der Nähe des Ozeans gebucht hatte. Wie sehr ich mich auf ihn freute – und sogar ein bisschen auf Tilo.

Schließlich hieß es wieder Abschied nehmen, 18 Hände schütteln und einige herzliche Umarmungen, Adressenaustausch und typisch amerikanische Versprechungen, die sowieso nicht eingehalten wurden. Inzwischen war es dunkel und San Francisco war laut und grell. Ich wurde schon ungeduldig von Tom erwartet. Bei einer stürmischen Umarmung flüsterte er mir ins Ohr: „Marie, ich habe dich so vermisst."

37. Eine neue Welt

Endlich konnte ich mich völlig Tom widmen. Wir gingen zum Auto. Er nahm meinen Koffer, öffnete die Seitentür und freudig sprang Tilo heraus. Ich streichelte ihn und nahm wie selbstverständlich seine Leine. Wir machten einen kurzen Spaziergang, damit Tilo sein Häufchen machen konnte.
Toms Stimme wurde etwas ernster. „Weißt du, Marie, in der Zeit unserer kurzen Trennung wurde mir bewusst, wie nahe du mir bist."
Weil ich mit Tilo hinter ihm ging, konnte ich seine Augen nicht sehen, aber ich spürte seine Traurigkeit. Er murmelte: „Ich zweifle nicht einen Tag daran, dass wir als Seelenverwandte eines Tages für immer zueinander finden werden. Aber wir müssen uns Zeit lassen."
„Ja, Tom, wir brauchen Zeit."
Im Schutz der Dunkelheit ließ ich Toms zärtliche Umarmung zu. Ich fühlte mich wie in einer anderen Welt. In der Ferne sah ich die Silhouette der Golden Gate Bridge und die Lichter von San Francisco. Nach einem tiefen Seufzer sagte ich: „Ich glaube, ich träume. So etwas Schönes habe ich in meinem ganzen Leben noch nicht gesehen. Ich möchte diesen Augenblick festhalten."
Nebenbei dachte ich an das zehnjährige Mädchen in einem kleinen engen Dorf, das sehnsuchtsvoll einer Lok hinterher

schaute und von der großen weiten Welt träumte. Und nun hatten sich ihre Kindheitsträume tatsächlich erfüllt.
Als ich im Bett lag und das Rauschen des Ozeans hörte, glaubte ich für einen Moment, Frieden mit mir gefunden zu haben.
„San Francisco, Ozean, Tom, was für ein Glück!"
Aber als ich in mich hineinhorchte, wusste ich nicht, ob ich nach meinen tiefen emotionalen Wunden bereit war für ein neues Leben, für eine neue Beziehung. Die Schale, die meine verletzte Seele schützte, war noch recht dünn. Irgendwann würde sie sich festigen, aber war der Zeitpunkt jetzt schon gekommen?
Ich liebte Tom, so wie ich in diesem Augenblick lieben konnte. Aber was, wenn das Schicksal für mich und Tom andere Pläne hatte? Ich glaubte fast, dass ich nicht für die Liebe geschaffen war. Warum gestaltete sich mein Leben immer so kompliziert? Inzwischen sollte mein Maß an Schicksalsschlägen erfüllt sein. Ich hatte keine Kraft mehr zu kämpfen, nicht für mich und nicht gegen mich. Mit diesen Gedanken schlief ich ein.
Am nächsten Morgen wachte ich schon sehr früh auf. Ich hatte noch eine Stunde Zeit bis zu Toms Ankunft. Also rein in die Joggingsachen und ab zu einem unvergesslichen Dauerlauf. Die Sonne kroch gerade hinter dichten Wolken hervor und tauchte das Meer in ein schimmerndes Blau. Ich war in diesem Moment unendlich glücklich. Beim Joggen gelang es mir, Kopf und Seele von düsteren Gedanken zu befreien. So lief ich los, atmete die frische Ozeanluft tief ein, spürte meinen erhöhten Puls und genoss das Glücksgefühl. Nach einer dreiviertel Stunde verneigte ich mich vor der atemberaubenden Natur und dankte Gott dafür, dieses Wunder erleben zu

dürfen. Mit klopfendem Herzen und geröteten Wangen ging ich in mein Hotel. Ausgelassen nahm ich zwei Stufen auf einmal. Dann sprang ich fröhlich unter die Dusche und zog mich an, setzte mich in einen Sessel und wartete ungeduldig auf Tom. Ein zaghaftes Klopfen und schon war er im Zimmer.
„Du siehst frisch und gut gelaunt aus, was ist los?“
„Mein Lauf und meine Freude auf dich haben mich innerlich erstrahlen lassen.“
Tom nahm mich liebevoll in den Arm, er war froh, dass ich glücklich war.
Schneller als gedacht war er da, der bedrückende Tag des Rückflugs. Angespannt wartete ich im Hotel auf Tom. Ich mochte keine Abschiede, schon gar nicht, wenn hinter dem Abschied ein großes Fragezeichen stand. Nach zehn Jahren in Düsseldorf hatte ich tatsächlich so etwas wie Heimatgefühle für die Stadt. Und nun kam mit Tom ein neuer Störfaktor in mein Leben. Wollte ich das? Ich verschob diese Grübelei auf später, denn es klopfte. Ich empfing Tom mit einem unsicheren Lächeln.
„Verdammter Abschied“, sagte er mürrisch.
Er nahm mein Gesicht in seine Hände und strich mir liebevoll eine Strähne aus der Stirn. Es war eine Vertrautheit zwischen uns, die mich zugleich glücklich und unsicher machte. Bis zum Abflug blieben uns noch drei Stunden. Wir bemühten uns, keinen Abschiedsschmerz zuzulassen, und besprachen unsere Kontaktmöglichkeiten. Dann war es so weit, ich saß im Flieger und ließ meine Kalifornienreise Revue passieren.
Ich resümierte: ‚Hat das nie ein Ende? Muss alles, was mich glücklich macht, so hart erkämpft werden?‘ Die Wunden meiner Vergangenheit waren noch lange nicht verheilt. Ich

hatte meine Schmerzen nur notdürftig verdrängt, meine Seele war noch äußerst verletzlich.

In dieser Zeit dachte ich viel an Kai. Nach erfolgreichem Abitur und einem Grundstudium in Köln ging es bei ihm spannend weiter. Mithilfe seines Professors und dessen Beziehungen zur USF (University of San Francisco) gelang es ihm, dort einen Studienplatz zu bekommen. Voraussetzung war das Bestehen des TOEFL-Tests (Sprachtest). Während des Studiums hatte er das große Glück, als Assistent eines Professors arbeiten zu können. Dadurch konnte er den Großteil seines Studiums selbst finanzieren. Kai ging seinen eigenen Weg und erlebte in San Francisco eine der glücklichsten Zeiten seines Lebens. Sein Studium beendete er mit dem stolzen Ergebnis *Magna cum laude*. Ich war froh, dass ich bei seiner Graduation in San Francisco dabei sein konnte. Tom und ich sprachen mit Professoren und dem Rektor der Universität und waren stolz, so viel Lob über Kai zu hören. Nach dem Studium konnte er noch einige Jahre in San Francisco arbeiten. Das Leben war also doch nicht so ungerecht.
Tom und ich pendelten nun regelmäßig zwischen Düsseldorf und San Francisco. Schließlich heirateten wir, bescheiden und unspektakulär. Ich nutzte bis zum Rentenalter sämtliche Ferien für meine USA-Aufenthalte. Unsere Vereinbarung war, dass wir nach meiner Berufstätigkeit ein halbes Jahr in den USA und das andere halbe Jahr in Deutschland leben würden.

38. Leben in zwei Welten

Da ich nach der Hochzeit Besitzerin der heiß begehrten Greencard war, konnte mein Aufenthalt in Vacaville zum ersten Mal länger als drei Monate dauern. Tatsächlich begann mir das Leben dort zu gefallen. Wir hatten uns ein gemütliches Zuhause geschaffen. Ich fühlte mich in Kalifornien wohl, erfreute mich an der schönen Natur, dem ewig blauen Himmel, an den feuerroten Sonnenuntergängen, dem frischen Wind, den freundlichen Menschen. Ich liebte den Berg ganz in unserer Nähe, dessen Besteigung mir einiges abverlangte und den ich etwas ängstlich erkletterte, weil die Pumas bei großer Trockenheit auch für Menschen gefährlich werden konnten.

Ich genoss es, dass die Geschäfte und einige Restaurants Tag und Nacht geöffnet hatten. Auch Freunde in meiner neuen *Heimat* machten das Leben angenehm. Vor allem mit Bob und Frieda, einem Ehepaar in unserem Alter, fühlte ich mich mittlerweile eng verbunden. Frieda war Deutsch-Amerikanerin wie Tom. Mit ihr konnte ich mich auf Deutsch unterhalten. Inzwischen fand ich das Leben unkompliziert und unbeschwert.

Da wir eine Lauffamilie waren, nahmen wir mit Toms Tochter Kate und Kai an verschiedenen Wettläufen in den USA teil. Dabei blieb mir ein Lauf in besonderer Erinnerung. Er fand auf Angle Island, gegenüber von San Francisco, statt. Es war Frühling, die Insel war ein einziges Blumenmeer. Trotz des anstrengenden Laufs riskierte ich ab und zu einen Blick auf die schöne Natur. In der Ferne sah ich San Francisco, die

Golden Gate Bridge, die Skyline des Mount Tamalpais, mit seinen 784 Metern der höchste Berg in der Bay Area.
Jeder aus unserer Gruppe lief für sich allein. Einen schöneren Lauf hätte ich mir nicht vorstellen können. Allerdings befürchtete ich, diese Strecke wegen der vielen Steigungen nicht bewältigen zu können. Aber mein Ehrgeiz spornte mich an. Eine junge Amerikanerin sah, dass ich mich ziemlich quälen musste. So nahm sie wie selbstverständlich meine Hand und sagte: „Lets go, we make it. My name is Linda."
„I am Marie, I am German."
Damit wollte ich die Konversation so schnell wie möglich beenden, denn das Reden strengte mich doppelt an. So liefen wir schweigend, aber händchenhaltend, bergauf und bergab, bis wir an einen schmalen, unübersichtlichen Weg kamen und Linda schrie: „Stop, Marie, there is a snake."
Das war meine erste Begegnung mit einer Rattlesnake, die sogar giftig war. Ich wusste nicht, ob ich in der Lage war, weiterzulaufen. Der Schreck saß mir in den Knochen. Doch Linda ermutigte mich mit den Worten: „Komm weiter, Marie, wir sind gleich im Ziel."
Dann war es geschafft, wir beendeten voller Freude und Aufregung den Lauf. Kai war als Erster aus unserer Gruppe angekommen. Tom, ein geübter Läufer, hatte nicht seinen besten Tag, so kam er erst nach uns ins Ziel. Mit großem Überschwang bedankte ich mich bei meiner Lauffreundin Linda. Nachdem wir unsere schwer erkämpften T-Shirts in Empfang genommen hatten, gingen wir gemeinsam zur Fähre und feierten unseren Erfolg in Tiburon, Toms ehemaliger Heimat. Ich ließ es mir nicht nehmen, mit meinem aufregenden Schlangenerlebnis anzugeben.

Wochen vergingen und ich begann, meine Umgebung allmählich kritischer zu sehen. Die ewige Sonne ging mir auf die Nerven. Alles war staubig und trocken, selbst das Grün war nur noch grau. Oftmals bedrückte mich tiefe Einsamkeit. Ich sehnte mich nach Gesprächen in meiner Muttersprache, nach meiner Familie und meinen alten Freunden. Kai war in der Zwischenzeit ebenfalls wieder in Deutschland. Seine deutsche Frau hatte kein Interesse an einem Leben in den USA.

Ich sehnte mich nach Regen, nach Frische, nach der quirligen Enge meiner Heimatstadt, nach den alten getünchten Fachwerkhäusern, den engen Gassen, den gemütlichen Kneipen. Ja, ich sehnte mich sogar nach Wolken, Gewitter und nach kalten, grauen Tagen. Ach, und überhaupt, ich hatte Heimweh, schreckliches Heimweh. Mir wurde erst zu diesem Zeitpunkt schmerzlich bewusst, dass ich mich mit meiner Wahlheimat Düsseldorf inzwischen tief verbunden fühlte.

Die Sonne hatte es aufgegeben, gegen die dicken Wolken anzukämpfen. Es wehte ein leichter Wind, und ich traute meinen Augen nicht. Tatsächlich quälten sich erste kleine Tropfen aus dichten, dunklen Wolken. Aus anfänglich zarten Tröpfchen wurden dicke Regentropfen. Ich lief meine normale Strecke in einem kleinen Wald. Mich störte es nicht, dass mein nasses T-Shirt mehr zeigte, als es bei den prüden Amerikanern üblich war. Ich setzte meinen Lauf voller Übermut fort. Als ich die verschmitzten Blicke eines mir entgegenkommenden Läufers sah, wurde ich unsicher. Er genoss ebenso wie ich den plötzlichen Regen, lächelte mich schelmisch an und sagte: „Wie schön der Regen doch sein kann."

Ich lief schnell in eine andere Richtung. Als ich durchnässt und voller Frohsinn im Haus ankam, sah Tom das pitschnasse T-Shirt und guckte mich vorwurfsvoll an. „Marie, so kannst du doch hier nicht rumlaufen, du bist nicht in Deutschland."
„Die prüden Amis", schimpfte ich und verschwand schnell in der Dusche.
Überhaupt sah ich nach und nach mein Leben in den USA kritisch. Das Land blieb mir fremd. So war es nicht verwunderlich, dass ich mich nicht sonderlich darum bemühte, meine Sprachbarrieren zu überwinden. Im Gegenteil, es schien, als pflegte ich meine Sprachlosigkeit. Mein Englisch blieb schlecht, und ich bekam zu spüren, dass Sprachlosigkeit einsam macht. Tom hoffte, dass sich das ändern würde. Auch die Greencard brachte mir weder Freude noch Vorteile, im Gegenteil. Ich musste als Besitzerin dieser Karte ein halbes Jahr am Stück in den USA leben, was mich ganz und gar nicht glücklich machte. Nachdem meine Enkelkinder Marc und Pauline geboren waren, hielt ich es in den USA nicht mehr lange aus. Es wurde deutlicher und deutlicher: Meine Heimat war Deutschland, die USA waren nicht mein Land.
Weil ich die Bedingung des halbjährigen Aufenthalts nicht erfüllte, geriet ich bei Ein- und Ausreisen regelmäßig in unangenehme Situationen. Ich war Schikanen ausgesetzt, die mich an schlimme DDR-Zeiten erinnerten. So entschieden wir uns, die Greencard nach Frankfurt zurückzuschicken. Bei den Grenzbeamten erregte ich mit diesem Schritt erst recht Misstrauen, denn diese *heiß begehrte* Karte gibt man schließlich nicht so ohne Weiteres zurück. Also machte ich mich erneut verdächtig. Die Folgen waren regelmäßige demütigen-

de Kontrollen auf den US-Flughäfen und Diskussionen mit Vorgesetzten in Extra-Räumen. Das löste bedrückende Gefühle bei mir aus. Alte Wunden brachen auf.
Tom bewältigte die beiden Lebenswelten weitaus besser als ich. In den ersten Jahren brachte er manchmal Tilo mit. Ich erinnere mich noch mit Freude an Tilos ersten Deutschlandbesuch. Nachdem der Hund der Hitze Kaliforniens entflohen war, genoss er sichtlich das kühle, regnerische deutsche Herbstwetter. An einem dieser Herbsttage machten wir drei unseren ersten Spaziergang durch den Benrather Schlosspark bis zum Rhein. Ich liebte die bunten, rostigen Farben, den modrigen Geruch der Vergängnis. Mir gefiel der Herbst, er war launisch, ungestüm und schwermütig zugleich. Wir stapften mit Tilo durch das dichte Laub und schoben es übermütig vor uns her. Unsere Wangen glühten. Tilo tobte mit uns in den Laubburgen herum. Tom beobachtete mit Freude das lustige Treiben. Aber diese schöne Zeit ging leider viel zu schnell vorbei. Tilos Rückenleiden verschlechterte sich, einige Jahre später musste er sich von uns verabschieden. Für Tom begann eine schwere Zeit. Ich wollte in den Weihnachtsferien 1989 zu ihm fliegen, doch ein einschneidendes Ereignis änderte unsere Pläne.

39. Mauerfall 1989

Es war Donnerstag, der 11. November 1989, ein trüber Herbsttag. Ich war abgespannt und müde und hatte es mir in meinem Bett gemütlich gemacht. Das Telefon lag auf meinem Nachttisch und wartete wie jeden Abend auf einen Anruf von

Tom. Vor Erschöpfung fielen mir beim Lesen die Augen zu, deshalb erschreckte mich das schrille Klingeln.
„Hallo, Tom", hauchte ich müde in den Hörer. Bevor ich weiterreden konnte, drang ein Freudenschrei zu mir: „Marie, Marie, the wall is down!"
„Tom, bist du betrunken, was redest du da?"
„Marie, mach den Fernseher an! Die Mauer ist gefallen!"
Ich legte den Hörer zur Seite, rannte ins Wohnzimmer und schaltete den Fernseher ein. Tatsächlich, aus jedem Sender erschallte großer Jubel. Ich sah Bilder, auf denen sich Menschen in den Armen lagen, Tränen flossen und Menschen auf der Mauer tanzten, Autos, die über die offene Grenze fuhren. Dann rief Tom mich noch einmal an. Wir brachten beide kein Wort hervor, sondern weinten beide unseren Schmerz und unsere Freude heraus.
„Tom, melde dich später, ich muss meine Mutter anrufen."
Ich wählte die Nummer meiner Mutter. Es meldete sich eine verschlafene Stimme. Ich schrie ins Telefon: „Mutti, stell dir vor, die Mauer ist gefallen!"
Auch meine Mutter konnte einen Freudenschrei nicht unterdrücken. Ich hatte Sorge, dass sie einen Infarkt bekommen könnte. Aber das Gegenteil war der Fall. Voller Aufregung sagte sie nur, sie müsse sofort zu ihrer Nachbarin, und legte den Hörer auf. Auch Kai rief ich kurz nach Mitternacht an. Ich hörte ebenfalls ein Freudengeheul.
„Nach Berlin, auf nach Berlin!", rief er in den Hörer. Diese Reaktion konnte ich gut nachvollziehen. Auch ich wäre am liebsten sofort losgefahren, aber ich musste auf Tom warten.
Dann war Tom noch einmal am Telefon: „Ich habe das Reisebüro angerufen und meine Reise umgebucht. Ich komme

Montag. Ich bin so aufgeregt und möchte bei dir sein und nichts verpassen."

An Schlafen war nicht mehr zu denken. Ich hockte die halbe Nacht vor dem Fernseher. Das Telefon stand nicht still. Meine Schwester, Freunde und Bekannte riefen bis weit nach Mitternacht an. Schließlich ging ich zitternd vor Kälte zurück ins Bett. In wenigen Tagen würde Tom bei mir sein. Was für ein Glück. Wir würden dieses Stück Geschichte gemeinsam erleben.

Immer wieder hörte ich die Worte von Günter Schabowski, Mitglied des SED-Politbüros:

„Und deshalb haben wir uns dazu entschlossen, heute eine Regelung zu treffen, die es jedem Bürger der DDR möglich macht, über Grenzübergangspunkte der DDR auszureisen … Also Privatreisen nach dem Ausland können ohne Vorliegen von Voraussetzungen, Reiseanlässen und Verwandtschaftsverhältnissen beantragt werden. Die Genehmigungen werden kurzfristig erteilt." *

Diese Aussage und seine Antwort auf die Frage eines italienischen Journalisten, ab wann denn das von ihm soeben verkündete neue DDR-Einreisegesetz in Kraft trete, *„Das tritt nach meiner Kenntnis, ähhh, ist das sofort, unverzüglich."*, schrieben Geschichte.

Es war gegen Morgen. Tom rief mich an. „Marie, ich muss dir unbedingt erzählen, wie ich vom Mauerfall erfahren habe. Ich saß, wie so oft, in unserem Lieblingscafé, die Zeitung *San Francisco Chronicle* in der Hand, eine Tasse Kaffee vor mir, da sah ich den Präsidenten George Bush im Fernsehen und hörte seine Worte: ‚The wall is down! ' Ich glaubte, nicht

richtig gehört zu haben, sprang vom Stuhl auf und fragte meinen Nachbarn, ob ich richtig verstanden hätte.
‚Yes, Sir, it really did! It is fantastic, isn't it? It's unbelievable, the wall is down!'
Dann konnte ich meine Tränen nicht mehr zurückhalten. Eine ältere Frau sah das und wandte sich mitfühlend an mich. ‚Sir, can I help you?' Ich fand die Reaktion nett, aber ich konzentrierte mich auf den Nachrichtensprecher. Dann verließ ich hastig das Café und sagte immer wieder: ‚Marie, ich muss zu Marie!'"
Ich war gerührt, diese Szene ging mir sehr nahe. Als ich ihn am Montag vom Flughafen abholte, bat er inständig: „Marie, wir müssen sofort nach Berlin, sag deiner Schwester Bescheid."
Tom interessierte kein Jetlag, er bekämpfte eisern die Folgen seines zwölfstündigen Flugs und bereitete sich innerlich auf die aufregende Berlinreise vor. Diese Reise war Abenteuer pur. Das ganze Leben war durcheinander, vieles verlief provisorisch und mit einem amerikanischen und einem westdeutschen Pass waren die Grenzer bei unserer Einreise nach Berlin total überfordert. Überall herrschte Aufregung. Am Brandenburger Tor wollte man uns nicht gemeinsam durchlassen. Aber wir ignorierten die Grenzpolizisten und nutzten deren Unsicherheit aus. Selbstbewusst passierten wir den Durchgang. Die nächsten Tage und Wochen erlebten wir wie im Rausch. Sogar meine englische Verwandtschaft war innerhalb kürzester Zeit in Berlin. Wir feierten ein großartiges Wiedersehen an der Mauer, alle ausgerüstet mit einem kleinen Hämmerchen. Wir klopften, was das Zeug hielt. Unsere mitgebrachten Schachteln füllten sich mit Mauerstückchen.

Kai klopfte seine ganze Wut und Verbitterung in die Mauer. Mein Cousin hielt diese historische Szene in Wort und Bild fest. Was für ein Ereignis!

40. Zurück zu den Wurzeln

1990 konnte ich zum ersten Mal Tom meinen Geburtsort zeigen. Voller freudiger Erwartung fuhren wir in die Altmark. Zwanzig Jahre war es her, dass ich dort gewesen war. Es war die Rückkehr in den Ort, den ich ohne Leiden verlassen, nach dem ich mich aber mit Leiden gesehnt hatte. Tom parkte das Auto in meiner ehemaligen Wohngegend, die mir fremd war. Ein Ehepaar, das uns entgegenkam, starrte uns befremdet an. Ich grüßte freundlich, ohne eine Antwort zu erwarten. Dann gingen wir zum Bahnhof, der einsam und verlassen sein Dasein fristete. Das Gebäude existierte zwar noch, aber es war ausgebaut zu einem kleinen Wohnhaus. Die Schienen waren entfernt, die Strecke glich einem verwilderten Feldweg. Wir folgten diesem Weg in der Hoffnung, am Ende des Wegs meinen geliebten Freund, den Maulbeerbaum, zu sehen. Doch je näher wir kamen, desto mehr wurde Gewissheit, was ich befürchtet hatte. Den geliebten Baum, meine eigentliche Heimat, gab es nicht mehr.
Schließlich fuhren wir in den nächstgrößeren Ort und mieteten uns dort ein Hotelzimmer.
Beim Frühstück stellte Tom erfreut fest: „Wie schön, hier gibt es tatsächlich noch Brötchen, die nach Brötchen schmecken." Er hoffte sehr, dass sich der Osten nicht einfach die Lebensgewohnheiten des Westens überstülpen ließ und es schaffte,

gute, bewährte Dinge zu erhalten. Am Ende der kleinen Rundreise durch das andere Deutschland resümierte er, dass er sich im Osten wohlfühle. Er genoss die unkomplizierte Herzlichkeit, die ihn an sein kalifornisches Zuhause erinnerte. Ihn interessierten weniger die Häuser, die einen Neuanstrich gebraucht hätten, oder die holprigen Straßen und Wege, die für Autos eine echte Strapaze waren. Auch dass die Kleidung im Westen moderner und schicker war, interessierte ihn nicht. Er spürte zwar deutlich den Unterschied der Lebensstile zwischen Ost und West, aber er glaubte, dass sich alles mit der Zeit zurechtschütteln würde.
Ich horchte in mich hinein und konnte keine sentimentalen Heimatgefühle feststellen. Die Aussage eines Philosophen, dass man den Heimatbegriff vom reinen Bodenbezug trennen sollte und dass die Beziehungen zwischen den Menschen das Gefühl von Heimat ausmachen, konnte ich nachempfinden. Ich hatte in Düsseldorf meine emotionale Heimat gefunden. Hier hatte man mich freundlich empfangen, mir die Hand gereicht und keine großartigen Fragen gestellt. Ich fügte mich in die Gesellschaft ein. Allerdings hatte ich ständig das Gefühl, etwas schneller und besser sein zu müssen als die anderen. Ich wollte und musste das Beste aus mir herausholen, was auch lebensstiltypisch für mich war. Das Streben nach Erfolg und Anerkennung zog sich wie ein roter Faden durch mein Leben. Einer meiner Grundsätze war: *Wer an sich arbeitet und an sich glaubt, wird mit Erfolg belohnt.* Tom hatte mit 18 Jahren seine Heimat verlassen, um in den USA zu leben. Dort hatte er sich zunächst ohne Englischkenntnisse durchs Leben gekämpft und sich in den USA eine neue Heimat erschaffen.

So sah er uns als Seelenverwandte. Wir beide liebten das Abenteuer, scheuten kein Risiko. Krempelten die Ärmel hoch, wenn die Steine auf unserem Weg zu groß waren. Tom empfand, dass es nicht gerade einfach war, mit meinem Tempo mitzuhalten. Manchmal wünschte er sich mehr Ruhe und Gelassenheit, aber diesen Wunsch hat er inzwischen aufgegeben. Stattdessen hat er sich meinem Tempo angepasst.
Einige Jahre nach dem Mauerfall wollte ich ES wissen. Wer steckte hinter dem niederträchtigen Verrat, wer hatte mich bespitzelt? Also stellte ich einen Antrag auf Einsicht in die Stasiakte.

41. Stasi-Akten

Sechs Jahre nach der Wiedervereinigung bekam ich aus Berlin die Nachricht, dass mein Antrag auf Akteneinsicht genehmigt worden sei. So plante ich gemeinsam mit Tom eine folgenschwere Reise nach Berlin.
Es war ein Donnerstag, grau, dunkel, Gewitterwarnung. Der Tag war so finster wie meine Erwartungen an das bevorstehende Ereignis. Ich war froh über Toms Rückhalt. Er gab mir Kraft und Mut. Warum aber löste dieses Ereignis eine derartige emotionale Erschütterung bei mir aus? Ließ die Vergangenheit mich niemals los? Immer noch war sie ein Nährboden für den Feind in meinem Inneren. Die Vergangenheit war da – mit erbarmungsloser Unerbittlichkeit. Lange genug hatte ich mit diesem Schmerz und den Ungerechtigkeiten gelebt, ihn durch emotionale Verklärungen überdeckt. So

behielt ich meine Unbeschwertheit, meinen Idealismus, den Glauben an das Gute im Menschen.

Mein Weg führte in die Stasi-Unterlagen-Behörde nach Berlin-Lichtenberg, Ruschestraße, einst Machtzentrale der Staatssicherheit. Tom begleitete mich bis zum Eingang des finster wirkenden Plattenbaus. In dem Gebäude arbeiteten einst Mielkes Auslandsspione.

Tom spürte meine Aufregung, nahm mich fest in den Arm und versuchte, mir Mut zu machen. „Marie, es ist doch alles lange vorbei. Besser eine unangenehme Gewissheit als eine quälende Ungewissheit. Dieser Tag hilft dir, mit dem Belastenden endgültig abzuschließen, damit du endlich deinen inneren Frieden findest."

Dann war er weg und ich stolperte mit Herzklopfen die Treppen hinauf. Nach der Erledigung einiger Formalitäten wurde ich in einen großen Raum geführt, einem Lesesaal ähnlich. Dort saßen bereits einige Frauen und Männer vor Aktenbergen. Sie kämpften sich durch die mit Schwärzungen versehenen Seiten. Bald saß auch ich vor vier dicken Ordnern und begann zu blättern. Ich hatte ein Glas Wasser neben mir stehen, was auch nötig war, denn mein Hals begann vor Aufregung zu kratzen. Eine Frau, einige Tische von mir entfernt, fragte, ob die Anwesenden etwas dagegen hätten, wenn sie für kurze Zeit das Fenster öffnen ließ. Die Aufsichtsperson war sofort zur Stelle. Sie war geduldig und freundlich. Ich vertiefte mich in die tagebuchähnlichen Aufzeichnungen. Bisher hatte ich noch nichts Aufregendes entdeckt. Das sollte sich bald ändern. Immer wieder las ich die Namen *Sybille, Peter, Inga, Ralf* und einige mehr. Die Berichte dieser Personen gaben mir kaum einen Hinweis auf ihre wahre Identität.

Doch nach einer Stunde intensiven Lesens der Schock! Einem Bericht war ein Foto beigefügt. Ich entdeckte eine damals enge Freundin, der ich einen solchen Verrat niemals zugetraut hätte. Mir wurde speiübel. Ich musste zur Toilette, um meine Spannung loszuwerden. Die Lesesaalbetreuerin begleitete mich und fragte: „Kann ich etwas für Sie tun? Brauchen Sie eine Pause?"

„Nein, nein, es ist alles gut, ein Glas Wasser hilft", sagte ich und klammerte mich am Glas fest.

Dann blätterte ich weiter und ließ meine Tränen laufen. Meine Nachbarin blickte mich besorgt an und reichte mir ein Taschentuch. Weil Gespräche untersagt waren, verständigten wir uns mit Blicken. Ich erinnerte mich später nicht mehr daran, wie lange ich gebraucht hatte, um mich durch die Ordner zu kämpfen. Es mussten Stunden gewesen sein. Schließlich beendete ich die seelische Folter und gab die Blätter mit den Nummern der zu kopierenden Seiten der Mitarbeiterin. Ich hatte mich mit Tom in einem Café verabredet, aber ohne Handy war alles nicht so einfach. Er musste lange auf mich gewartet haben. Ihm fiel als Erstes mein verweintes Gesicht auf. Er konnte sich vorstellen, was für eine schreckliche seelische Strapaze das Ganze für mich gewesen sein musste. Er brauchte keine Fragen zu stellen, aus mir sprudelte es nur so heraus.

„Du wirst es nicht glauben, Inga, eine meiner engsten Freundinnen, war die größte Informantin, die größte Verräterin. Ich habe den dringenden Wunsch, ihr in die Augen zu schauen und sie so schnell wie möglich mit dieser erschreckenden Wahrheit zu konfrontieren. Mit deiner Hilfe schaffe ich das."

Tom war ein Mann der Tat. Wir waren in Berlin, bis nach Leipzig brauchten wir nur zweieinhalb Stunden. Wir riefen zunächst meine enge Freundin Marga in Leipzig an. Auch sie war nach dieser Information geschockt, denn Inga gehörte zu dieser Zeit zu ihren engen Freundinnen. Diesen Verrat hätte auch Marga ihr niemals zugetraut. Sie sagte: „Kommt am besten direkt nach Leipzig, um Inga mit dieser Wahrheit zu konfrontieren."

Recht hatte sie, denn es war dreizehn Uhr und noch früh genug für einen Leipzig-Trip. Tatsächlich, wir waren pünktlich bei Marga. Sie hatte sich mit Kaffee und einigen belegten Brötchen auf uns vorbereitet. Aber ich konnte nichts essen, mein Magen war wie zugeschnürt. Meine Freundin hatte Verständnis dafür. Ich bat sie, Inga direkt anzurufen, um unseren Besuch anzukündigen. Wieder klopfte mein Herz wie wild. Marga hatte das Telefon auf laut gestellt. Wir brauchten nicht lange zu warten, bis Inga den Anruf entgegennahm.

„Hallo, Marga, was ist los? Wieso rufst du zu dieser für dich ungewohnten Zeit an? Wir haben erst heute Morgen miteinander gesprochen."

„Es gibt einen besonderen Anlass für meinen Anruf. Ich habe überraschenden Besuch bekommen. Dieser Besuch ist auch für dich interessant."

Pause. Als ahnte Inga bereits, dass es sich um etwas Unangenehmes handelte. „Also, was ist es, worum geht es?"

„Marie und ihr Mann Tom sind hier. Einen kleinen Moment, ich gebe den Hörer weiter."

Nun war ich an der Reihe. Ich musste mich zur Zurückhaltung zwingen, um meine Aufregung zu zügeln.

Tom blieb in meiner Nähe und nahm meine Hand.
„Hallo, Inga, du wunderst dich bestimmt über unseren plötzlichen Besuch."
„Na klar, ich habe keine Ahnung, was euch hierher führt. Aber es scheint nichts Gutes zu sein, denn deine Stimme klingt sehr aufgeregt."
„Ja, es ist in der Tat keine gute Nachricht. Ich war heute in Berlin zur Akteneinsicht. Aber über das Ergebnis würde ich gerne mit dir persönlich sprechen."
Schweigen. Dann schien sich Inga gefangen zu haben. „Nun, was ist dein Vorschlag? Ihr wollt euch sicher nicht länger als nötig in Leipzig aufhalten, also kommt sofort zu mir. Gebt mir eine halbe Stunde. Marga kennt den Weg."
Das war gut so, fanden wir alle drei. Tom war überrascht und hatte nicht damit gerechnet, dass Inga so schnell zu einem Treffen bereit war. Marga bestellte in der Zwischenzeit für mich und Tom ein Hotelzimmer in der Innenstadt.
„Ich möchte euch danach gerne noch Leipzig zeigen, dieses Ereignis darf unser Wiedersehen nicht dominieren."
Meine Anspannung legte sich, sodass ich sogar eines der Brötchen essen konnte. Dann machten wir uns auf zu Ingas Wohnung. Tom parkte das Auto in einer Seitenstraße. Ich stellte anerkennend fest: „Sie wohnt auf jeden Fall in einer gutbürgerlichen Wohngegend."

42. Konfrontation

Als wir uns dem Haus näherten, wurden wir vom Gekläffe zweier großer Dobermänner empfangen. Dahinter stand eine verunsicherte Inga, die versuchte, ihre Hunde zu beruhigen. Der Effekt, den ihre zwei *Beschützer* auf die ungebetenen Gäste hatten, war vielleicht von ihr gewollt. Bevor sie das Gartentor öffnete, hielt sie die Hunde fest an der Leine.

„Kommt rein, keine Angst, die beachten euch gleich nicht mehr."

Mir war diese Situation unheimlich. Ich beobachtete Inga, die mit ihren zwei stolzen *Wächtern* zu ihrem Wohnhaus vorausging. Sie war mit ihrem langen, feuerroten Haar, der in Stiefel gesteckten, schwarzen, modernen Hose und dem knallengen weinroten Pullover, der ihre fabelhafte Figur betonte, noch immer eine imposante Erscheinung. Die zwei Dobermänner gaben dem Ganzen einen besonderen Charme. Von Marga hatte ich erfahren, dass Inga ein kleines Unternehmen gegründet hatte. Auch das ehemals heruntergekommene Haus hatte sie gekauft und durch ihr handwerkliches Geschick zu einem ansehnlichen Zuhause umgebaut. Später erfuhr ich, dass Inga mit ihrer Stasi-Tätigkeit gutes Geld verdient hatte, sodass sie sich einen entsprechenden Lebensstil leisten konnte.

Als Inga uns schließlich ins Haus führte, musste ich tief durchatmen. Das Wohnzimmer war vollgestopft mit antiken Möbeln und glich einem Museum. Wir hatten kaum Platz, um uns an einen dieser antiken Tische zu setzen. Als das Prozedere des Platznehmens beendet war, erinnerte sich Inga an ihre Gastgeberpflichten.

Mit der Frage „Kann ich euch etwas anbieten?", versuchte sie die Situation zu entspannen.

„Wir sind mit einem Glas Wasser zufrieden", antwortete Tom ungehalten.

Die Hunde folgten Inga auf Schritt und Tritt. Als sie das Wasser eingeschenkt hatte, kehrte verlegene Stille ein.
Ich wusste, jetzt war ich an der Reihe. „Inga, wie du bereits weißt, war ich heute zur Akteneinsicht. Was ich dort erfahren musste, hat mich tief erschüttert. Viele Jahre habe ich dich als eine meiner engen Freundinnen gesehen. Niemals hätte ich in dir eine Spitzelin vermutet. Wir haben uns in den schwierigsten Situationen beigestanden, uns immer gegenseitig geholfen."
Ich machte eine Pause, denn ein Kloß im Hals hinderte mich am Weitersprechen.
Inga versuchte mit gespielter Coolness eine Erklärung: „Also, ihr werdet nicht abstreiten können, dass ihr mich nie als vollwertige Freundin akzeptiert habt. Ich war euch mit meinem Studium als Grundschullehrerin intellektuell nie ebenbürtig. Schließlich wart ihr Lehrer der Polytechnischen Oberschule", fügte sie ironisch hinzu.
Tom wurde wütend, weil niemand etwas erwiderte. „Aber Inga, deshalb verrät man doch keine Freundin! Ist das alles, was du dazu zu sagen hast?"
Sie erwiderte: „Zugegeben, ich habe auch das Geld gebraucht, das finanzielle Angebot der Stasi war zu verlockend, um es abzulehnen. Ich bekam sogar die Gelegenheit, in den Westen zu fahren, hatte ein kleines Apartment in Berlin, also ging es mir durch diesen Schritt gut. Außerdem habe ich gedacht, dass du, Marie, sowieso bald in den Westen gehen würdest, dann wäre das ohnehin egal."
Ich konnte nichts dazu sagen. Aber dann durchbrach ich mit folgenden Worten die Stille: „Ich bin der Meinung, dass es keinen Sinn hat, das Gespräch unnötig in die Länge zu

ziehen. Ich kenne deine Meinung, die Fakten sprechen für sich. Nun ist es meine Entscheidung, wie ich damit umgehen werde."

Das Gespräch war beendet, schon hatten wir das Haus wieder verlassen.

Marga versuchte mit einer kleinen Stadtführung die Situation zu entspannen. Aber ich konnte mich auf nichts richtig konzentrieren. So luden wir Marga zum Essen ein und entschieden uns für unser ehemaliges Stammrestaurant *Coffe Baum*. Aber auch hier merkte ich sehr schnell, dass meine Erinnerung die Realität verklärt hatte. Wir entschieden, das Hotelzimmer zu stornieren, um unsere Heimreise anzutreten.

Nach zwei Wochen bekam ich die Kopien vom Amt des BStU und auch die Entschlüsselung der Decknamen. Diese Wahrheit versetzte mir erneut einen unglaublichen Schock. Nicht nur Inga, sondern auch meine noch viel engere Freundin Sybille hatte jahrelang als Informantin für die Stasi gearbeitet. Die Berichte von Inga und Sybille lasen sich wie Krimis.

Hier ein Auszug aus den Stasiakten über die Bespitzelung durch Inga.:

Treffbericht: Ort - Wohnung des IM, Zeit 8.00 bis 10.00 Uhr
„... Die Treffdurchführung erfolgte speziell im Rahmen der Forcierung der Bearbeitung der OPK J. In diesem Zusammenhang wurden inoffiziell durch den IMS ‚Inga ...' Hinweise über die Verdächtige bekannt, wonach diese Aktivitäten entwickelte, welche den Verdacht der Vorbereitung ihrer Personenausschleusung nach WD aufkommen lassen ... So befand sich die Verdächtige vom Mittwoch bis Montag in der Hauptstadt Berlin ... und traf sich angeblich mit

dem ‚W'. Sie konnte sich persönlich davon überzeugen, dass zwischen der Verdächtigen K. und W. ein enges Liebesverhältnis mit der Absicht einer späteren Heirat stattfand ..." *

Nun wollte ich auch Sybille mit meinem Wissen konfrontieren und schrieb ihr einen Brief. Die Adresse hatte ich mit viel Mühe herausgefunden. Was ich nicht für möglich gehalten hätte: Ich bekam relativ schnell eine Antwort.

Liebe Marie,
dein Brief hat mich völlig überrascht, und deine Beschuldigungen haben mich tief verletzt. Hast du vergessen, was uns all die Jahre verbunden hat?
Bei mir ist das ganz anders. Niemals werde ich dich, unsere kleinen Abenteuer, die netten Stunden in gemütlichen Cafés vergessen. Die glücklichen Stunden kann uns keiner nehmen, auch nicht die dumme Stasi.
Ich habe mir nichts vorzuwerfen, im Gegenteil, wurde ich befragt, ob von Fremden oder Bekannten, habe ich dir das beste Zeugnis ausgestellt bzw. geschwiegen, aber ich habe niemals etwas preisgegeben, was dir hätte schaden können. Darauf hast du mein Wort. Dass ich und andere Bekannte über dieses und jenes befragt wurden, ist kein Geheimnis. Alles aber hat mit meiner eigenen Geschichte zu tun, die du leider nur zum Teil kennst." *

Diese Aussagen waren ein Widerspruch in sich. Ich merkte, dass Sybille versuchte, alles glattzubügeln, wie es ihre Art war. Die Stasi-Unterlagen bestätigten tatsächlich, dass sie zu keiner Zeit versucht hatte, Schlechtes über mich zu verbreiten, sie hatte *lediglich* Informationen weitergegeben.

*„Nur so viel, ich wurde selbst erpresst, wurde auch über viele Jahre beschattet. Eines kann ich dir versichern, ich habe nie Negatives über dich gesagt. Ich spielte die Unwissende oder ließ mir Belangloses einfallen. Schlimm war nur, dass ich mich aus dieser anhaltenden Ohnmacht nicht selbst befreien konnte. Ich konnte mich niemandem anvertrauen oder gar bei jemandem Rat holen. Da ich keine gute Informantin war, wurde es bald ruhiger um mich. Was allerdings aus belanglosen Unterhaltungen gemacht wurde, wie sie umfrisiert wurden, will ich heute nicht mehr wissen. Auch mein Hass gegen die Stasi wird wohl ewig bestehen bleiben. Ich habe Verständnis für deinen Wunsch, diesen schrecklichen Teil deiner Lebensgeschichte aufzuarbeiten, aber bitte ohne meine Hilfe. Auch reden möchte ich nicht mehr darüber. Grüße Sybille“ **

Das war klar genug. Also gab es keinen weiteren Kontakt zwischen uns. Ich war enttäuscht, aber ich musste Sybilles Entscheidung akzeptieren. Also entschied ich mich, meinen eigenen Weg im Umgang mit Verrat und Bespitzelung zu finden. Den Kontakt zu den beiden Freundinnen wollte ich nicht suchen, ihm aber auch nicht ausweichen, wenn die Situation es aus irgendeinem Grund erforderte. Von beiden hatte ich bisher weder eine Entschuldigung noch eine Erklärung bekommen. Während ich in mich hineinhorchte und darüber nachdachte, fragte ich mich, ob es nicht besser wäre, den Mantel des Vergessens über dieses Kapitel meiner Geschichte auszubreiten, sie einfach zuzudecken. Diesen Gedanken verwarf ich sehr schnell wieder. Um meinen inneren Frieden mit diesem Kapitel meiner Vergangenheit zu finden, musste ich mich intensiver damit auseinandersetzen.

In den Unterlagen wurde der Aufgabenbereich von Sybille genauestens beschrieben. Der Fragenkatalog, den sie *abarbeiten* musste, war aufgelistet. Mir fiel es schwer, mich mit diesen Beschreibungen zu beschäftigen, denn ich konnte nicht glauben, was für ein Aufwand mit mir, einer politisch und gesellschaftlich unbedeutenden Lehrerin, betrieben wurde. Ich wunderte mich, wie viele Menschen mit mir und meinem Leben beschäftigt waren.

So lautete beispielsweise der Aufgabenbereich meiner Freundin Sybille:

„- Welche Hinweise über Krüger sind bekannt bzw. beachtenswert (Verbindungen, Beziehungen, Charaktereigenschaften, Pläne, Absichten, Ziele)
- Umfassende Charakterisierung und Einschätzung der Krüger – Auswertung von operativen-interessanten Materialien von der Krüger." *

Auch die Protokolle über die geführten Gespräche mit den Spitzeln machten einiges deutlich. So berichtete Oberstleutnant H. in einem Protokoll über das Gespräch mit Sybille:

„... Über eine Möglichkeit eines eventuellen illegalen Verzugs wurde nicht gesprochen. Dem IM ist aber aus mehreren Gesprächen mit der Krüger bekannt, dass diese bisher konsequent einen illegalen Verzug abgelehnt hatte. Sie würde so etwas angeblich nicht tun, auch dann nicht, wenn sie einen absolut sicheren Weg wüsste, bei dem sie und ihr Kind nicht in Gefahr wären. Die Krüger hängt dermaßen an ihrem Kind, dass sie das Kind niemals einer Gefahr aussetzen würde. Von Seiten des IM wird eingeschätzt, dass es sich bei dem westdeutschen Freund um ein echtes Liebesverhältnis

handelte. Wie der IM sich mehrmals selbst überzeugen konnte, hängt der Freund dermaßen an der Krüger, dass er alles unternehmen würde, um mit ihr für immer zusammenbleiben zu können. Natürlich würde er sie aus diesem Grunde auch nicht in eine Notlage bringen." *

Inga zeigte sich inzwischen gesprächsbereit, obwohl auch bei ihr kein Schuldbewusstsein erkennbar war. Ich hatte mich entschieden, Inga die Möglichkeit der Erklärung zu geben. Anlässlich eines Besuchs der Leipziger Buchmesse hatte sie Marga und mich zum Essen eingeladen. Mich verunsicherte diese Einladung zwar, aber ich nahm sie an. Als wir zu ihr kamen, sahen wir einen geschmackvoll gedeckten Tisch mit edlem Geschirr. Inga servierte ein Drei-Gänge-Menü. Mit mir als Vegetarierin war das nicht ganz einfach. Aber Ingas Essen schmeckte fantastisch. Ich konnte mich noch gut erinnern, dass sie in unserem damaligen Freundeskreis die beste Köchin war. Doch ich war nicht in der Verfassung, die stilvolle Umgebung und das vorzügliche Essen zu genießen. Zum Abschluss servierte sie uns Kaffee. Die Unterhaltung plätscherte dahin. Alle drei waren wir angespannt.
Dann wandte sich Inga an mich. „Apropos, ich habe auch einen Antrag auf Akteneinsicht gestellt. Bei mir kam relativ schnell eine Zusage. Wartet mal, ich hole die Unterlagen."
Schon war sie weg und kam mit einem Aktenbündel zurück. Sie drückte mir einen Auszug aus ihrer Aktenmappe in die Hand und erklärte: „Übrigens habe ich mit dir meine Stasi-Tätigkeit begonnen."
Ich hörte gespannt zu und erwartete Aufschlussreiches. Doch das war alles, was Inga zu sagen hatte. So begann ich

interessiert, in den Unterlagen zu lesen. Marga langweilte sich, nahm ein Buch aus dem Regal und blätterte gleichgültig darin herum. Inga räumte den Tisch ab. Aber plötzlich stoppte sie. In den Armen das Geschirr, wandte sie sich an mich: „Marie, ich habe Kopien gemacht. Wenn du die Mappe mitnehmen möchtest, gebe ich sie dir. Dann können wir uns noch ein bisschen über andere Dinge unterhalten."

Marga und ich tauschten ungläubige Blicke aus. Ich nahm die Kopien und steckte sie in meinen Rucksack. Später dachte ich noch oft über diese kleine Szene nach. Waren diese Kopien und das fürstliche Essen ihre Art, bei mir um Verzeihung zu bitten, ohne es direkt auszusprechen? Ich fand niemals eine Antwort darauf. In den Unterlagen fand ich ihre Aussage bestätigt: Meine Geschichte war tatsächlich nur der Auftakt, ein winziger Teil ihrer Stasi-Vergangenheit. Danach beschattete Inga in großem Stil.

In den Unterlagen von Inga war auch eine Stellungnahme zu ihrer Anwerbung enthalten.

„Die Kandidatin wurde zielstrebig durch den IMV „Peter", der durch eine operative Kombination mit ihr Kontakt aufnahm, weiter aufgeklärt. Aufgrund der günstigen Aufklärungs-Ergebnisse wurde mit der Kandidatin Kontakt aufgenommen, wobei sie ihre Bereitschaft zur Unterstützung des MfS zum Ausdruck brachte. Aufgrund der Aufklärungs-Ergebnisse sowie ihrer eigenen Angaben kann eingeschätzt werden, dass die Kandidatin umfangreiche Westverbindungen sowie gute Beziehungen zu Kreisen des Untergrundes unterhält. Darüber hinaus ist sie bereit, zielgerichtet im Auftrage des MfS Männerbekanntschaften zu schließen. Die Kandidatin ist aufgrund ihres Äußeren sowie aufgrund ihrer geistigen

Beweglichkeit und ihrer positiven politischen Grundeinstellung durchaus in der Lage, das MfS in dieser Richtung zu unterstützen. Die bisher von der Kandidatin gemachten Angaben stimmen mit den Aufklärungs-Ergebnissen sowie anderen uns bekannten operativen Fakten überein. Darüber hinaus kann eingeschätzt werden, dass die Kandidatin verschwiegen ist, da sie sich weder gegenüber dem IM „Peter" noch gegenüber einem IM der Arbeitsgruppe II, welche eine Freundin der Kandidatin ist, offenbarte.
Aus den genannten Gründen wird vorgeschlagen, dem vorliegenden Werbungsvorschlag zuzustimmen.
Die Kandidatin ist Unterzeichnetem persönlich bekannt.
*Leiter der Arbeitsgruppe XX Oberstleutnant ..." **

Später konnte ich persönlich feststellen, dass meine beiden Spitzelinnen nicht voneinander wussten, dass sie beide IM waren. Diese Spitzeltätigkeit war für meine Freundinnen und für alle anderen Schnüffler bei regelmäßiger *Lieferung* ein guter Nebenverdienst.
Hier ein Brief von der Stasi an die Spitzelin Inga:

„Werter Mitarbeiter!
Sie haben durch treue und gewissenhafte Hilfe das Ministerium für Staatssicherheit bei der Lösung seiner wichtigen Aufgaben im Kampf gegen die Feinde unserer Republik unterstützt.
Bei der Lösung und Durchführung wichtiger Aktionen des Ministeriums für Staatssicherheit waren Sie durch Ihre Einsatzbereitschaft sowie Unterstützung wesentlich am Erfolg beteiligt.
Für die bisherige geleistete Arbeit spricht Ihnen das Ministerium für Staatssicherheit den Dank aus.

Anlässlich des 27. Jahrestages der Gründung der DDR wünschen wir Ihnen weiterhin persönliches Wohlergehen und weitere Erfolge im gemeinsamen Kampf gegen den Klassenfeind.
Wir gestatten uns, Ihnen in Anerkennung der geleisteten Arbeit zur Unterstützung des Ministeriums für Staatssicherheit eine Prämie in Höhe von 200 Mark zu überreichen ...
Unterzeichnet von Oberstleutnant ...
Ministerium für Staatssicherheit in Leipzig
*Kenntnis genommen: Inga ...“ **

Meine Hoffnung, dass das Kapitel Verrat für mich abgeschlossen sei, war eine Illusion.

43. Verrat: Verzeihen – Verstehen – Verdrängen?

Noch lange nach diesen Erlebnissen dachte ich über die Themen Verzeihen, Verstehen, Verdrängen nach. Ich las Literatur von namhaften Philosophen, betrachtete das Ganze aus religiöser Sicht, aber ich fand für mich keine befriedigende Antwort. Zwar hatte ich keinen Kontakt zu Inga, aber gut ging es mir mit dieser Entscheidung nicht. So suchte ich nach eigenen Anteilen, die die Freundinnen ermutigt haben könnten, mich auszuspionieren. Zwischendurch dachte ich, dass auch meine Freundinnen Opfer der erpresserischen Machenschaften des totalitären Staates waren. Bei dem Gedanken verspürte ich eine sanfte, versöhnliche Resignation. Jegliche Rachegedanken waren mir fremd, obwohl nach 40 Jahren die Narben immer noch nicht verheilt waren. Überreste wie Panikattacken in geschlossenen Räumen, Angst vor Einen-

gung, dauerhafte Herzschädigung etc. waren nur einige Beispiele. Schließlich entschied ich mich zu Gesprächen mit Familienangehörigen und Freunden verschiedener Altersklassen zum Thema Umgang mit Verrat. Den Anfang machte ich mit meinem Enkel Marc, der sich zu dieser Zeit gerade in Neuseeland aufhielt.
„Marc, du bist erst 20, dich hat das Leben zum Glück bisher von Dramen und Ungerechtigkeiten verschont. Trotzdem hätte ich sehr gerne von dir gewusst, welche Meinung du zu dem Thema Verrat hast."
Seine Antwort-Mail kam prompt.

„In der Welt, in der wir leben, ist Vertrauen grundlegend. Wir richten und bestrafen niemanden, sondern legen unser Vertrauen in die Hände der Justiz. Wir erwarten von ihr, dass sie stellvertretend für uns über Recht und Unrecht entscheiden kann. Gleiches passiert in der Politik. Auch hier geben wir unser Vertrauen an die Politiker weiter, damit sie in unserem Sinne entscheiden. Ähnlich ist es mit den Banken. Ihnen geben wir unser Erspartes und vertrauen ihnen, dass sie das Beste aus unserem Geld machen und es sicher verwahren. Doch auch im kleineren individuellen Rahmen halte ich Vertrauen für fundamental.
Um uns herum leben so viele Menschen in einem chaotischen System, umgeben von allerhand Gefahren. Kein Wunder, dass wir uns unsere eigene kleine Welt erschaffen. Hier überlegen wir uns sehr genau, ***wen wir in unsere Welt hineinlassen****. Eine der wichtigsten Fragen, vielleicht sogar die wichtigste aller Fragen, die wir uns dabei stellen, lautet, ob wir der Person vertrauen können. Das Fundament jeder freundschaftlichen Beziehung ist das Vertrauen. Und wird dies einmal durch einen Verrat erschüttert, so ist es das Ende*

einer Beziehung. Zusammenhalt ist eine der wichtigsten Bestrebungen der Menschen. Schon evolutionsbedingt hat es sich gezeigt, dass sich Zusammenhalt auszahlt."

Ich war überrascht über den klugen philosophischen Exkurs meines Enkels.

Meinen Freund Harald Möller, 89, den das Schicksal aufs Härteste getroffen hatte, fragte ich nach seiner Meinung zum Umgang mit Spitzeln. Er wurde mit 19 Jahren zum ersten Mal verhaftet, danach folgten Straflager, Zwangsarbeit, grausame, skrupellose Misshandlungen. Er antwortete auf meine Frage folgendermaßen:
„Ich verstehe deine Gedanken des ‚Verzeihen-Wollens von Spitzeln' sehr gut, habe mich selbst lange damit beschäftigt und kann für mich feststellen - nur wer als Spitzel zur Einsicht gekommen ist, dem kann verziehen werden, Versöhnung dagegen keinesfalls. Wir haben in unserem Land zwei schlimme Zeiten gehabt (NS-Zeit und Kommunismus). Beide haben Menschen in ungeahnte Situationen manipuliert, in denen sie sich nicht zu wehren wussten, oder nur auf andere abwälzen wollten, ohne groß nachzudenken, welche Folgen das hatte."

„Harald Möller engagiert sich zeit seines Lebens ehrenamtlich in Vereinen. Lange Jahre ist er Vorsitzender des Bautzen-Komitees e. V. und Mitglied in verschiedenen Gremien. Vor allem legt er großen Wert auf Gespräche mit jungen Menschen. Er setzt sich bis ins hohe Alter für die Aufarbeitung kommunistischen Unrechts ein."
(Aus „Das lässt einen nicht mehr los" von Nancy Aris)

Peter Kurth, 77, ehemaliger Lehrer und Autor

Weiterhin tauschte ich mich mit einem meiner Studienfreunde aus. Peter Kurth hatte als ehemaliger Geschichtslehrer in der DDR umfangreichen Kontakt zu Menschen aller Altersklassen, besonders zu jüngeren, seinen ehemaligen Schülern. Hier seine Meinung zum Umgang mit Verrat und Bespitzelung:

„Das Thema hat mich sehr beschäftigt, deshalb einige Anmerkungen dazu:
Biermanns Autobiographie ist für mich eines der wertvollsten Bücher, die ich zu dem Thema je gelesen habe. Da verweist er auf Spitzel, die behaupten, sie hätten ja nur so allgemein und unverbindlich Berichte geschrieben. Biermann: Eine halbe Wahrheit ist eine ganze Lüge. An anderer Stelle gibt er Beispiele, wie ein Spitzel hätte aussteigen können – indem er z. B. meldete, dass er in angetrunkenem Zustand verraten hätte, dass er über die Gespräche Berichte schreiben müsste – die Stasi hat ihn dann zähneknirschend entlassen und milde bestraft – für Saufen hätten die nämlich Verständnis gehabt. Biermann: Dies ins Stammbuch all der Jammerlappen, die so tun, als habe das Kaninchen vor der Schlange nicht wenigstens davonhoppeln können. Manche IM behaupten, dass sie in gutem Glauben gehandelt hätten. Biermann: Wer der Wahrheit mit Lügen und Gemeinheiten zum Siege verhelfen will, der kann ihr Kuppler, ihr Zuhälter werden, aber niemals ihr Geliebter! …
Meine Anmerkung zum Thema: Eines der beeindruckenden Bibelworte (Jesus am Kreuz): Herr, vergib ihnen, denn sie wissen nicht, was sie tun! Das ist kein Freispruch für die Missetäter, eher mitleidvolle Verachtung. Den Richterspruch ‚Befreiung von Schuld' überlässt der Gottessohn – der Menschensohn – einer höheren Instanz.

*Für uns kann das bedeuten, dass wir uns der Bitte um Entschuldigung nicht verschließen, wohl wissend, dass Menschen verführbar, oft egoistisch, oft auch naiv, überwiegend politisch ungebildet und deshalb leichtgläubig sind. Man kann, man sollte wohl nach so langer Zeit sogar einen ‚normalen' Kontakt, wenn er gewünscht wird, akzeptieren. ABER: KEIN FREISPRUCH!" **

Auch die Meinung meines Ehemanns Heinz Knopp, 79, Deutsch-Amerikaner, war mir wichtig. Er sagte dazu:

*„Marie, ich war Zeuge deiner schicksalhaften Begegnung mit Inga, einer deiner Spitzelinnen. Ich habe erlebt, wie sehr dich diese Wahrheit getroffen hat. Du hast lange Zeit unter dem Verrat deiner ehemaligen Freundinnen gelitten. Bei aller Verurteilung ihres Verhaltens darf man allerdings eine Tatsache nicht vergessen. Inga und Sybille waren lange Zeit deine Freundinnen. Du hast sie dir nicht ohne Grund als Freundinnen ausgesucht, also müssen sie Eigenschaften haben, die du an ihnen geschätzt hast. Wir kennen bis heute nicht die wahren Motive für ihr Handeln. Im Grunde genommen sind sie schon genug bestraft, sie müssen mit sich selbst und der Last ihres Verrats leben. Aber jede Spekulation hilft dir nicht. Folge deinen eigenen Gefühlen und treffe eine Entscheidung." **

Jens, 76, ein ehemaliger Kommilitone und Stasimitarbeiter, hatte eine ganz andere Meinung zu diesem Thema.

Während unserer Studienzeit habe ich vor allem seine Intelligenz und Offenheit bewundert. Es verband uns eine enge Freundschaft, allerdings verloren wir uns später aus den Augen. Während ich mir seit vielen Jahren ein Leben in der Bundesrepublik aufgebaut hatte, lebt Jens noch heute in seinem Heimatort in der ehemaligen DDR. Völlig unvermittelt

erhielt ich von ihm und einem anderen Freund eine Einladung zum Treffen unserer ehemaligen Studiengruppe. Im Vorfeld tauschten wir uns telefonisch intensiv über unser Leben aus. Ich erzählte Jens von meiner versuchten Republikflucht und meinem Gefängnisaufenthalt. Es schien ihn sehr zu berühren, aber wir vertieften dieses Gespräch nicht.
Das Treffen verlief unspektakulär. Einige Zeit später eröffnete mir eine enge Freundin, dass Jens längere Zeit für die Stasi gearbeitet hätte. Mich hatte diese Tatsache tief getroffen, obwohl das Ganze nichts mit mir zu tun hatte. Ich konnte es lange nicht glauben und verstehen. Dann fasste ich den Entschluss, ihn mit diesem Wissen zu konfrontieren.
Seine Reaktion hatte mich absolut überrascht. Jens stand offen zu seiner Stasi-Vergangenheit. Seine Aussage ließ mich diese Problematik von einem ganz anderen Gesichtspunkt betrachten. Er erklärte:

„Ich war und bin heute noch überzeugt von dem sozialistischen System. Deshalb betrachtete ich Menschen, die zu DDR-Zeiten den Staat verraten haben, als meine Gegner. So sah ich nichts Verwerfliches in meinem Handeln.“
Ich war sicher, dass es genügend Menschen mit ähnlichen Einstellungen gab. Und mir steht es nicht zu, zu richten.

44. Ein halb voller, neugieriger Mond und eine morsche Bank

Viel Zeit war vergangen, und ich sehnte mich danach, endlich meinen inneren Frieden zu finden. Die Beziehung zwischen Kai und mir war liebevoll, aber ich spürte, dass noch etwas Unausgesprochenes zwischen uns stand. Das wollte ich nicht länger hinnehmen. So erhoffte ich mir von einer erneuten Reise in mein Heimatdorf einen Fingerzeig für meinen Weg zur Aussprache.

Es war ein warmer Augusttag, als ich ankam, trüb und schwül. Das verschlafene Dorf präsentierte sich beinahe unverändert. Nur die Häuser zeigten stolz ihr frisches Gewand. Die Jalousien waren teilweise schon heruntergelassen, obwohl sich die Dunkelheit noch nicht ankündigte. In der Hauptstraße hatten Pflastersteine schieferfarbenem Asphalt weichen müssen. Den alten Krämerladen an der Ecke gab es nicht mehr. Auch die von Kindern geliebte Bäckerei, die stets einen verlockenden Duft nach Kuchen und frischem Brot ausströmte, war Vergangenheit. Ich überquerte die Straße und sah sehnsüchtig in die Richtung, in der einst mein Freund, der Maulbeerbaum, gestanden hatte. Aber ihn gab es nicht mehr. Die Gründe dafür kannte ich nicht und werde ich sicher auch nie erfahren. An seinem Platz hatte sich eine Gruppe kleinerer Bäume und Büsche angesiedelt. Der Bach plätscherte noch immer munter vor sich hin.

Wie erfreut war ich, als ich die moosbewachsene alte Bank sah. Sie stand tatsächlich noch an ihrem gewohnten Platz. Beim Setzten bemerkte ich, dass die Bank klapprig und morsch geworden war. Ihre besten Jahre hatte sie hinter sich. Aufgeregt suchte ich das kleine Herz, das ich vor vielen Jahren in die Lehne geritzt hatte. Und tatsächlich war es noch da. Die Büsche und Bäume neben der Bank bildeten ein schützendes Laubdach, sodass ich von niemandem gesehen werden konnte. So fühlte ich mich mit meinen Gedanken und

Gefühlen völlig allein. Die Erinnerung hatte mich zurückgetragen in meine Kindheit. Wie in früheren Zeiten lauschte ich dem Gezwitscher der Vögel, hörte das Rauschen des Baches und das Rascheln der Blätter. Auch wenn es meinen Freund nicht mehr gab, fühlte ich mich ihm hier näher als irgendwo sonst auf der Welt. Ich schämte mich auch nicht für meinen Dialog mit ihm. In meinem Herzen war er Wirklichkeit, er würde dort allezeit seinen Platz haben, egal auf welchem Zipfel Erde ich mich gerade befand.

Ich flüsterte: „Lieber Maulbeerbaum, ich weiß, dass auch du mich noch nicht vergessen hast. Oft genug bekomme ich deutliche Zeichen von dir. Dann fühle ich mich dir ganz besonders nahe. Diesmal bin ich an *unseren* Ort zurückgekehrt, um dich an meiner Freude teilhaben zu lassen. Ich bin glücklich, weil ich es tatsächlich geschafft habe, mich mithilfe meines Enkels Marc mit meiner belastenden Vergangenheit auseinanderzusetzen und mich teilweise sogar mit ihr zu versöhnen. Marc hat mich davon überzeugt, dass die Zeit reif war dafür. Ich befinde mich in einem friedlichen Zustand mit mir selbst.

Allerdings macht es mich traurig, dass mein Sohn Kai, der inzwischen selbst Vater zweier Kinder ist, bisher immer noch nicht bereit war, mit mir über die belastende Zeit zu sprechen. Mit großer Freude beobachte ich, wie liebevoll er mit seinen beiden Kindern umgeht. Er lässt sie eine wunderbare Kindheit erleben. Im Grunde genommen lebt er mir das Leben vor, das er sich als Kind sicher gewünscht hätte. Es macht mich zwar glücklich, das zu erleben, denn seine Kinder sind auch mein größtes Glück, aber in solchen Situationen spüre ich einen Stachel der Verbitterung in mir.“

Noch lange verharrte ich auf dieser alten Bank, ohne mich zu rühren. Ich hoffte so sehr auf ein Zeichen. Erinnerungen an meine Kindheit kamen zurück. Der Geruch von frischem Gras und reifen Getreidefeldern, der Duft von Holunderblüten, Bilder von Susi, Reni, Gretchen, meinen Ziegen. Ich erinnerte mich tief in meinem Herzen an ganz viel Liebe meiner Eltern. Ich sah das gütige, liebevolle Lächeln meiner Mutter. Die Erinnerung daran streichelte meine Seele. Ich hatte meine innere Ruhe wiedergefunden.
Meine Gedanken wanderten zu Kristel, meiner engsten Freundin aus der Gefängniszeit. Ich war dem Schicksal unendlich dankbar, dass ich in der schwierigsten Zeit meines Lebens einem so wertvollen Menschen wie Kristel begegnet war. Leider hatten für sie die zweieinhalb Jahre Zuchthaus so starke gesundheitliche Folgen, dass sie viel zu früh daran gestorben war.
Der Tag wurde immer kraftloser, bis er sich schließlich dem Drängen der Nacht beugte und ihr seinen Platz überließ. Ich hatte Raum und Zeit vergessen und verharrte immer noch in meinen Gedanken. Ich merkte noch nicht einmal, dass Tränen über mein Gesicht rannen. Als ich ein Knacken im Geäst hörte, schreckte ich zusammen. Ich blickte auf und hoffte insgeheim auf ein Wunder. Aber leider war es nur eine kleine einsame Katze, die ein bisschen Liebe und Futter suchte. Vertrauensvoll sprang sie auf meinen Schoß und kuschelte sich an mich. Ich streichelte sie zärtlich, und das Kätzchen schnurrte behaglich. Die Katze lechzte nach Liebe und sicher auch nach etwas Essbarem. Ich kramte in meinem Rucksack und holte eine völlig zerdrückte Schreibe Brot heraus. Wenn ich glaubte, ihr damit eine Freude zu bereiten, so hatte ich

mich geirrt. Die Katze ignorierte die Brotkrumen und schmiegte sich stattdessen enger an mich. Ihr Verlangen nach Zuwendung war so groß, als hätte sie Angst, dass die Liebe nach meinem Abschied knapp werden könnte. Dunkelheit überzog den kleinen Ort. Gerüche der Nacht stiegen in meine Nase. Ich verabschiedete mich aufs Herzlichste von dem Kätzchen und meinem imaginären Freund, dem Maulbeerbaum. Was ich mit ihm besprochen habe, wissen nur wir zwei und der halb volle Mond. Er zauberte einen sanften Schein in die bedrückende Dunkelheit und begleitete mich ein Stück meines Weges.

„... und die Gewitter sind vorüber und die Welt ist so hell und grün – wacht auf ..."

(aus „Titan" von Jean Paul)

Epilog

Marcel Schmidt,
Oberbürgermeister der Stadt Stollberg mit Burg Hoheneck

Das vorliegende Buch beschreibt etwas, was wir wohl unseren ärgsten Feinden nicht wünschen, nämlich eine auf die nachhaltige Schädigung von Körper und Seele gerichtete Zwangshaft als Strafe für politisch nicht erwünschtes Verhalten. Aus heutiger Sicht heraus erscheint es völlig unverständlich, wie weit in diesen Fällen politischer Inhaftierung der Vorwurf dessen, was die Verurteilte getan habe, aus dem Verhältnis zur vollstreckten Strafe fällt. Kleinigkeiten wie etwa der Wunsch, in einem andern Teil der Heimat, bei Familienangehörigen, zu wohnen, wird zum Staatsverbrechen verklärt. Der Staat und damit die politische Obrigkeit erscheint als dämonenhafter Vater, der das vermeintliche Kind brachial dafür bestraft, dass es ihn nicht liebt. Die sozialistische Gesellschaft, die sich an allen Stellen als historische Höherstufung der menschlichen Entwicklung verstehen will, geht vollkommen rücksichtslos gegen all jene vor, die diesem Selbstbild nicht zustimmen. Wer diese Gesellschaft bloß verlassen will, wird als schlimmster Feind wahrgenommen und soll zerstört werden. Die Haftbedingungen sind entsprechend.

Als Bürgermeister der Kleinstadt Stollberg, die aus historischer Entwicklung heraus das Unglück hatte, zur Stätte solchen staatlichen Terrors auserkoren zu sein, blicke ich selbst auf die ersten 17 Jahre meines Lebens in der damaligen russischen Besatzungszone, auch DDR genannt, zurück und weiß um die Grundbedingungen gesellschaftlichen Lebens. Die Begegnungen mit ehemals inhaftierten politischen Gefangenen hat mir oft vor Augen geführt, wie tief

die täglichen Demütigungen und gezielten Schädigungen an Seele und Körper gereicht haben und wie lange diese Schäden das Leben der Opfer begleiten.
Die Haft in Hoheneck ist ein Beispiel dafür, wie weit der Mensch sich vom Anspruch an sich selbst durch politischen Fanatismus entfernen kann – und dass wir vor den Beschreibungen mittelalterlicher Verrohungen nicht immer so weit entfernt sein müssen.

Wenn man diesen Dingen irgendeinen Sinn abgewinnen will, so kann es nur der sein, das Gedenken an die verübten Verbrechen und das erlittene Unrecht hoch und lebendig zu halten, um so künftige Wiederholungen – unter welcher Fahne auch immer – zu verhindern.

An Aktualität hat Hoheneck demnach nicht eingebüßt. Im Gegenteil, wir alle müssen uns regelmäßig in Erinnerung rufen, wie aus Menschen Täter und Opfer werden. *

Stollberg, am 28. August 2018
Marcel Schmidt, Bürgermeister

Nachbemerkung und Danksagung

Viele Mauern habe ich durchbrechen müssen, um meinen Lebenszielen näher zu kommen.
Der Weg war nicht immer einfach. In diesem Buch beschreibe ich die Aufs und Abs, den steinigen Weg und die vielen schönen Momente, die das Leben mir beschert hat.
Mein Dank gilt vor allem meinem Enkel Marc, ohne ihn würde es dieses Buch nicht geben. Seine eindringliche Ermutigung, mich von meiner belastenden Vergangenheit zu befreien und nachfolgende Generationen an meiner Geschichte teilhaben zu lassen, haben mir geholfen, endlich abzuschließen, um meine Geschichte ins Bücherregal stellen zu können.
Ein ganz besonderer Dank gilt meinem Sohn Kai für seine Geduld und seine unerschütterliche Liebe. Ebenfalls danke ich seiner Familie: Pauline, Marc und Claudia, Franziska und Familie. Sie waren immer für mich da. Danke meinem Mann Heinz mit Monica und Jake.
Für ihre außerordentliche und selbstlose Unterstützung in vielen schwierigen Lebenssituationen danke ich meiner Schwester Ruth und ihrer Familie, vor allem Charlotte.
Danke meinen Helfern und Wegbegleitern:
Peter, Ingrid, Klaus N., Maria, Ulla, Klaus W., Frieda, Bob, Jutta B., Jutta H.-F., Olga, Bernd, Barbara S., Barbara H., Renate, Monika v. S., Doris, Roswitha, Uta, Angelika, Ulrike, Brigitte, Karl-Heinz, Marianne, Ingrid F. und vielen mehr.
Ein besonderer Dank gilt meiner Lektorin Dr. Mechthilde Vahsen für ihre professionelle und einfühlsame Betreuung.

Ein Dank an Eva Werner, Karin Koch, Dr. Nancy Aris, an Marcel Schmidt, Oberbürgermeister der Stadt Stollberg, an Harald Möller, Dr. Gudrun Strauer, Dr. Hans-Georg Muth, Dr. Olga Sokolova.
Dass bei mir aus alten Narben neue Kräfte wuchsen, habe ich nicht zuletzt den vielen tapferen jungen Menschen zu verdanken, die mich gelehrt haben, sich der verletzenden Vergangenheit zu stellen, um offen und bereit zu sein für eine erfüllte Zukunft.
Ich denke an Mareike, Tanja, Christiane T., Julia, Bianca, Tobias, Bärbel, Nadine, Bettie und an viele, viele mehr ...
Mein Dank gilt zwei fantastischen Menschen des Geest-Verlags: dem Inhaber Alfred Büngen und seiner Mitarbeiterin Inge Witzlau. Sie haben mich bis zur Entstehung des Buches professionell und liebevoll begleitet.

Literaturverzeichnis

Nancy Aris, Das lässt einen nicht mehr los. Ev. Verlagsanstalt
Wolf Biermann, Warte nicht auf bessere Zeiten. Verlag Propyläen
Marie-Luise Knopp, Wenn Körper und Seele verrücktspielen, in: Wozu leben wir?
Marie-Luise Knopp, Klaus Napp (Hg.), Wenn die Seele überläuft. Fischer Taschenbuch Verlag
Marie-Luise Knopp, ... Heubach (Hg.), Irrwege, eigene Wege, Fischer Taschenbuch Verlag
Marie-Luise Knopp, Gudrun Ott (Hg.), Total durchgeknallt, Fischer Taschenbuch Verlag
Marie-Luise Knopp, Klaus Napp (Hg.), Reif für die Klapse? Fischer Taschenbuch Verlag
U. Lehmkuhl/H. Sasse/P. Wahl (Hg.), Wenn Körper und Seele verrückt spielen, in: Wozu leben wir?, Verlag Vandenhoeck und Ruprecht
Anja Offermann, Christiane Till, Mama, Mia und das Schleuderprogramm: Kindern Borderline erklären. BALANCE buch + medien verlag
Ch. Tilly, Mir selbst und anderen vertrauen, in: M. Schulz (Hg.), Die Hoffnung trägt. BALANCE buch + medien verlag